창룡검전

④

최현우 신무협 장편 소설

ORIENTAL FANTASY STORY & ADVENTURE

dream books
드림북스

창룡검전(蒼龍劍傳) 4 _ 무림감찰어사(武林監察御史)

초판 1쇄 인쇄 / 2009년 4월 4일
초판 1쇄 발행 / 2009년 4월 14일

지은이 / 최현우

발행인 / 오영배
편집장 / 김경인
펴낸 곳 / (주)삼양출판사 · 드림북스

주소 / 서울특별시 강북구 미아8동 322-10호
대표 전화 / 02-980-2112~4 팩스 / 02-983-0660
편집부 전화 / 02-980-2116 팩스 / 02-983-8201
홈페이지 / www.sydreambooks.com

등록번호 / 제9-00046호
등록일자 / 1999년 3월 11일

ⓒ 최현우, 2009

값 8,000원

(주)삼양출판사 · 드림북스의 서면 허락 없이는 어떠한
형태나 수단으로도 이 책의 내용을 이용하지 못합니다.

ISBN 978-89-542-3138-1 04810
ISBN 978-89-542-3097-1 (세트)

• 지은이와 협의하에 인지는 생략합니다.
• 잘못된 책은 구입한 곳에서 바꾸어 드립니다.

무림감찰어사(武林監察御史)

창룡검전

최현우 신무협 장편 소설

ORIENTAL FANTASY STORY & ADVENTURE

dream books
드림북스

목차

제1장 **태평맹 무림대회** ………… *007*

제2장 **무엇이 사람을 지배하는가** ………… *041*

제3장 **무림감찰어사**(武林監察御史) ………… *075*

제4장 **승산에 떠도는 향기** ………… *111*

제5장 **양귀비의 연못** ………… *153*

제6장 전권대리인(全權 代理人) ········· *177*

제7장 신승(神僧)의 그림자 ············ *211*

제8장 사람 사이에 소동한 것 ··········· *247*

제9장 창룡검주(蒼龍劍主) 운현 ········· *287*

제10장 후폭풍(後暴風) ··············· *325*

제1장
태평맹 무림대회

　운현 일행이 탄 배는 순조롭게 목적지를 향해 나아가고 있었다. 중간에 한 번 큰 배로 갈아타고 나서는 선실도 꽤 넓어진데다 흔들림도 별로 없어 오히려 여정이 지루하기까지 할 정도였다.
　덕분에 감찰어사 일행들은 오랜만에 한가한 시간을 보낼 수 있었는데, 그들이 시간을 보내는 가장 간단하면서도 효과적인 방법은 바로 잡다한 화제를 가지고 떠드는 것이었다.
　"그럼 이제 내일 저녁이면 북경에 도착하겠네요?"
　담소하의 물음에 항장익이 고개를 끄덕이며 대답한다. 그의 앞에는 작은 찻잔이 놓여 있었다.

"음, 그런 것 같아. 선원들의 말을 들으니 예정대로 도착할 것 같다더군."

"하아, 생각해 보면 참 다사다난한 여정이었어요."

담소하가 두 손으로 뒷머리를 받치며 말한다. 한가한 시간을 보내는 그로서는 그리 어울리지 않는 말이었지만, 일행은 다들 공감한다는 듯 고개를 끄덕인다. 진예림만 빼고.

"흥! 다사다난은 무슨……. 일이라곤 하나밖에 없었잖아."

그녀의 핀잔에 담소하가 어깨를 으쓱하며 대답한다.

"그 하나가 어디 보통 일이었어야죠."

철혈사왕 염중부와 있었던 일이 어디 쉽게 겪을 수 있는 일이던가? 항주에서 겪었던 그 일을 떠올리는 듯, 일행은 잠시 말이 없었다.

한순간에 일어난 일이었지만 염중부와 운현이 보여준 능력과 엄청난 기세는 가히 충격에 가까웠으니까. 그러다 담소하가 문득 입을 연다.

"그런데, 저 귀인(貴人)은 대체 정체가 뭘까요? 그 영웅맹의 맹주를 이긴 실력도 그렇고, 단신으로 영웅맹에 찾아가서 시신을 찾아온 것도 그렇고……. 저는 도무지 짐작조차 안 가더라구요?"

담소하가 힐끗 진예림과 백운상을 쳐다보았지만 두 사람은 대답이 없었다. 그도 그럴 것이 본래 그들의 임무는 어디까지나 지방관에 대한 암행 감찰이다.

영웅맹에 대한 감찰 명령이 떨어졌다 하지만 결국 지방 관료와 어떠한 유착관계가 있는가를 알아내는 것이 그들의 임무였고, 게다가 갑작스럽게 귀인의 호위를 맡게 된 것을 생각하면 무림, 그 자체에 대한 이들의 이해는 보통사람보다 나을 것이 하나도 없는 형편이었다.

그나마 그 중에서도 무림에 대해 아는 편이라 할 수 있는 진예림이나 백운상조차 모른다면, 아마 아무도 대답할 사람이 없을 것이다. 지방 권력 구조나 관료에 대한 것이라면 단숨에 수십 장의 보고를 써낼 수 있을 테지만 말이다.

담소하는 혼잣말처럼 중얼거렸다.

"염중부라는 사람이, 별로 강하지 않은가?"

"흥!"

대번에 진예림의 핀잔이 날아든다.

"철혈사왕이 강하지 않다고? 어디 가서 그런 소리 함부로 했다간 너, 목숨이 위험할지도 몰라."

"그래요?"

담소하는 고개를 갸웃하며 말한다. 진예림은 비웃는 듯한 표정으로 말을 이었다.

"그래. 철혈사왕 염중부가 누군지 알아? 자그마치 천하에서 가장 강한 다섯 명 중의 하나로 손꼽히는 사람이라고. 게다가 지금은……."

"하지만, 졌잖아요?"

담소하의 한마디에 진예림의 목소리가 뚝 끊겼다.

"잘은 모르겠지만, 어쨌든 그 철혈사왕도 귀인 앞에서는 꼼짝도 못하는 것 같던데요? 그럼 귀인이 천하에서 가장 강한 사람이에요?"

담소하는 고개를 갸웃거리며 하나 하나 손가락을 꼽아가며 말한다.

"분명히 자신은 황궁 학사였고, 무림맹 서기였다고 했는데다, 저번에 광주 월수산에선 맞고 있기까지 했는데……. 그런데 천하에서 가장 강해요?"

"누가 천하에서 가장 강하대!"

듣고 있던 진예림이 발끈했다.

"천하에 있는 모든 사람한테 다 물어보기라도 했어? 아니면 다 이겨봤대? 누구 맘대로 천하제일이야?"

"아니, 그게 아니구요."

담소하가 손을 내저으며 말했다.

"전 이해가 안 돼서 그래요. 사실 생각해 보면 귀인이라고 불러야 되는 귀하신 몸에다가 그렇게 강하기까지 한데, 그런데……."

고개를 갸웃하며 그가 말했다.

"묘하게 굉장히 친근한 느낌이거든요?"

순간 모두의 눈에 공감의 빛이 스쳐간다. 담소하의 말 그대로였다. 자그마치 감찰어사가 정색을 하고 맞이해야 할 정도의 귀인이다. 게다가 그 보여준 능력은 어떤가? 두말할 필요조차 없을 정도로 대단하다. 그런데도 불구하고 묘하게 친숙한 느낌이 든다.

다른 사람 같으면 그 능력을 제외하고서라도 '귀인'이라는 신분 하나만으로도 엄청난 거리감이 느껴져야 정상일 텐데 말이다. 그들이 이렇게 편하게 귀인에 대해 이야기할 수 있는 것도 따져보면 다 그런 분위기 때문이다.

"어수룩하게 하고 다녀서 그런가?"

담소하의 말에 백운상이 찻잔을 내려놓으며 조용히 한마디 한다.

"대교약졸(大巧若拙)이라는 말이 있지."

"너무 높은 경지는 오히려 서투르게 보인다는 그 말이요?"

고개를 갸웃하며 담소하는 말했다.

"그래서 그런가?"

"그런 사람이 더 위험한 법이야."

싸늘한 진예림의 말에 일행의 시선이 그녀에게로 향한다.

"그렇게 방심시켜놓고 언제 뒤통수를 칠지 모르거든. 어쩌면 그런 식으로 다른 사람을 속여서 사지로 몰아넣는지도 모르지."

"진매."

항장익이 그녀의 경솔한 언행을 제지하려 했지만, 진예림의 말은 멈추지 않았다.

"세상에서 제일 속이 시커먼 사람들이 누군 줄 알아? 바로 똑똑한 사람들하고, 힘을 가진 사람들이야. 그런데 저 사람은 둘 다라고. 알아?"
 가시 돋친 진예림의 말에 아무도 대꾸하지 못하고 있는데, 묵묵히 앉아 있던 백운상이 문득 묻는다.
 "진매는 왜 귀인을 싫어하는 거지?"
 그녀는 바로 대꾸했다.
 "백 오라버니는 왜 저 사람을 좋아하는 거예요? 아, 하긴 좋아할 수밖에 없겠군요. 그렇게 강한 사람이니."
 "강한 것과는 상관없다."
 백운상은 무뚝뚝한 어조로 조금도 망설이지 않고 대답했다.
 "내가 그에게 호감을 가지는 것은 그에게서 무인의 기도가 느껴지기 때문이다."
 잠시 어색한 침묵이 흐른 후, 진예림이 입을 열었다.
 "흥, 나도 그다지 싫어하거나 하는 건 아니에요. 다만, 어쩌다 좋은 배경으로 벼락출세를 하는 사람이라고 생각할 뿐이지요."
 "누님은 원래 그런 사람을 싫어하잖아요?"
 문득 담소하가 끼어든다.
 "그래. 능력도 없이 어쩌다 인맥으로 윗자리에 올라가서는 꼴같잖은 거드름이나 피우며 아랫사람들 닦달하는 사람은 아주 질색이야."
 "하지만 귀인은 거드름을 피운 적도 없고, 우리를 닦달한 적도 없는데요? 더구나 능력이라면······."

담소하가 말을 끝내지 못하고 어색한 미소를 짓는다. 그의 능력에 대해서라면 굳이 말할 필요조차도 없기 때문이다.

"그러니까 싫어하진 않는다잖아!"

진예림이 담소하를 쏘아보며 말하자 담소하의 목이 쑥 들어간다. 그 모습을 지켜보던 백운상이 낮은 목소리로 천천히 말했다.

"진매, 내가 보기에 진매는……."

"아참!"

담소하가 백운상의 말을 중간에 끊었다. 그는 항장익을 바라보며 짐짓 쾌활한 목소리로 말했다.

"저녁에 배가 덕주(德州)에서 잠시 정박한다고 했죠? 큰 도시인가요?"

항장익이 얼른 담소하에게 장단을 맞춘다.

"아, 맞아. 아까 선원이 그러더군."

항장익 역시 짐짓 목소리를 높이며 말했다. 백운상의 말을 막기 위해서다. 백운상이 뭐라 하지 않아도 진예림 역시 잘 알고 있을 것이다. 자신이 그저 고집을 부리고 있는 것뿐이라는 것을 말이다.

이런 상황에서 괜히 충고랍시고 백운상이 한마디 했다가는 오히려 그녀의 자존심을 건드려 상황을 더욱 악화시킬 가능성이 크다. 그것을 알아차린 담소하와 항장익이 급히 화제를 전환하려 하는 것이다. 저 고지식한 백운상은 잘 모를지 몰라도 말이다.
 "하지만 물자 보급을 위해 잠시 들르는 곳이라 그리 기대할 만하지는 않을 거야. 그보다는 내일 지나갈 천진(天津)이 그나마 좀 볼 만할 테지."
 "천진(天津)은 가봤다구요."
 담소하가 짐짓 볼멘소리로 말한다. 항장익이 다시 이름난 명승지들에 대한 이야기를 꺼내고, 한동안 이런저런 잡다한 이야기들이 중구난방으로 이어졌다.
 다행히 백운상은 굳이 말하려 들지 않았고, 그렇게 그 대화는 끝이 나버렸다. 그러나 진예림은 그 이후 내내 한 마디도 꺼내지 않은 채 묵묵히 앉아만 있었다.

* * *

 영웅맹의 중심이 항주에 있듯이, 태평맹의 심장부는 사천성의 성도(成道)에 있었다. 그리고 성도는 바로 당문이 자리 잡고 있는 도시이기도 했다.
 태평맹의 현판은 성도 중앙에 위치한 크고 화려한 장원(莊園)에 당당하게 걸려 있었지만, 조금만 시선을 돌리면 그보다 더 넓고 더 커다란 사천 당문의 건물이 뒤편에 버티고 서 있었다.
 이것은 태평맹의 주인이 바로 사천 당문이라는 것을 말하는 것이기도 했고, 어찌 보면 태평맹조차 당문의 하위에 불과하다는 뜻 같기도 했다.

그러나 보이는 것이 어떠하건 간에 그곳이 바로 태평맹이 있는 자리였고, 그것은 곧 중요한 회합이 있을 때마다 머나먼 사천의 성도(成道)에 일곱 개 세가가 모여야만 한다는 것을 의미했다.

결국 얼마 지나지 않아 당문을 제외한 세가들은 회합에 참가할 주요 인물들을 아예 태평맹에 상주시키기 시작했다. 이로써 대륙 중앙에서 상당히 비껴난 그 지리적 위치에도 불구하고, 사천성 성도(成道)의 태평맹은 항주의 영웅맹과 함께 무림 천하를 양분하는 동서(東西)의 두 극단을 형성하고 있었다.

"그러므로 이번 태평맹 무림용봉지회는……."

태평맹 대외총괄군사 당설련의 낭랑한 목소리가 회의장을 울린다.

"태평맹 칠대세가의 후기지수를 선발하는 대회로서, 젊은 제자들의 사기를 진작하고 보다 수준 높은 경쟁을 유도하는 것에 그 일차목표를 두고 있습니다."

당설련의 눈동자는 초롱초롱 빛나고 있었다.

"또한 이번 대회와 함께 열리게 되는 칠대세가 가주 회합은, 현재 맹이 당면한 각종 현안들에 대한 심도 깊은 논의와 결정을 이끌어내는 주요한 회합이 될 것이 분명합니다."

여유로운 표정으로 회의 참석자들을 둘러보며, 당설련은 차분하게 설명을 계속해 나간다.

"뿐만 아니라 천하 삼대 상단을 비롯한 대외 협력 단체들을 초청하여 우호 협력 관계를 강화함으로써 태평맹의 위상을 천하에 과시하는 중요한 계기로 삼을 것입니다. 정치, 관료계의 주요 인사들을 초빙하여 각 지역 관료들과의 원활한 협력관계를 맺는 것도 이번 대회를 통해 달성하고자 하는 중요한 목표입니다."

화려한 수식어로 치장된 그녀의 설명이 진행됨에 따라 각 문파 참석자들의 얼굴이 차츰 심각해지기 시작했다. 처음에 '태평맹 무림용봉지회'라는 단어를 들었을 때는 그저 후기지수를 위한 대회려니 생각했는데, 그 뒤에 숨은 의도가 보통 큰 것이 아니기 때문이다.

칠대세가 가주 회합은 물론이고 천하 삼대 상단에 정계의 주요 인사들까지 망라하는 이 대회가, 그야말로 태평맹의 힘을 집결하는 가장 큰 행사가 될 것은 분명했다.

"천하가 어수선한 이때에, 굳이 이런 큰 대회를 열어야 하오?"

공손세가의 외당 부당주인 공손추현이 말했다. 현재 공손세가는 자신들의 세력권을 지키는 것만으로도 힘에 버거운 상황이었다.

본가가 불에 탔고, 영웅맹이 장강을 장악한 이후 커다란 상단과의 거래가 끊어진데다, 영웅맹에 자극을 받은 군소 사파 문파들이 곳곳에서 일어나기 시작했기 때문이다.

"천하가 어수선하니, 태평맹의 건재함을 보여야 하지 않겠어요?"

살짝 미소를 지으며 당설련이 대답한다. 그러나 공손추현은 여전히 떨떠름한 표정이었다. 태평맹의 건재함을 보인다지만 사실은 당문의 세력을 과시하는 대회로 흐를 것이 뻔하기 때문이다.

"이런 대회 따위보다 더 급한 일이 있지 않느냐는 말이오."

노골적인 공손추현의 말에 당설련의 미소가 더욱 짙어진다.

"태평맹은 각 문파의 이득을 위해 모인 단체예요. 태평맹이라는 우산 아래에서 영웅맹이라는 소나기를 피하고자 하는 것이 목적이죠. 그러니 공손세가께서 독자적인 행동을 원하신다면 언제든지 원하는 대로 하셔도 좋아요. 단, 그것은 태평맹이라는 우산을 벗어난 후의 일이겠지요."

당설련의 말은 거침이 없었고 또한 당당했다. 그녀가 이렇게 말할 수 있는 이유는 단 하나다. 태평맹 칠대세가를 제외하면, 예전 무림맹 문파들 대부분이 현재 봉문에 가까운 상태이거나 혹은 그 위상이 과거에 비해 형편없이 추락했다는 것을 모두가 잘 알고 있기 때문이다.

항주에서 당한 굴욕적인 패배와 무림맹의 몰락 이후, 그동안 숨죽이고 있던 많은 크고 작은 문파들은 때를 만난 듯 세력을 넓히기 시작했다.

영웅맹의 발호 이후 그 영향으로 급격히 세를 늘리고 있는 군소 사파들의 도전 또한 위협적이었다. 그들은 노골적으로 기존 문파들의 세력권을 잠식하기 시작했다.

그러나 지난 삼십 년간 기득권을 누려오는 것에 익숙해진 문파들은, 충격적인 패배와 급박하게 변해가는 외부 상황에 제대로 대처하지 못했다.

그들의 이런 모습은 또 다른 군소 문파들의 도전을 불러오는 악순환을 가져와 결국은 그저 그런 지역 문파로 전락해가는 상황이 나타나고 있었던 것이다. 특히 장강에 접하여 세력을 키워 온 문파들의 피해는 더욱 커서, 세력의 기반을 대부분 잃고 이름만 남은 경우도 허다하다.

"그러나 계속 태평맹이라는 이름 아래 있기를 원하신다면, 괜한 분란을 야기하거나 저의를 의심받을 만한 발언은 삼가시는 것이 좋아요."

태평맹의 이름이 가지는 무게는 가볍지 않았다. 현재 천하 무림을 양분하고 있다고 일컬어질 정도였으니까. 공손세가가 아직까지 그 이름을 유지할 수 있는 것 또한 상당 부분 그에 기인했다.

하지만 항주 혈사에서 거의 피해를 입지 않은 당문과 제갈세가가 공격적으로 세력확장에 나서고 있는 이때, 비록 그들이 태평맹이라는 이름을 내세우고 있다 해도 다른 다섯 개 문파들이 질시와 경계의 눈으로 그들을 바라보는 것은 어쩌면 당연한 일이리라.

쿵.

공손추현이 탁자를 내리치며 묵직한 어조로 말했다.

"지금 협박하는 것이오?"

살기가 번뜩이는 공손추현의 시선에도 불구하고 당설련은 싱긋 미소 지으며 대답한다.

"얼마 전 공손세가의 소공자께서 태평맹의 대외 정책을 비판하는 말을 하셨다죠?"

그 한마디에 공손추현의 기세가 삽시간에 사그라진다.

"소공자께서는 맹의 대외 정책을 비난하는 말을 공공연하게 하시는데다, 외당 부당주께서는 맹의 일에 사사건건 트집을 잡으시니 대외총괄군사인 저로서는 어떻게 처리해야 할지 난감하기만 하군요."

"그, 그것은……."

당설련은 대답을 하지 못하고 있는 공손추현으로부터 시선을 옮겨 다른 한 청년을 보며 묻는다.

"어떻게 해야 할까요? 대내총괄군사님? 맹의 공식 노선에 반하는 행동은 그 경중에 상관없이 철저히 제재할 것이라고 이미 전달된 바가 있는 것으로 알고 있는데요?"

"물론 그렇게 해야지요."

태평맹 대내총괄군사, 제갈기호는 사람 좋은 웃음을 함빡 지으며 대답한다.

"그러나 술자리에서 한 발언을 문제 삼아 맹이 나서서 처벌을 한다면 오히려 그것이야말로 맹의 품격을 떨어뜨리고 태평맹 칠대세가의 결속을 해치는 일이 아닐런지요?"

"과연 그렇군요."

당설련은 고개를 끄덕이며 말했다.

"어차피 제갈 군사님의 소관이시니, 현명하게 처리하실 줄로 믿겠어요."

제갈기호는 염려 말라는 듯, 미소를 지으며 고개를 가볍게 끄덕여 보인다. 현재 태평맹의 대내총괄군사가 바로 그였다.

본래대로라면 제갈연 정도의 사람이 되어야 했던 자리이지만, 어차피 당문의 주도하에 태평맹이 움직여 갈 것을 알았는지 제갈세가는 제갈연에게는 세가의 일에 집중하게 하고 대신 그 아랫사람인 제갈기호에게 대내총괄군사의 직임을 맡겼던 것이다.

"크흠."

단목세가의 단목성건이 짐짓 헛기침으로 주위를 환기시키더니 입을 열었다.

"여기 선발된 후기지수를 다섯 등급으로 나눈다는 말이 있는데……."

"경쟁을 유도하기 위해서는 당연히 승패를 정하고 상하를 나누어야 합니다. 물론 이번에도 그런 방식으로 진행할 것입니다만, 개개인의 서열까지 정하기보다는 우수한 제자들을 따로 선별하여 다섯 등급으로 구분하는 것 정도로 충분하리라

보입니다. 또한 선발된 제자들은 문파 소속에 관계없이 일 년간 태평맹의 각 지부에 파견되어 공적을 쌓을 기회가 주어지고, 앞으로 맹의 인사정책에도 반영될 것입니다."

'쯧, 너무 속보이는 소리를 하는군.'

제갈기호는 속으로 혀를 찼다. 말로는 개인의 서열을 정하지 않겠다지만 다섯 등급을 따로 정한다는 것 자체가 이미 서열화다.

게다가 그 결과를 이후 맹의 인사에 반영한다는 것은 서열화를 고착시키겠다는 뜻. 제갈기호는 고개를 저었다. 그러나 그런 생각을 하는 사람은 오직 제갈기호뿐인 듯했다.

"태평맹 무림용봉지회는 각 문파의 어른들은 물론, 정계와 상계를 망라한 각계각층의 많은 귀빈들을 모시고 진행됩니다. 젊은 제자들이 자신과 문파의 이름을 빛내기에는 아주 절호의 기회가 될 테지요."

과연 그랬다. 무엇보다 태평맹의 이름을 걸고 하는 첫 대회가 아닌가?

"참가 자격은 어떻게 정할 것이오? 그리고 문파 별 인원 제한도……."

문파의 자존심과 실제적인 이익이 걸려 있다는 것을 알아차리자 즉시 관심이 집중된다. 누군가의 질문에 당설련은 여전한 미소를 머금으며 대답했다.

"공정성을 기하기 위해 참가 자격과 인원 및 구체적인 모든 사항은 따로 문파 간 협의를 통해 정하도록 하겠습니다."
 이론의 여지가 없는 말이었다. 참가자들은 고개를 끄덕여 동의를 표하고 태평맹 무림용봉지회는 기정사실이 되었다.
 "그리고 말인데, 맹이 너무 외진 곳에 있다고 생각하지 않소?"
 문득 입을 연 사람은 혁련세가의 혁련사한이다.
 "물론 이곳 사천성 성도가 작은 도시는 아니지만, 교통이 좀 불편한 것도 사실이지 않소?"
 조금 정도가 아니다. 사천성은 대륙의 중심에서 보자면 변방에 가깝다. 지세도 험하고 다양한 소수민족들이 많이 거주하는 곳이라 오히려 타국 같은 느낌이 더 강하게 드는 지방이니, 혁련사한의 지적도 과히 틀린 말은 아니었다.
 물론 그의 의도에는 태평맹에 대한 당문의 영향력을 약화시키려는 의도 또한 들어 있었지만 말이다.
 "마침 이번 대회를 기해 가주 회합이 있다 하니, 이참에 맹의 위치를 중앙으로 옮기는 것에 대한 논의를 하는 것도 나쁘지는 않다고 생각하오만……."
 그는 짐짓 당설련의 눈치를 보며 말을 얼버무렸다. 다른 참석자들의 시선 또한 당설련을 향한다.
 "좋은 생각이군요."
 당설련은 의외로 간단히 대답했다.
 "이곳에서 논의할 사항은 아닌 듯하니, 가주 회합에서 정식으로 발안하도록 하시지요."

"크흠. 알았소이다. 그럼 이번 회합에서……."

"아, 그 전에 잠시만."

목소리를 꺼낸 사람은 제갈기호였다. 태평맹의 대내총괄군사.

"과연 지금 그런 논의가 적절한가에 대해서 저는 좀 다른 생각을 가지고 있습니다만……."

"무슨 소리요?"

눈살을 찌푸린 채 되묻는 혁련사한에게, 제갈기호는 느긋한 목소리로 대답했다.

"현재 태평맹의 이름은 결코 가벼운 것이 아닙니다. 이번 대회를 치르고 나면 또한 명실공히 강호 무림의 유일한 정통 세력으로 인정을 받게 될 터인데, 거처를 옮긴다는 것이 그저 간단히 맹의 현판만 옮긴다고 되는 일은 아니지요."

아무렇지도 않은 듯 말했지만 제갈기호의 발언은 이번 대회의 또 다른 목적 하나를 정확히 짚어내고 있었다. 단순한 후기지수들의 대회에 정계와 상계를 망라하는 많은 귀빈들을 초청하는 이유는 무엇인가?

바로 현 상황에서 태평맹이 강호 무림의 유일한 정통 세력이라는 것을 인정받기 위함이다. 특히 정계의 귀빈을 초청한다는 것은, 앞으로 태평맹이 어떠한 방향으로 나갈 것인지를 알려주는 바이기도 했다.

"당연히 맹의 위상에 걸맞은 커다란 역사(役事)를 일으켜야 할 것이며, 그에 드는 재정 또한 막대할 것입니다. 게다가 현재 맹에서 중요한 부분을 담당하시는 당문의 분들께서 모두, 함께, 전부 중앙으로 이동하셔야 할 텐데…… 당문에 너무 많은 짐을 지워 드리는 꼴이 되지 않겠습니까?"

억양이 실린 제갈기호의 강조에 혁련사한의 얼굴색이 하얗게 변했다. 제갈기호의 말은 즉, 지금 맹의 위치를 대륙 중심부로 옮기자는 것은 곧 당문의 중앙 진출을 위한 명분을 마련해 주는 것과 같다는 의미였기 때문이다.

'그저 현판을 옮기는 정도'로 생각했던 혁련사한의 얼굴색이 변한 것도 당연한 일이다. 그것은 다른 참석자들도 마찬가지였다.

"그, 그럼 일단 이 사안은 나중에……."

혁련사한이 급히 말을 바꾸고, 당설련은 아무 일도 아니라는 듯 대답한다.

"좋을 대로 하시지요."

당설련은 속으로 피식 웃음을 흘렸다. 빠르든 늦든 어차피 될 일이니 조급할 것도 없었다.

"여러분의 협조에 감사드립니다."

의례적인 당설련의 인사로 회의는 끝났다. 당설련이 자리를 비우고 각 문파의 참석자들은 서류를 검토하거나 혹은 옆 사람과 이런저런 이야기를 나눈다.

특히 공손세가, 단목세가, 혁련세가 등 영웅맹에 원한이 있는 세가들은 동병상련인지 유독 가까운 모습을 보여주고 있었다. 무엇을 수근거리는지는 몰라도 적어도 당문에 호의적인 태도는 아닌 듯했다. 그 모습을 바라보며 제갈기호는 속으로 혀를 찼다.

'쯧, 아직 정신을 못 차렸다고 해야 할지······.'

시종일관 당설련에게 휘둘리더니 나중에는 당문의 중앙 진출을 도와주려고까지 한다. 대체 생각이 있는 것인지 의심을 하지 않을 수 없다.

차라리 모용세가나 남해검문처럼 입을 닫고 상대의 의중을 파악하는 데 집중한다면 그나마 좀 나으련만. 저들에게서는 아무래도 기대할 바가 없는 듯했다.

'흠, 저쪽은······ 분명히 모용세가의 외당 당주였지?'

자신의 자리에 조용히 앉아 차분한 태도로 서류를 검토하고 있는 한 여인을 제갈기호는 바라보았다.

'좀 가능성이 있으려나?'

제갈기호는 모용미를 바라보며 그렇게 속으로 중얼거렸다. 당문의 독주를 막기 위해서라도 제갈세가는 협력과 연대가 필요했다. 그리고 그녀, 모용미를 통해 보이는 모용세가의 모습은 다른 세가들과는 사뭇 다른 것이었다.

"태평맹 무림용봉지회라······."

제갈기호는 혼잣말처럼 중얼거렸다. 어쨌든 이번 대회는 태평맹의 중요한 전환점이 되어 줄 것이 분명했다. 비록 그 전환점이 누구에게 유익한 것이 될지는 지나고 봐야 알겠지만 말이다.

'예전 무림맹 용봉지회와 같은 이름이군.'

태평맹에서 무림맹과 관련한 것은 암묵적 금기에 속한다. 언제나 태평맹은 무림맹이 존재하지도 않았던 것처럼 행동해 왔기 때문이다.

그런 점에서 볼 때 대외총괄군사 당설련이 이번 대회의 명칭을 태평맹 무림용봉지회라고 한 것은 상당히 이례적인 것이다.

"용봉지회에 무슨 추억이라도 있나?"

자신도 모르게 제갈기호는 그렇게 중얼거렸다.

* * *

"아함, 이제 기침하셨소이까?"

집 안에서나 입을 법한 흐트러진 옷차림으로, 게다가 하품까지 하며 영호준은 그렇게 인사를 건넸다. 탁자 앞에 조용히 앉아 있던 혜천은 영호준을 보며 말했다.

"이미 해가 중천이니, 기침했느냐는 물음은 그다지 어울리지가 않소이다. 매화검 대협."

그의 말에는 신경 쓰는 기색도 없이, 영호준은 머리를 긁적거리며 탁자로 다가와 혜천의 맞은편에 턱하니 앉았다. 아무리 그들 외에는 손님이 없다 해도 너무 흐트러진 모습이라 아니할 수 없었다. 그 모습을 지켜보던 혜천이 다시 묻는다.

"항주에 도착한 지도 오늘로서 이미 사흘째인데, 계속 이 기루에만 머물고 있는 것은 무슨 까닭이오?"

"그야 물론……."

영호준은 다시 한 번 하품을 늘어지게 하더니, 목이 마른 듯 찻주전자에서 식은 찻물을 따라 단숨에 마신다.

"크, 이거 좀 쓰군. 그야 물론 상황을 파악하고 쓸 만한 정보를 얻기 위해서지요. 그런데 진제는 어디 갔소? 이 녀석은 심부름만 시키려고 하면 사라진단 말이야."

"진 소협은 원정과 함께 잠시 영웅맹을 살피고 오겠다고 했소이다."

"영웅맹? 거긴 왜 쓸데없이……. 쯧, 괜히 말썽이나 일으키지 말아야 할 텐데."

빈 찻주전자를 흔들어 보던 영호준은 결국 사환을 불렀다. 사환은 기다렸다는 듯 한달음에 달려왔다.

"이보게. 차 좀 새로 내오고, 간단한 요깃거리 좀 가져다주게."

사환은 고개를 넙죽 숙여 보이고는 재빠르게 사라졌다. 영호준이 동전 한 닢 쥐어주는 걸 잊지 않은 탓이다.

"정보를 얻겠다면, 이렇게 기루에만 있어서는 안 되지 않소?"

혜천의 목소리에 영호준은 고개를 저었다.

"모르시는 말씀. 항주에서 가장 고급 정보가 모이는 곳이 바로 이 취선루외다."

문득 영호준은 과거를 더듬듯 말했다.

"예전에 이곳에 있던 매향이의 애교가 아주 일품이었다오. 콧소리가 달달하고 아주 간드러지는 것이 돌부처도 돌아앉게 만들 정도라 하였지요. 헌데 그 매향이가 지금은 북경에 있는 어느 고관의 후처로 들어갔다고 하니……. 여기도 참 많이 변했소이다. 그려."

혜천이 눈살을 살짝 찌푸리며 말했다.

"고급 정보를 모은다더니, 고급 기녀에 대한 소식만 듣고 있는 건 아니오?"

영호준은 피식 웃었다.

"큰 도는 문이 없다 하였으니, 이것저것 가리다가는 오히려 귀중한 것을 놓치기 마련이라오. 그리고 색(色) 또한 도(道)에 이르는 길이라 하신 분도 있으니 스님께서는 과히 염려치 마시오."

장담하듯 말하는 영호준의 말에도 혜천의 눈살은 쉽게 펴지지 않았다. 지난 삼 일간 영호준이 밤낮으로 기녀들과 어울리는 바람에 혜천과 원정, 그리고 진하성은 꿔다놓은 보릿자루처럼 자기 방에 박혀 있어야만 했기 때문이다. 차라리 자신들만이라도 숙소를 옮겨볼까 하는 생각까지 했으니 곤혹스러움이 어느 정도인지 알 만했다.

그 사이, 부리나케 달려온 사환이 간단한 상을 차려놓고 사라졌다. 영호준은 가볍게 차를 한 잔 들이켜고는 젓가락을 들어 식사를 시작한다.

"그래서, 귀중한 무엇을 들으셨소?"

혜천의 말에 영호준은 씨익 웃으면서 대답했다.

"태평맹에서 무림용봉지회라는 것을 연다고 하더군요."

"무림용봉지회?"

영호준은 우물거리며 말을 잇는다.

"뭐, 이참에 아예 강호 무림 유일의 정통 세력으로 자리매김하겠다는 의도겠지요. 굳이 용봉지회라는 단어를 사용한 건 무림맹의 정통을 스리슬쩍 이어받겠다는 뜻도 있을 테고 말입니다. 아, 스님은 예전 무림맹 용봉지회에 참가한 적이 있습니까?"

혜천은 고개를 젓는다.

"하아, 그때가 참 좋았지요."

영호준은 젓가락까지 멈춘 채 상념에 잠기듯 부드러운 눈빛으로 먼 곳을 바라본다.

"철없는 젊은 시절, 꽃 같은 아가씨와 꿈결 같은 한때를 보내던 그 때가 말입니다. 그녀에게서는 마치 향기가 나는 듯했지요. 아아, 지금 돌이켜 보니 참으로 달콤한 추억입니다 그려."

"크흠, 큼."

혜천이 헛기침을 하는 것은 주색(酒色)을 멀리해야 하는 자신의 입장을 좀 생각하라는 뜻이다. 그러나 영호준은, 어쩌면 마찬가지로 같은 도인의 입장이면서도 아랑곳없이 자신의 말을 이어가고 있었다.

"뭐, 나중에 세상을 알고 다시 돌이켜 보니 사실은 그녀가 살벌한 마녀였다는 걸 깨닫게 되더라도 말입니다."

"대협의 여성편력에는 관심이 없소이다."

자칫 길어질지도 모르는 영호준의 말을 미리 차단하며, 혜천은 화제를 돌렸다.

"그보다, 그 정도의 소문을 고급 정보라고 하지는 않을 듯하오만."

영호준은 싱긋 웃었다.

"얼마 전 영웅맹에 이상한 손님이 들었다고 하더군요."

다시금 젓가락을 놀리며 영호준이 말한다.

"이상한 손님?"

"관원 다섯과 문사 한 명으로 구성된 아주 이상한 손님이지요. 아침 댓바람부터 영웅맹으로 쳐들어왔다고 하지 뭡니까? 오, 이건 꽤 맛있는걸."

"관원이라……, 확실히 이상하긴 하군요."

"아니, 아닙니다."

영호준이 입 안의 음식을 우물거리며 지적했다.

"관원이 아니라 문사 쪽 말입니다."

"문사?"

"그 문사가 비밀리에 영웅맹 맹주를 독대(獨對)했다는 말이 있습니다."

"독대라면……."

"그렇지요. 단 둘이 만났다는 것입니다. 동행한 관원이 한 명 있었지만, 맹주를 만난 것은 그 문사뿐이라 합니다."

"일개 기루의 기녀로부터 알아낸 것 치고는 대단히 상세하군요."

"그러니까 고급 정보라고 하지 않았습니까?"

영호준이 젓가락으로 혜천을 가리키며 말한다.

"관원과 문사……. 흠, 영웅맹이 설마 관과 유착관계에 있는 것은 아닐 테고, 혹 뒤로 줄을 대려는 것인지도 모르겠군요."

"쯧쯧."

영호준이 혀를 찼다.

"그게 정보를 제대로 해석하지 못하는 사람들의 한계지요. 구체적인 상황을 무시한 채 전형적인 해석을 절대적인 사실인 양 내세우는 것 말입니다."

여전히 우물거리는 입을 멈추지 않으며, 영호준이 말했다.

"저는 그 자존심 강하고 허영심 많은 철혈사왕 염중부가 독대씩이나 해줄 상대가 천하에 대체 몇 명이나 있을까를 생각해 보았습니다. 무인이라면 한 손에 꼽을 정도이고……."

영호준은 한 손으로 짐짓 손가락을 꼽아보더니 혜천을 바라보며 말했다.

"문사라면 아무래도 한 명밖에는 모르겠더군요."

영호준은 씨익 웃으며 말했다.

"행방을 알 수 없다던 용(龍) 말입니다."

"용?"

혜천의 눈살이 찌푸려졌다. 그런 그의 눈앞에서 영호준은 유난히 긴 숙주나물 한 줄기를 젓가락으로 집어 들고 웃어 보인다.

지금 그게 용이라고 말하려는 걸까? 덕분에 영호준을 바라보는 혜천의 눈살은 더더욱 일그러지고 있었다.

"안타깝게도 그는 바로 그날 항주를 떠났다고 합니다. 행선지는 정확히 알려져 있지 않았지만, 북쪽으로 향했다고 하더군요."

영호준은 다시 우물거리며 식사를 계속했다.

"행방을 알 수 없는 용이라……."

혜천은 영호준의 말을 되뇌며 무언가 생각하는 듯하더니, 곧 고개를 끄덕인다.

"영웅맹에 맞설 자는……."

"호오, 그 소문을 알고 계셨습니까?"

혜천은 쓴웃음을 지었다.

"모를 수가 없지요. 이곳 항주까지 오면서 몇 번이나 그 이야기를 들었는지……. 헌데, 그가 문사였습니까?"

의외라는 표정을 숨기지 않는 혜천에게 영호준은 고개를 끄덕여 보인다.

"게다가 무림맹에선 서기였지요. 독특한 사람이긴 합니다만······."

영호준은 문득 무슨 생각이 났는지 혜천에게 장난기 가득 담긴 웃음을 짓는다.

"아! 그러고 보니 그의 배분이 말입니다."

혜천은 불현듯 알지 못할 불안감이 엄습하는 것을 느꼈다. 영호준은 입가에 걸린 미소를 지우지 않으며 혜천에게 말했다.

"무려 현 소림 방장의 사숙이 되시더군요."

혜천의 얼굴이 살짝 일그러졌다. 영호준은 그의 반응이 즐거운 듯 입가의 웃음이 더욱 짙어졌다.

"스님께는, 아마 한 사숙조쯤 되시려나요?"

"그럼 그가 선대 대조사께서 말씀하신······."

영호준은 고개를 끄덕였다.

"네. 또 다른 한 명입니다."

사뭇 즐겁다는 듯, 영호준은 젓가락을 든 채 혜천의 얼굴을 바라본다. 그리고 혜천의 얼굴은, 자신도 모르게 그만 살짝 일그러지고 있었다.

* * *

운현 일행이 탄 배는 예정대로 다음 날 저녁 무렵 북경에 도착했다. 대운하의 남쪽 도시 항주로부터 북쪽 끝 도시인 북경까지의 긴 여정이 끝나는 순간이었다. 긴 여행이 지루했던 일행은 배가 정박하는 것을 기다리며 뱃전에 나와 서 있었고 부두를 살펴보던 담소하는 자연스럽게 감탄사를 흘렸다.

"우와, 대단한데요?"

그의 목소리에 운현의 얼굴에 살짝 쓴웃음이 걸렸다. 족히 십여 대는 될 것 같은 마차와 백여 명이 훌쩍 넘는 군사들, 그리고 수십의 말 탄 기마가 부둣가를 가득 메우고 있었기 때문이다. 이 정도면 꽤나 거창한 행렬이라 아니할 수 없었다.

"귀인의 안전을 위한 것입니다."

옆에 서 있던 감찰어사 조관이 나지막한 목소리로 말한다.

"제 연락을 받았을 테니, 당연한 조치이지요."

운현은 고개를 끄덕였다. 박 공공의 목숨을 노리는 자들이 있을 것이라는 정보가 이미 북경에 전달되었으니 당연히 운현을 맞이하는 것에도 경계를 강화할 수밖에 없을 것이다.

실제로, 부두에서 기다리는 행렬은 그 거창한 모습과는 달리 아무런 깃발도 올리지 않았고, 화려한 치장도 하지 않고 있었다. 다만 군사들의 날카로운 시선만이 주위를 살피고 있을 뿐이다.

그 사이 운현 일행이 탄 배는 부두에 도착하고 선원들의 일손이 분주하게 움직이기 시작했다. 배가 멈추자마자 부두에 있던 한 군관이 배 위로 뛰어 올라왔다.

"조관 어사대인이십니까?"

그는 감찰어사 조관에게 예를 표하고는 묻는다. 조관 역시 예를 표하고는 대답했다.
"도찰원 소속 감찰어사 조관일세."
조관은 신분패를 꺼내 군관에게 보여주었다. 군관은 신중하게 그의 신분패를 확인하고는, 자신의 신분패를 꺼내 조관에게 보였다. 조관 역시 신중하게 그의 신분패를 확인했다.
"귀인께서는?"
"이분이시네."
조관이 운현을 가리키자 의외라는 듯 군관의 눈에 이채가 돈다. 지금 운현의 복장은 그저 수수한 문사의 차림 그대로였기 때문이다. 언뜻 보면 귀인이라기보다는 배라도 얻어 탄 문사 같은 모양새다. 그러나 군관은 곧 운현에게 정중하게 예를 표했다.
"먼 길에 수고하셨습니다. 공공께서 기다리고 계십니다."
운현은 그에게 마주 예를 표하고는 고개를 끄덕였다.
"이리로 오시지요."
군관은 즉시 배를 내려가기 시작했다. 운현이 발걸음을 옮기려는데, 문득 감찰어사 조관과 그 일행이 그대로 뱃전에 서 있는 것을 보았다.
"어사대인께서는……."
"저희의 임무는 여기까지입니다."
짐짓 사무적인 표정을 지으며 조관이 대답한다. 운현은 두 손을 모으고 조관에게 정중하게 예를 표했다.
"수고하셨습니다. 그리고, 감사합니다."
조관 역시 마주 예를 표하며 대답했다.
"귀인을 모시게 되어 영광이었습니다."
운현은 다른 일행에게도 고개를 숙여 예를 표했다.
"네 분께도 폐를 많이 끼쳤습니다."
항장익과 백운상이 말없이 정중하게 마주 예를 표하고, 담소하가 웃는 얼굴로 인사를 하는데, 진예림은 그저 형식적으로 고개를 숙여 보일 뿐이다.
"그럼."
운현은 몸을 돌려 걸어가기 시작했다. 배를 내려간 운현이 마차 안으로 사라지자 십여 대의 마차가 일제히 부두를 빠져나가기 시작했다.
따가닥, 따가닥.
"이랴! 하아!"
마치 경쟁이라도 하듯 질주하던 마차들은 부두를 나가자마자 갑자기 서너 무리로 나누어지더니 순식간에 시내 쪽으로 모습을 감추었다. 그 마차들 중의 어느 곳엔가 운현이 타고 있을 터였다.
"후우, 갔군요."
담소하가 뱃전에 기대서서 한숨을 쉬듯 말했다.
"아, 꽤 특이한 사람이었는데……. 좀 흥미로운 면도 있고."

"흥."

진예림이 담소하의 말에 말도 안 된다는 듯 코웃음을 친다.

"다들 수고했네."

감찰어사 조관이 일행을 돌아보며 말했다. 항장익은 싱긋 웃어보였다.

"저희가 수고랄 게 뭐 있었습니까? 어사대인께서야말로 수고하셨습니다."

"나는 이 길로 도찰원에 들어갔다가 올 테니, 자네들은 어디서 식사라도 하고 있게."

"알겠습니다."

항장익이 예를 표하며 대답했다. 조관은 간단하게 짐을 챙기더니 그대로 북경 시내로 사라지고, 항장익은 일행을 둘러보며 말했다.

"오랜만에 온 북경이니, 제대로 된 근사한 곳에 가서 한번 먹어볼까?"

"앗싸! 역시 항 형님이 최고라니까!"

담소하는 기쁨을 감추지 않았다. 그리고 진예림의 표정도, 오랜만에 슬그머니 풀어지고 있었다.

제2장
무엇이 사람을 지배하는가

　오랜만에 도착한 북경의 정취를 느낄 사이도 없이, 운현이 탄 마차는 빠르게 달리고 있었다. 두터운 휘장으로 단단히 창을 가린 터라 바깥의 풍경도 보이지 않았다. 하지만 부두를 빠져 나오자마자 십여 대의 마차가 서너 무리로 나누어진 것은 알 수 있었다.
　수가 줄어들자 한결 홀가분해진 마차 행렬은 정말 말 그대로 쉬지 않고 달리기 시작했다. 인마(人馬)의 교통이 복잡한 북경 도심 거리를 달리는 것이 분명할 텐데도 마차는 한 번도 멈추지 않았다.
　함께 동승한 군관은 표정 변화도 없이 묵묵히 앞을 보고 있을 뿐, 한 손에 검을 쥐고 있는 그 모습에서는 긴장을 놓지 않는 날카로운 느낌이 역력히 배어 나오고 있었다.
"어디로 가는 것인지 여쭤 봐도 되겠습니까?"
운현이 나지막이 묻자 군관은 사무적인 어조로 대답한다.
"죄송합니다. 저는 다만 귀인을 모시라는 명을 받았을 뿐입니다."
정중하지만 단호한 대답이었다. 운현은 그와 대화를 나누는 것을 포기하고 마차 좌석에 몸을 기댔다. 푹신한 느낌의 천이 몸을 부드럽게 지탱하는 것이 느껴졌다.
수수한 겉모습에 비해 마차의 내부는 상당히 편하게 꾸며져 있는 듯했다. 꽤 빨리 달리고 있음에도 불구하고 진동이나 소음이 그다지 크게 느껴지지 않는 것 또한 그랬다. 물론 북경의 도로가 잘 정비되어 있는 탓도 있었겠지만 말이다.
따가닥, 따가닥.
은은히 들려오는 말발굽소리와 흔들림에 몸을 맡기며 운현은 잠시 상념에 빠져들었다.
'북경이라······.'
이렇게 돌아오게 될 줄은 몰랐다. 아니, 사실 돌아오게 되리라 생각해 보지도 않았다. 황궁을 나가던 그날, 이제 이 도시와는 아무런 인연이 없으리라 생각했었으니까.
'흠, 그러고 보니 사실 별로 잘 아는 곳도 아니잖아?'
운현이 북경 시내에 머무른 것은 시험을 준비하던 몇 개월

뿐이었다. 그나마 전시를 앞두고 있다는 압박감으로 인해 값싸고 허름한 객잔 밖을 별로 나온 적도 없었다. 하물며 시내 구경 같은 것은 생각도 해보지 못한 사치였다.

게다가 과거에 급제한 이후에는 바로 창룡전에 들어가지 않았는가? 결국 운현에게 이 도시는 여전히 낯선 곳일 뿐이었다.

'수도(首都) 보다 황궁이 더 친숙하다니……'

운현은 문득 쓴웃음을 지었다. 황궁, 창룡전, 그리고 문연각. 지금도 눈을 감으면 너무나 생생하게 떠올릴 수 있는 그리운 풍경들, 친숙한 모습들, 그리고 이제는 다시 볼 수 없는 사람들. 운현은 문득 가슴이 아려오는 것을 느꼈다. 추억이란 늘 이렇게 포근하면서도 아픈 것인가 보다.

"귀인, 도착했습니다."

문득 귓가를 울리는 군관의 음성에 운현은 상념에서 깨어났다. 그의 말대로 마차가 천천히 속력을 줄이고 있었다. 어딘지는 몰라도 목적지에 도착한 것이다.

자신도 모르게 운현의 입가에 부드러운 미소가 떠올랐다. 이곳에서 그를 기다리는 사람은, 운현이 보고 싶어하던 사람들 중 한 명일 것이 분명했기 때문이다.

마차가 멈춘 곳은 한적하고 조용한 장원(莊園)의 마당이었다. 담이 높아 바깥이 잘 보이지 않았지만 이곳이 북경 시내의

한 곳이라는 것은 분명했다. 물론 사람이 많은 번화가에서는 조금 떨어져 있는 주택가 같은 곳이겠지만 말이다.

운현이 마차에서 내리자 말쑥하게 차려입은 초로의 노인이 운현에게 기다렸다는 듯 예를 표한다.

"어서 오십시오. 귀인의 방문을 환영합니다."

운현은 마주 예를 표했다. 그 사이, 함께 동승해 왔던 군관이 운현에게 정중하게 예를 표하고는 미처 답례할 사이도 없이 다시 마차에 올라탄다.

운현이 타고 온 마차는 소리도 없이 조용히 대문을 빠져 나갔다. 닫히는 대문 바깥으로 얼핏 보이는 모습은 또 다른 높은 담뿐이었다.

"이리로 오시지요."

초로의 노인은 정중하고 예의바른 모습으로 운현을 안내했다. 부드러운 미소를 띠우고 천천히 걸음을 옮기는 표정이 그저 마냥 사람 좋은 옆집 할아버지처럼 보인다.

자박 자박.

장원은 그 높은 담에 비해 규모가 크지 않았다. 작은 사잇문을 지나자 작은 정원이 딸린 단아한 건물 한 채가 나오고, 노인은 자연스러운 동작으로 다가가 문을 연다.

"잘 가꾼 정원이군요."

운현이 정원을 보며 말했다. 그리 크지 않은 정원은 세심한 손길이 닿은 듯, 구석구석까지 잘 정돈되어 있었다. 노인은 고개를 가볍게 숙여 보이며 말했다.

"감사합니다."

노인의 대답으로 보아 아마 직접 정원을 가꾸는 듯했다. 운현이 노인의 안내를 따라 집 안으로 들어서자 은은한 향기가 풍겨 나온다.

'호오.'

운현은 속으로 내심 감탄했다. 방 안은 전체적으로 단아한 느낌이었다. 정원과 마찬가지로 세심한 손길이 닿은 흔적이 곳곳에 남아 있었다.

화려하지도 않고 초라하지도 않은, 그야말로 고즈넉한 정취가 느껴지는 방이었다. 사뭇 팽팽했던 긴장이 자연스럽게 풀리는 것을 느낄 수 있을 정도였다.

"앉으시지요."

노인은 운현에게 자리를 권했다. 운현이 자리에 앉자 노인은 준비했던 차를 내어왔다.

달칵.

"곧 나오실 것입니다."

노인은 운현에게 그렇게 말하고는 작은 문을 열고 모습을 감췄다. 홀로 남은 운현은 차향을 음미했다.

'좋은 차군.'

이곳의 분위기와 더불어 따뜻한 한 잔의 차는 운현의 피곤한 심신을 어루만져 주는 듯했다. 그렇게 운현이 잠시 손 안의 온기를 느끼고 있을 때, 문이 열리며 누군가 들어왔다.

달칵.

문소리에 무심코 고개를 돌리던 운현은 자신도 모르게 반색을 하며 자리에서 일어났다. 참으로 오랜만에 보는, 그러나 너무나 익숙한 얼굴이 모습을 드러냈기 때문이다.

"아, 박 환······."

자신의 호칭이 잘못되었다는 것을 깨달을 사이도 없이, 운현은 말을 멈춰야 했다. 자주색 태감의를 입은 박 환관의 뒤로 비단옷을 입은 낯선 사람의 모습이 나타났다.

"운 학사님, 그간 별래무양 하시었습니까?"

문득 들리는 박 환관의 목소리에 운현은 다시 미소를 떠올렸다.

"박 환······ 아니 박 공공께서도 옥체만안하셨소?"

예전과 하나도 변함없이, 지극히 공손한 태도로 허리를 숙이는 박 환관, 아니 박 공공에게 운현은 마주 예를 취해 보이며 말했다. 박 공공은 운현의 답례에 싱긋 미소를 지어 보이더니 함께 따라 들어온 사람을 소개했다.

"이분은 호군(濠君)이라 하시는 공자님이시온데, 학사님의 이야기를 들으시고 한 번 보기를 청하시기에 이렇게 함께 모셨사옵니다."

박 공공이 한 발자국 물러서자 뒤에 서 있던 낯선 이가 운현을 향해 미소를 지어 보인다.

"반갑소. 박 공공으로부터 이야기를 많이 들었소이다."

운현은 잠시 대답을 주저했다. 훤칠한 풍채와 귀티 나는 인상, 검은색 비단옷에 같은 검은색 계열로 은은하게 문양을 넣은 고급스러운 복식, 게다가 박 공공이라 호칭하는 자연스러운 어법. 적어도 보통 집안의 공자가 아닌 것은 분명했다. 그러나 운현이 대답을 주저한 것은 그런 이유 때문만은 아니었다.

'후우, 호군(濠君)이라…….'

이름을 호군(濠君)이라 함은 문자적으로는 호씨 집안의 자제라는 뜻이다. 그러나 운현은 그 뒤에 숨은 의미를 충분히 미루어 짐작할 수 있었다.

운현은 슬쩍 박 공공의 눈치를 살폈다. 하지만 박 공공은 아무것도 모른다는 듯, 한 발자국 물러선 그대로 변함이 없다. 하는 수 없이 운현은 정중하게 허리를 굽혀 예를 표하는 수밖에 없었다.

"저는 운현이라 합니다. 공자님을 뵙게 되어 반갑습니다."

"하하, 너무 예를 차리지 마시오."

호 공자는 기쁜 듯 호탕하게 웃더니 박 공공을 돌아보며 말했다.

"자, 이렇게 서 있지 말고 앉도록 하지. 운 학사께서도 앉으시오."

박 공공은 깊숙이 허리를 숙이며 그의 말을 따른다. 호 공자가 먼저 자리에 앉고, 박 공공과 운현이 둘러앉듯 탁자에 자리를 잡았다. 어느새 나타난 노인이 정중하고 예의바른 태도로 두 사람 몫의 찻잔을 내려놓고 사라진다.
"흐음."
호 공자는 운현을 향한 흥미를 숨기지 않았다. 그는 노골적으로 운현을 쳐다보며 관심의 눈빛을 보이고 있었다.
"운 학사께서 검을 잘 아신다고, 박 공공이 말하더군."
"저는 관직을 떠난 지가 오래되었습니다. 학사라는 호칭은 어울리지 않으니 그저 운현이라 불러 주십시오."
운현이 정중하게 말하자 호 공자가 의외라는 표정을 짓는다.
"허나 박 공공은 늘 운 학사라 부르던데? 그렇지 않은가?"
돌아보는 호 공자의 시선에 박 공공은 미소를 지으며 대답한다.
"관리(官吏)가 관직에서 물러나면 어찌 관의 벼슬아치라 할 수 있겠사옵니까마는, 학사(學士)는 배울 것이 있는 한 언제까지고 학사라 할 수 있지 않겠사옵니까?"
"그렇다는군."
호 공자의 말에 운현은 슬며시 쓴웃음을 지었다.
"그때도 제가 박 공공의 말을 이기지 못했으니, 지금도 그렇겠지요. 역시 저는 아직 배울 것이 많은가 봅니다."
"하하하."
호 공자는 유쾌하다는 듯 웃었다.

"듣자니 운 학사는 전시의 장원 출신이라 하던데, 그렇다면 나라의 큰 인재가 아닌가?"

문득 호 공자가 운현을 똑바로 쳐다보며 묻는다. 나라의 큰 인재라고 추켜세우는 듯 말했지만, 당연히 나라를 위해 일해야 하지 않는가라는 질문에 다름 아니다. 운현은 담담한 목소리로 대답했다.

"자신을 위해 일하는 것은 사람의 재주에 달린 일이라도, 나라를 위해 일하는 것은 하늘이 허락해야 하는 것이 아닌가 생각합니다."

"흐음, 그렇다면 언제라도 상황이 주어진다면 나라를 위해 일할 수도 있다는 뜻인가?"

"저는 부족한 사람이라, 하늘이 허락하실 것 같지가 않군요."

"그야 알 수 없는 일이지."

호 공자는 운현의 눈을 똑바로 쳐다보며 의미심장하게 미소 짓는다. 운현은 그저 애매한 미소로 답할 뿐이다.

"어떻게 검을 알게 되었나? 본래 무가(武家) 출신인가?"

호 공자는 운현과 그리 나이 차이가 크지 않아 보이는데도 자연스럽게 하대를 하고 있었다. 게다가 던지는 질문도 갑작스럽고 단도직입적이다. 그러나 운현은 정중하게 대답했다.

"아닙니다. 맡은 일에 충실하려 하여 뒤늦게 배운 것인데, 우연히 길이 맞았나 봅니다."

"뒤늦게 배운 것인데 길이 맞았다니, 천운(天運)이로군. 평생 한 길로 정진해도 이루지 못하는 사람들이 있지 않은가?"

"그렇습니다."

천운(天運)이라는 말에 운현은 동의했다. 지나간 일들을 천운이라는 한 단어로 치부하기에는 너무나 모자라지만, 돌이켜 생각해 보면 그 진부한 단어 외에 또 무엇이라 말할 수 있으랴.

"강한가?"

호 공자의 목소리에 운현은 고개를 들었다. 호 공자는 다시 물었다.

"내 듣기로는 그대가 현재 무림에서 가장 강한 다섯 명 중의 하나를 이겼다고 하던데, 솔직히 그렇게 보이지 않아서 말이네. 게다가 무림은 오직 힘이 지배하는 곳이라 하지 않나?"

"무림을 힘이 지배한다고 말한다면, 사람을 지배하는 것이 곧 힘이라 말하는 것과 같습니다."

"음?"

호 공자의 눈썹이 살짝 일그러진다. 무슨 뜻이냐는 반문이다. 운현은 계속 말했다.

"무림은 칼로 사람들의 은(恩)과 원(怨)을 해결하는 곳입니다. 그러니 무림을 지배하는 것이 힘의 논리라는 것 또한 일부분의 사실이겠지요. 하지만 무림 또한 사람들이 사는 곳이고, 사람들 간의 일입니다. 결국 무림을 지배하는 것이 무엇인가라고 하는 질문은, 사람을 지배하는 것이 무엇인가라는 질문에 다름 아니겠지요."

운현은 호 공자를 바라보며 물었다.

"사람을 지배하는 것이 힘이라고 생각하십니까?"

호 공자는 생각에 잠겼다. 그러나 곧 이렇게 반문했다.

"그대는 사람을 지배하는 것이 무엇이라고 생각하는가?"

"잘 모르겠습니다."

고개를 저으며 운현은 대답했다. 살짝 눈살을 찌푸리는 호 공자에게 운현은 이렇게 덧붙였다.

"하지만 한 가지 확실한 것은, 사람이 자신을 지배하도록 허락한 것만이 그를 지배할 수 있다는 것입니다."

운현은 말했다.

"분노가 자신을 지배하도록 허락할 때에만 분노는 그 사람을 지배할 수 있습니다. 욕심이 자신을 지배하도록 허용할 때에만 탐욕은 그를 지배할 수 있지요. 그러므로 무엇이 자신을 지배하든지, 그것은 자신이 선택한 결과입니다."

"그대의 말은 마치 도인(道人)의 그것과도 같군."

호 공자는 말했다. 잠시 생각하던 그는 다시 말했다.

"그러나 힘은 사람을 강제로 복종시키지 않는가? 그래서 사람들이 무력을 원하고, 또 강해지고자 하는 것이 아니던가?"

운현은 말했다.

"비록 무력이 강제로 사람을 복종하도록 하는 것 같으나 다만 일시적이고 표면적으로 그러할 뿐입니다. 그것은 마치 손가락 사이로 빠져나가는 모래를 움켜쥐는 것과 같아서, 돌이켜 보면 허망한 착각에 불과합니다. 모래를 모두 소유하겠다고 손을 아무리 움켜쥐어도, 결국 모래는 바다와 땅의 경계에서 영원히 그렇게 존재하듯 말이지요."

"무력으로는 사람을 지배할 수 없다는 뜻인가?"

"무력은 다만 또 다른 무력을 꺾을 수 있을 뿐입니다."

"다만 또 다른 무력을 꺾을 뿐이라……."

호 공자는 운현의 말을 되뇌어 본다.

"하지만 다만 그것을 하지 못하는 것으로 인해 고통을 당하는 이들도 많지."

"그러나 무력은 결국 아무도 굴복시키지 못합니다. 진정으로 강한 사람은 무력을 가진 사람이 아니라, 고통에도 굴하지 않는 정신을 가진 자입니다."

호 공자는 무언가 생각하는 듯 손가락으로 탁자를 천천히 두드린다. 그것은 운현의 말을 생각한다기보다는 무언가 상념에 빠진 것 같은 모습이었다. 운현의 말이 그의 과거를 되새기게 한 것일까?

"그래도 힘을 가진 사람이라면, 적어도 다른 사람에 의해 강제로 자신의 의지가 꺾이는 일은 없겠지. 자네도 그렇지 아니한가? 그 무력으로 무림을 종횡하였을 테니 말이야."

운현을 향한 호 공자의 말은 부러움과 함께 어딘지 씁쓸한 추억이 배어 있는 것 같은 느낌이었다.

"종횡(縱橫)이라……."
 운현은 쓴웃음을 지으며 대답했다.
 "그보다는 도망가는 것을 더 잘했지요."
 의외의 대답에 호 공자가 의아한 눈빛으로 운현을 쳐다본다. 운현은 아무렇지 않은 듯 말했다.
 "참으로 비참한 모습으로 도망쳐서 목숨을 건졌습니다. 한때는 모든 것을 잃은 것 같았는데, 그래도 좋은 사람들을 만난 덕분에 다시 일어설 수 있었습니다. 그러니 참으로 강한 것은……."
 운현은 미소를 지으며 말했다.
 "사람의 정(情)이 아닌가 합니다."
 호 공자의 입가에도 은은한 미소가 걸렸다.
 "그런가?"
 운현은 대답하지 않았다. 그러나 운현의 입가에 여전히 머물러 있는 미소는 그 대답이 되어 주었다.
 "사람들이 그대를 창룡검주(蒼龍劍主)라 한다지?"
 "부끄럽지만, 제가 스스로 지은 이름입니다."
 "창룡(蒼龍)이라, 참으로 큰 포부가 느껴지는 이름이로군."
 호 공자의 말에 운현은 고개를 저었다.
 "그런 것이 아니고……. 그저 제가 황궁의 창룡전에 머물렀던 때에 지은 이름이라 그렇습니다."
 "아, 창룡전……."

그제야 생각났다는 듯 호 공자가 말한다. 그리고 그의 시선이 잠깐 박 공공에게 향하는 것도 운현은 놓치지 않았다. 아마 실제로는 기억하지 못하는 것이 분명하다.

"그러면 창룡검 같은 것은 가지고 있지 않겠군?"

"그렇습니다."

"그런가? 이거 조금 실망이로군. 혹시 대단한 보검 같은 것이라도 볼 수 있을까 했는데……."

"여기."

운현은 자신의 가슴을 손으로 가볍게 짚었다.

"제 창룡검은, 여기에 있습니다."

운현은 미소를 지으며 말했다.

"호 공자님께서도 마음에 자신의 검을 가지고 계시지 않습니까?"

"하하하."

호 공자는 호탕하게 웃었다.

"마음의 검이라. 과연 그러하군. 그래, 내게도 내 검이 있지."

"그 검을, 분노나 탐욕 혹은 공포가 쥐지 않도록 하시기를 바랍니다."

살짝 호 공자의 안색이 굳었다. 그러나 곧 정색을 하고 호 공자가 말했다.

"걱정 말게. 내 검을 쥐는 자는 언제나 내가 될 것이니."

운현은 고개를 숙여 보였다.
"주제넘은 말을 받아들여 주시니 감사합니다."
"훗. 괜찮네."
호 공자는 웃음을 흘렸다.
"학사들의 목이 뻣뻣하고 다른 사람의 일에 참견하기 좋아한다는 것은 익히 알고 있는 바이니까."
호 공자가 박 공공을 돌아보자, 박 공공은 정중하게 고개를 숙인다.
"박 공공. 자네가 그리도 만나고자 하기에 누군가 궁금했는데, 이런 사람이로군."
"송구하옵니다."
박 공공은 가볍게 예를 표하며 대답했다.
"지나치게 이상적이긴 하나, 그것도 나쁘지는 않겠지. 다만……"
호 공자는 운현을 돌아보며 말했다.
"내가 기대했던 만남과는 상당히 다르군 그래."
다를 수밖에 없었다. 무림의 고수를 만나 놀라운 재주라도 볼 수 있을 줄 알았는데, 난데없이 학사를 만나 뜬금없는 강의를 들은 기분일 테니 말이다.
"사람들이 창룡검주라 부르는 그대의 힘을 견식하는 것은, 다음 기회를 기약하도록 하지."
운현을 향해 웃어 보이며 호 공자는 말했다.

"오랜만에 만났을 테니, 두 사람은 좀 더 이야기를 나누도록 하게. 나는 이만……."

호 공자는 자리에서 일어나려 했다. 갑자기 운현이 건넨 말만 아니었다면 말이다.

"저……."

"응?"

호 공자는 막 일어나던 자세 그대로 운현을 돌아보았다. 운현은 잠시 머뭇거린다.

"괜찮네. 말해 보게."

만면에 웃음을 지으며 호 공자가 말했다. 아마도 무언가 말하기 주저되는 일, 예를 들어 무슨 부탁 같은 것이 있으리라 생각한 것이리라. 그러나 운현은 호 공자가 아닌 박 공공을 향해 묻는다.

"박 공공, 혹시 어사대인의 연락을 받으셨소?"

박 공공이 웃으면서 말했다.

"말씀을 낮추시지요, 운 학사님."

운현이 어색한 미소를 지으며 말했다.

"아니, 그래도 공공이신데 내가 어찌……. 아니, 그보다."

정색을 하고 운현이 말했다.

"박 공공의 목숨을 노리는 자들이 있다는 연락을 받으셨소?"

박 공공은 고개를 끄덕인다.

"네, 받았습니다. 그리고 말씀을 낮추지 않으시면 저는 대단히 상심할 것이옵니다."

짐짓 슬픈 표정까지 지어보이는 박 공공에게 운현은 난처한 웃음을 지어 보였다. 어찌 공공이라 불리는 사람에게 함부로 하대를 할 수 있단 말인가? 그러나 지금은 그보다 더 급한 일이 있었다.

"박 공공께서는 현재 사가(私家)에서 거처하고 있소?"

그러나 박 공공은 대답하지 않았다. 오히려 고개까지 살짝 돌리고 정말로 낙담한 것 같은 표정을 지어 보인다. 운현은 낭패한 표정이 되었다. 게다가 호 공자까지 흥미로운 듯 쳐다보니 더 이상 버틸 수가 없었다.

"후우······. 박 공공, 현재 사가에 머물고 있나?"

박 공공의 표정이 금방 환해졌다.

"물론 그렇지 않사옵니다. 예전이고 지금이고 제가 있을 곳은 그저 황궁뿐이니까요."

권력을 잡은 환관들은 대부분 황궁을 나가 고대광실(高臺廣室)의 대저택에서 생활하는 경우가 많았다. 비록 명목상에 불과하다 해도 처첩을 들이고 많은 양자를 두어 자신의 권세를 뽐내는 경우도 허다했다. 그리고 그런 일들은 반드시 황궁 밖에서 행해졌다. 왜냐하면 황궁 내에서는 결코 그렇게 할 수 없었기 때문이다.

하지만 박 공공에게는 오직 황궁 내에서의 생활만 있었다. 현재 그의 위치와 실권을 보자면 오히려 상당히 이례적인 경우라 할 수 있을 정도로 박 공공은 검소한 생활을 하고 있는 것이다.

"으음."

박 공공의 대답을 들은 운현의 얼굴은 어두워졌다.

"그러면, 요 근래 황궁을 나온 것이……."

"요 근래가 아니라, 이번에 황궁을 나온 것이 몇 년만에 첫 외출입니다."

대답하던 박 공공은 문득 운현의 속마음을 알아차렸다는 듯 웃음을 지었다.

"후후, 물론 저도 아무런 대책 없이 나온 것은 아니랍니다."

박 공공은 말했다.

"북경 시내에는 은밀한 통로로 연결된 저택들이 몇 채 있지요. 이곳 역시 그 중의 하나입니다. 설령 뒤를 따르는 자들이 있다 해도, 그들은 그저 텅 빈 집을 노려보고 있을 뿐이랍니다. 그리고 만일의 경우를 대비해서……."

"이곳을 지키고 있는 자들 말인가?"

운현의 말에 박 공공이 눈을 동그랗게 뜬다.

"알고 계셨습니까? 모습을 들킬 만큼 허술한 자들은 아닐 터인데……."

그러나 운현은 박 공공의 말을 듣고 있지 않았다. 그의 말대로 분명히 그렇게 허술한 자들은 아닐 것이다. 아니, 운현이 들어오면서부터 느꼈던 기세로 보아서는 어지간한 무림의 고수라도 그들의 공격을 쉽사리 받아내지는 못할 것 같았다. 하지만, 어디까지나 어지간한 고수들의 경우다.

운현은 생각에 잠겼다. 자신이 아는 것이라곤 문왕이 박 공공을 노리고 있다는 것뿐이다. 아마도 철혈사왕의 그 말은 사실일 것이다. 그렇다면 문왕은 어떻게 박 공공을 노릴 것인가?

"운 학사?"

호 공자의 목소리가 들려왔다. 자신을 불러놓고 정작 박 공공과 몇 마디 나누더니 생각에 잠겨 있는 운현에게 설명을 요구하는 것이다. 운현은 대답했다.

"공자님. 죄송하지만 잠시 기다려 주시는 것이 좋을 것 같습니다."

"호오, 왜지?"

호 공자의 물음에 운현은 대답했다.

"공자께서 위험에 휘말리실지도 모르는 일입니다."

"그런가?"

호 공자의 대답은 의외였다. 그는 자신이 위험할지 모른다는 운현의 말에도 전혀 놀라는 기색을 보이지 않았다.

"어떤가? 박 공공. 자네는 어떻게 해야 한다고 생각하지?"

박 공공을 돌아보며, 호 공자가 묻는다.

"지금은 운 학사님의 이야기를 더 듣는 것이 먼저일 듯싶습니다."

"그런가? 그럼 그러도록 하지."

호 공자는 다시 편안한 자세가 되었다. 그리고 운현에게 말했다.

"말해 보게."

운현은 조금 다른 눈으로 호 공자를 바라보았다. 그 자신이 위험하다는 말에 이런 담담한 반응을 보일 줄은 생각지 못했기 때문이다. 그런 운현의 속내를 알아차렸는지 호 공자는 말했다.

"괜찮아. 위험한 상황에 처하는 건 익숙한 일이다. 그보다 이야기를 계속 해보게."

운현은 고개를 끄덕였다. 문득, 아마도 호 공자는 자신의 생각과는 꽤 다른 삶을 겪어온 듯하다는 생각이 들었다. 마치 예전 북해의 소궁주가 그러했듯이.

"사람들이 항주 혈사라 일컫는 일에 대해 알고 계십니까?"

운현의 말에 호 공자의 시선이 박 공공을 향한다. 박 공공이 운현의 말에 대답했다.

"물론 잘 알고 있사옵니다. 소위 영웅맹이라 부르는 이들이 무림맹을 무너뜨린 일을 말씀하시는 것이 아니옵니까?"

박 공공은 호 공자를 향해 설명하듯 말을 이었다.

"영웅맹의 맹주는 천하에서 가장 강하다는 다섯 명 중의 하나인 염중부라 하는 자이옵니다. 그러나 영웅맹의 실제 주인은 혈공자 문왕이라고 하지요. 물론, 무림맹을 무너뜨린 것도 그의 작품이고 말입니다. 문왕이라 하는 자는 기마대와 궁수

대까지 동원하여 무림맹을 무너뜨렸는데, 그 행동이 군사작전을 방불케 할 정도였다 하옵니다."

운현이 박 공공의 말을 이어받아 호 공자에게 말한다.

"하지만 문왕은 그때 다른 측면에서 커다란 손실을 입었다고 합니다. 제 추측에는 아마도 중앙 정계와 관련하여 무언가 계획하던 일에 큰 타격을 받은 것이 아닌가 생각하고 있습니다."

호 공자는 의미심장한 눈빛으로 박 공공을 쳐다보았다. 그리고 운현 역시 박 공공을 돌아보았다.

"그리고 그의 계획에 중대한 차질을 빚게 한 사람은, 다름 아닌 바로 자네일 걸세. 박 공공."

박 공공의 입가에 미소가 걸렸다.

"그러고 보니 얼마 전 감히 황실을 어지럽히려던 대역 죄인의 무리를 일소한 적이 있었지요. 그리고 그들과 결탁한 무리 중에 영웅맹이라 하는 이름이 있었습니다."

짐짓 능청스러운 말투다. 그러나 운현은 정색을 하고 말했다.

"그래서 문왕이 바로 자네를 노리고 있다네."

그러나 박 공공의 능청스러운 미소는 사라지지 않았다.

"그런 정도의 위협이라면 제게는 흥밋거리조차 되지 못하지요. 그보다 훨씬 간교하고 악독한 무리들의 위협을 이미 충분히 겪은 바이니까요. 게다가 설령 그런 발칙한 자들이 있다 해도 그들이 황궁에까지 살수를 보내지는 못할 테지요."

그럴 것이다. 가능한지 불가능한지의 여부를 넘어서 그건 현 황실을 향해 선전포고를 하는 것이나 마찬가지일 테고, 그것은 적어도 지금은 결코 해서는 안 될 일일 테니까.

"자네의 출궁(出宮)을 미리 알고 매복을 하거나 함정을 준비하는 것은?"

박 공공은 고개를 저었다.

"제가 출궁을 한다면, 그 때와 장소는 저 외에는 결코 미리 알 사람이 없습니다."

"자네가 나올 수밖에 없는 일을 만든다면?"

박 공공은 미소를 지었다.

"저를 오라 가라 할 수 있는 사람은 적어도 황궁 바깥에는 없습니다. 그 누구건, 무슨 일이 생기건, 그가 저에게 와야만 하지, 제가 가야 하는 일은 없습니다."

"하지만 지금 자네는 이렇게 나와 있지 않은가?"

"그건……"

박 공공의 입가에 걸린 미소가 짙어졌다.

"운 학사께서 다시 황궁에 들어오실 때에는 반드시 오문(午門)으로 모시리라고 결정했기 때문이지요."

오문(午門), 혹은 불사조의 오탑(五塔)이라고도 불리는 오봉루(五鳳樓)는 자금성의 권위를 나타내는 정문이었다.

박 공공의 말은 언젠가 당당한 관리로서 운현을 황궁에 다시 들이겠다는 의지를 나타내고 있었다. 이런 은밀한 만남이 아니고 말이다.

그의 말에 운현은 자신도 모르게 호 공자의 기색을 살폈다. 그러나 호 공자는 은은한 미소를 머금은 채 운현을 바라보고 있을 뿐이었다.

"크흠."

왠지 머쓱해진 운현이 짐짓 헛기침을 했다. 거기다가 반짝이는 눈동자로 자신을 쳐다보는 박 공공의 결의에 찬 시선도 어쩐지 부담스러웠다.

"어찌됐건 문왕은 결국 이런 우발적인, 예를 들어 지금과 같은 기회를 노릴 수밖에 없겠지. 그리고 이런 우발적인 상황에서 반드시 자네를 해하고자 한다면……."

운현은 박 공공을 쳐다보며 말했다.

"그는 분명히 무공의 고수를 보내야만 할 것일세. 그것도 아주 대단한."

"영웅맹에 그런 고수가 있습니까?"

"영웅맹이 아닐세."

운현은 말했다.

"문왕의 힘은 상인(上人)에게 있네."

"상인(上人)?"

호 공자가 반문했다.

"스스로 일대상인(一大上人)이라 하는 자입니다."

"일대상인(一大上人)?"

운현의 대답에 호 공자의 눈썹이 일그러졌다. 그는 불쾌한 속내를 숨기지 않으며 말했다.

"광오하고 발칙한 자로다. 감히 홀로[一] 크다[大] 자처하다니. 스스로를 하늘[天]이라 생각하는가?"

예로부터 하늘[天]이라는 글자는 홀로[一] 크다[大]는 뜻이라 인식되어 왔다.

그러니 스스로를 일대상인(一大上人)이라 하는 것은 곧 스스로 하늘이라 자처하는 것과 다르지 않은 것이다.

"스스로를 하늘이라 여기는 것이 아니라, 하늘[天] 위에[上] 있는 자[人]라 여기는 것입니다."

운현의 말에 호 공자의 안색이 더욱 딱딱하게 굳어간다.

"그러면 그자가 문왕이라 하는 자의……. 이런, 그러고 보니 문왕(文王)이라는 명호 또한 발칙하기 이를 데 없군."

예로부터 왕은 하늘이 내는 것이라 했다. 스스로 하늘 위에 있는 자를 자처하며 아랫사람을 왕이라 호칭하니 호 공자의 입장에서는 불쾌하기 짝이 없는 일일 것이다. 물론 무림에서야 왕(王)이니, 제(帝)니 하는 명호가 낯설지 않은 것에 속하지만 말이다.

"상인(上人)에게는 상상도 못할 무학(武學)이 있다고 하였습니다. 어떤 이는 그것이 마치 하늘의 무학(武學)과도 같았다고 말하더군요."

북해의 빙제는 분명히 그렇게 말했다. 일대상인의 무학이 마치 하늘의 것과도 같았다고. 그것은 단숨에 북해빙궁의 모든 사람들을 격동시킬 정도였다고.

"그러니 문왕이 박 공공을 해할 목적으로 무공의 고수를 보내었다면, 지금 이곳을 지키는 이들이 막을 수 있는 자는 결코 아닐 것입니다."

"운 학사님. 지금 이곳을 지키는 이들은……."

"일곱 명이 아니라 칠십 명이 지킨다 해도 안심할 수 없네."

박 공공은 운현의 말에 눈이 동그래졌다. 운현이 설마 정확한 인원까지 알고 있을 줄은 생각도 못한 까닭이다.

"무림의 고수라면 숨어 있는 기척을 찾아내는 것은 어렵지 않아. 자네가 아무리 은밀하게 행동했다 하더라도 이곳을 알아내는 것은 아마도 시간문제일 걸세. 그러니……."

운현은 호 공자를 돌아보며 말했다.

"공자님께서는 당분간 이곳을 떠나지 마시고 저와 함께 계시는 것이 좋겠습니다."

"왜지? 이곳이 위험하다면 어서 이 자리를 피해야 옳지 않은가?"

호 공자의 질문에 운현은 아무것도 아니라는 듯 담담한 목소리로 대답했다.

"제 곁이 가장 안전한 곳이기 때문입니다."

호 공자는 잠시 멍한 표정을 지었다. 그러나 그것도 한순간, 호 공자는 웃음을 터트렸다.

"하하하, 하하하하."

그는 터져 나오는 웃음을 참으며 간신히 말했다.

"하하. 이거 미안하군. 자네가 그렇게 이야기를 하니까 어쩐지, 하하, 갑자기 웃음을 참을 수 없어져서 말이야. 하하하하."

운현은 쓴웃음을 지었다.

"그런 반응에도 나름 익숙해진 편입니다."

호 공자의 웃음소리는 곧 멈추었다. 그는 아직 웃음의 여운이 남아 있는 얼굴로 운현을 쳐다보다가 문득 박 공공을 돌아보며 묻는다.

"나는 운 학사의 말대로 하는 것이 좋을 것 같은데, 자네 생각은 어떤가?"

박 공공은 고개를 끄덕이며 대답했다.

"물론 저도 동감입니다."

"자, 그럼."

호 공자는 편안한 자세를 취하며 말했다.

"한동안 함께 있도록 하지."

마치 자신이 구경꾼이라도 된 것처럼, 호 공자는 느긋한 자세로 의자에 등을 기댄다. 그리고 박 공공이 운현을 향해 입을 열었다.

"건강해 보이시니 다행입니다."

박 공공은 두 손을 모으며 정중하게 말했다. 새삼스러운 인사지만 운현은 미소를 지으며 마주 답례한다.

"그동안……. 잘 지냈소?"

황궁에서 지낸다는 것이 어떤 의미인지 운현은 안다. 순간의 실수로도 목숨을 잃을 수 있고, 언제 무슨 일에 애매히 휘말려 어려움을 당할지도 모르는 곳이 바로 황궁이다. 그런 마음이 담긴 운현의 인사에 박 공공은 얼굴 가득 미소를 지었다.

"물론 잘 지냈습니다. 저는 의외로 친구가 많은 편이거든요."

아무렇지도 않다는 듯 박 공공은 말한다. 그러나 아무렇지 않을 리가 없다. 그가 박 환관에서 박 공공으로 불리게 되기까지 얼마나 위험한 시간들을 보내왔는지는 오직 자신만이 알고 있으리라. 운현 또한 그런 사정을 익히 짐작하고 있기에 그저 고개를 끄덕여 보일 수밖에 없었다.

"운 학사님께서야말로 잘 지내셨는지요?"

"나야 뭐……."

운현은 마땅한 말을 찾을 수 없었다. 참으로 많은 일이 있었던 것 같기는 한데, 막상 말하자니 딱히 무어라 할 말이 떠오르지 않는다.

"그저 그냥……."

아마도 사실은 한두 마디로 다 말할 수 없는 것이기에 그럴 것이리라. 운현은 문득 가슴이 먹먹해지는 것 같은 느낌이 들었다.

그런 운현의 속내를 알아차렸는지, 박 공공 역시 다만 자그맣게 고개를 끄덕거려 보인다. 잠시 그렇게 침묵이 흐르다가,

박 공공이 먼저 입을 열었다.

"이렇게 갑자기 운 학사님을 모신 것에는 몇 가지 이유가 있었사옵니다."

박 공공은 호 공자를 돌아보며 말했다.

"첫째는 호 공자께서 운 학사님을 만나보고 싶어 하셨기 때문이고……."

호 공자가 운현을 향해 싱긋 웃어 보인다.

"둘째는 운 학사님께 부탁드리고 싶은 일이 있기 때문입니다."

운현은 고개를 끄덕였다. 이미 박 공공의 초대를 받아들일 때부터 짐작한 내용이다. 그리고 호 공자가 '창룡검주'라는 말을 입에 올릴 때 확신한 내용이기도 했다.

"지난번, 저는 오랫동안 뿌리를 내려왔던 한 정치세력을 무너뜨렸습니다. 그들은 사대 삼공의 영예를 누려온 집안이었고, 그동안 황실과 조정에서 수많은 사건을 일으켜 왔던 장본인들이었습니다. 그들의 말이면 아니 되는 일이 없었고, 그들의 허락이 아니면 아무것도 되지 못하였습니다. 심지어 황위 계승에까지 영향력을 행사할 정도로 그들의 힘은 막강하였습니다."

박 공공의 말에 호 공자의 안색이 살짝 어두워졌다.

"하지만 그들은 얼마 전, 자신들의 오만한 위세를 믿고 치명적인 빈틈을 만들었습니다. 그리고 그 찰나 같은 기회를 타서 저는 그들을 단숨에 몰아내는 데에 성공하였습니다. 제게는 유용한 친구들이 많이 있었고, 그들에게는 의외로 많은 적들이 있었으니까요. 그리고 무엇보다 제게는 확실한 대의가 있었습니다. 그들은 결코 가질 수 없는 황실의 대의가 말입니다."

호 공자의 입가에 미소가 걸렸다.

"그들의 실수는 바로 항주 혈사였습니다. 그들은 영웅맹과 결탁하여 일시적으로나마 지방 행정과 감찰, 군정을 모두 마비시켰습니다. 이것은 의심할 여지없는 분명한 대역죄. 당연히 그 응분의 벌을 받아야겠지요."

박 공공의 목소리는 처음과 조금도 변하지 않았지만 그의 눈빛은 빛나고 있었다.

"그들이 지난 수년간 수많은 사람들을 역모로 몰아 죽이고 내쫓은 것처럼 말입니다."

운현은 박 공공이 무엇을 말하는지 알아차렸다.

'아아.'

무엇인가 막혔던 것이 가슴속에서 서서히 녹아가고 있었다. 그들이 바로 수년 전 의형 일충현을 죽음으로 몰아간 이들이리라. 그리고 운현으로 하여금 황궁을 떠나게 했던, 바로 그 사람들이리라.

"이제 조정에 그들의 세력은 없습니다. 그러나 아직 영웅맹이 남아 있지요."

박 공공은 말했다.

"그러나 조정은 무림의 일에 능통하지 못합니다. 풀만 건드리고 정작 독사를 잡지 못하는 것이 걱정되기도 하지만, 자칫 들불이라도 놓는 우를 범하고 싶지는 않지요."

무림의 고수라는 자들을 두려워하는 것은 아니다. 그러나 가능한 한 불안 요소를 키우지 않는 것이 좋다. 관이 민간에 대하여 지나치게 억압적으로 비춰진다면 앞으로의, 특히 새로이 열릴 천자(天子)의 통치에 걸림돌이 될지도 모른다. 게다가 뿌리를 뽑지 못한다면 이런 일은 아무런 의미가 없지 않은가? 그것이 바로 박 공공의 판단이었다.

"허나 일을 맡기고 신뢰할 만한 무림의 인사를 찾는 것도 난망(難望)한 일입니다. 게다가 소위 무림인들의 사고방식은 아무래도 저희와는 판이하게 다르게 마련인지라, 선뜻 내키지 않는 것 또한 사실이지요."

조정과 친밀한 관계를 맺으려는 무림 세가들은 많았다. 그러나 조정의 입장에서는, 특히 박 공공이나 황실의 입장에서 무림 세가는 선뜻 손을 잡기가 꺼려지는 곳이었다. 본질적으로 독자적인 노선을 추구하는 무력단체인데다가 황실의 권위와 위엄을 최우선 가치로 두는 것 같지도 않기 때문이다.

"그러나 운 학사님이시라면, 이야기는 상당히 달라지지요."

박 공공은 운 학사가 어떠한 사람인지 잘 안다. 그의 사람됨이 어떠한지, 그가 어떤 사고방식을 가지고 있는지도 알고 있다.

그리고 무엇보다 그가 뿌리부터 문사라는 것을 잘 알고 있는 것이다. 게다가 운 학사는 황궁의 생리라는 것에 대해서도 모르는 바가 아니지 않는가? 그런 그가 천하에서 가장 강한 다섯 명 중의 하나를 이길 정도의 무력(武力)마저 가지고 있다면, 이보다 더 좋을 수가 없는 일이다.

"운 학사님. 저는……."

"잠깐."

박 공공의 말은 운현의 목소리에 의해 끊어졌다. 박 공공의 눈동자에 의아한 기색이 떠오르는 동안, 운현은 자리에서 일어서고 있었다.

덜컹.

"운 학사님?"

박 공공이 의아한 목소리로 묻고 호 공자마저 운현을 쳐다보는데, 정작 운현의 신경은 전혀 다른 곳에 가 있는 듯했다. 순간, 운현의 얼굴이 살짝 일그러졌다.

"좋지 않군. 아니, 그래도……."

운현은 닫힌 창을 보며 말했다.

"최악의 경우는 아니라는 게 다행인가?"

마치 닫힌 창 너머에 누구라도 있는 것처럼, 운현의 시선은 정확히 그곳을 향하고 있었다.

제3장
무림감찰어사(武林監察御史)

"쯧."

만옹(瞞翁) 인태상(人太上)은 눈살을 찌푸리며 혀를 찼다. 몸이 둥그렇게 보일 정도로 뚱뚱한 체구를 가진 그는 가늘고 긴 그의 흰 수염을 어루만지며 아래를 내려다보고 있었다.

"참으로 귀찮은 일이로고."

그는 마뜩찮다는 표정을 숨기지 않고 있었다. 그가 지금 앉아 있는 곳은 커다란 저택의 지붕 꼭대기였다. 그는 아래쪽 건너편에 보이는, 겉보기엔 다른 저택과 그다지 달라 보이지 않는 한 건물을 노려보고 있었다.

"나한테만 이런 귀찮은 일을 떠맡기고 튀어버려? 에잉, 나쁜 놈."

그는 여전히 분이 풀리지 않는다는 듯 혼자서 중얼거렸다.

"같이 들었으면, 같이 왔어야지. 검에만 미친 놈 같으니라구."

문왕으로부터 부탁을 받은 사람은 자기 혼자가 아니었다. 분명히 검옹 지태상 역시 그 자리에 있었다.

그런데 이 검옹 지태상은 어울리지도 않는 핑계를 대며 슬그머니 발을 빼버린 것이다. 결국 귀찮은 일을 덮어쓴 것은 만옹 인태상뿐이었다.

'에이구, 이런 일은 아랫것들이나 시키는 법인데······.'

검옹 지태상이 발을 뺀 이유를 짐작하지 못하는 것도 아니다. 자신이 늘 검에 미친 놈이라 비아냥거릴 정도로 그는 평소부터 검에만 미쳐 있지 않았던가?

이런 암살이 기꺼울 리가 없다. 게다가 상인의 정식 명령도 아니라면 더더욱 움직일 이유가 없을 것이다. 비록 그것이 '도련님'의 개인적인 부탁이라 해도 말이다.

"쩝."

만옹 인태상은 혀를 찼다.

'그래도 도련님의 부탁이시니······.'

문왕은 세 명의 태상들에게 매우 특별한 존재였다. 그렇기 때문에 세 명의 태상은, 특히 만옹 인태상은 도련님의 말에 거역할 수가 없었다.

삼태상이 문왕을 돕는 것을 상인(上人)이 그다지 좋아하지 않는다는 것을 알고 있었지만, 그래도 만옹 인태상은 어떡하든 문왕이 상인(上人)께 인정받도록 돕고 싶었다.

'그 미친 늙은이만 아니었더라도!'

항주에서의 일을 떠올리자 만옹 인태상의 얼굴이 더욱 일그러졌다. 만옹 인태상이 문왕의 부탁을 거절할 수 없었던 것에는, 현재 문왕의 처지가 상당히 곤경에 처해 있다는 점이 가장 큰 요인이었다. 게다가 그 원인을 따지고 보면 자신이 실패한 탓도 얼마간 있지 않은가?

그때, 누군가 만옹 인태상의 뒤쪽에 모습을 나타냈다.

"준비를 마쳤습니다."

그는 소리도 없이 나타나서 정중하게 무릎을 꿇으며 나지막한 목소리로 말했다. 만옹 인태상은 퉁명스런 어조로 대답했다.

"발소리가 너무 시끄럽지 않느냐?"

"죄송합니다."

"에잉, 쓸데없는 것들."

만옹 인태상은 한심하다는 듯 가볍게 혀를 찼다. 이번 일을 위해 문왕이 붙여준 자들이었지만 만옹 인태상에게는 마뜩찮기만 했다. 무엇보다 이런 어린 녀석들을 끌고 다니는 것이 마음에 들지 않았다.

하지만 그렇다고 자신이 며칠이고 직접 황궁의 동태를 살피고 있을 수도 없는 노릇. 결국 인태상은 어쩔 수 없이 이들을 데리고 다닐 수밖에 없었다.

"너희들은 물러서 있거라."

"하지만……."

"쯧."

인태상은 또 다시 혀를 찼다. 그의 심정을 말해 주듯 그는 유난히 계속 혀를 차고 있었다.

"아니면? 저곳에 나를 막을 놈이 있기라도 하단 말이냐?"

인태상의 말은 당당했다. 이곳뿐만이 아니라 천하를 통틀어도 만옹 인태상을 막을 만한 실력을 지닌 사람은 없을 것이다.

기껏 떠올릴 수 있는 사람이라 봐야 같은 삼태상 정도다. 그리고 감히 비교대상으로 놓을 수 없는 상인(上人)을 제외하면 말이다.

'아, 한 놈 있긴 했지.'

자신을 막아섰던 한 젊은 청년의 얼굴이 문득 만옹 인태상의 뇌리에 떠올랐다. 하지만 그는 곧 그 얼굴을 지워버렸다.

'흥. 그놈은 이제 병신이 되었을 테고…….'

자신의 모든 내력을 담은 일권(一拳)을 정통으로 때려 넣어 그의 단전을 부숴버렸다. 워낙 괴물 같은 놈이었기에 확신할 수는 없지만 제아무리 영약을 동원한다 하더라도 벌써 회복할 리는 없었다.

당장 그가 지금 할 수 있는 것이라곤 어딘가 은밀한 곳에 조용히 숨어 머리를 굴리는 일 정도다. 어쩌면 평생 그러고 있어야 할지도 모르고.

'하긴, 그것만으로도 도련님을 이렇게 궁지로 몰아넣을 정도니.'

생각할수록 답이 안 나오는 녀석이었다. 어떻게 세상에 그런 녀석이 있을까 싶을 정도다.

"에잉."

만옹 인태상은 몸을 일으켰다. 그 녀석 생각을 했더니 더 기분이 나빠졌다. 이럴 때엔 호쾌하게 주먹을 휘두르는 것이 최고다.

"흠. 호위가 일곱에 손님이 셋이라. 저 손님 중의 하나가 그 박 공공이겠군."

인태상은 건너편 저택을 쏘아보며 중얼거렸다. 방해가 될 만한 요소는 없다. 주머니 안의 물건을 꺼내듯 간단한 일이다. 비록 그것이 남의 목숨이라 해도 말이다.

"자, 그럼……."

인태상이 막 건너편 저택을 향해 몸을 날리려던 순간이었다. 목표로 하던 저택의 덧창이 덜컹 열리는 것이 보였다. 일반적으로 저런 비밀스런 저택은 안의 일을 감추기 위해 절대 덧창을 열지 않는다.

실수일까 생각하던 만옹 인태상의 시야에 한 사람의 모습이 들어왔다. 그 순간, 만옹 인태상의 눈동자는 더 이상 커질 수 없을 정도로 크게 확대되었다.

"저놈!"

바로 그놈이었다. 비밀한 곳에 은밀하게 몸을 감추고 머리나 굴리고 있으리라 생각하던 그놈. 그 잊을 수 없는 얼굴이 지금 자신의 눈앞에 나타나 있었다.
　생각해 보면 이것은 만옹 인태상에게 절호의 기회였다. 지난번의 실패를 단번에 만회할 수 있을 정도의 기회. 그러나 그가 채 그것을 깨닫기도 전에, 그리하여 그의 얼굴에 희열이 떠오르기도 전에, 만옹 인태상의 얼굴은 경악으로 물들어야 했다.
　후우욱.
　멀리 떨어진 그놈으로부터 엄청난 기세가 자신을 향해 쏟아졌기 때문이다. 찌릿찌릿하고 피부가 저릴 정도의 그 기세는, 자신과 검옹 지태상을 동시에 상대하던 그때와 조금도 달라진 것이 없었다.
　창문에 나타난 그 얼굴의 주인은 바로 창룡검주(蒼龍劍主) 운현이었다.

　　　　　＊　　　＊　　　＊

　운현이 자리에서 일어나 창가로 걸어가자, 호 공자와 박 공공은 의아한 시선으로 그 모습을 바라보았다.
　"운 학사님."
　박 공공이 채 만류하기도 전에, 운현은 창가로 다가가 주저 없이 벌컥 덧창을 열었다. 박 공공은 순간, 반사적으로 몸을 날려 호 공자를 가렸다.
 쿵!
 의자가 소리를 내며 넘어갔다. 하지만 박 공공은 호 공자를 가로막듯 지켜선 채 미동도 하지 않았다. 혹시 있을지 모를 창문으로부터의 공격에서 호 공자를 지켜야 했기 때문이다.
 그러나 다음 순간 창문으로부터 쏟아진 것은, 화살이나 창의 공격이 아니라 감당할 수 없을 정도로 엄청난 기세였다.
 후욱.
 "크윽."
 박 공공의 얼굴이 고통으로 일그러졌다. 자신도 모르게 몸이 구부러지고 고개가 숙여진다. 그러나 박 공공은 한 발도 뒤로 물러서지 않았다. 그리고 다음 순간, 마치 거짓말처럼 그 기세가 사라졌다.
 훅.
 기세가 사라진 후에도, 운현은 잠시 그 모습 그대로 창가에 서 있었다. 마치 창 밖에 있는 누군가를 노려보는 것 같았다.
 '삼태상.'
 비정상적으로 뚱뚱한 몸에 가늘고 긴 흰 수염. 멀리 보이는 그 노인은 분명히 항주에서 보았던 삼태상 중 한 명이었다. 자신에게 시체를 던지고 일권(一拳)을 가한, 그리고 독고랑에게 치명적인 살수를 퍼부은 바로 그 노인.
 마음 같아서는 당장에라도 그를 붙잡고 싶었다. 그러나 붙잡을 수 없다. 그랬다가는 오히려 이곳에 있는 사람들만 위험에 처하게 될 뿐이다.

지금은, 이대로 물러나는 것이 가장 현명한 선택이다. 운현은 천천히 손을 뻗어 덧창을 잡았다. 그의 손이 가늘게 떨리고 있었다.

탁.

잠시 후, 덧창을 닫는 소리가 들리고 운현이 뒤로 돌아섰다. 이대로 돌아서도 될까? 이대로 모른 척 있어도 괜찮을까? 어쩌면 그 노인은 자신의 위협을 허세라고 판단하여 공격해 올지도 모른다.

'그렇다면……'

오히려 그것이야말로 바라는 바다. 그것이야말로 정말로 원하는 바다. 그러나 그 노인은 바보가 아니다.

자신의 기세를 분명히 확인했을 것이고, 혼자라면 이길 수 없다는 것을 알고 있으니, 그냥 이대로 물러날 것이다. 서로를 너무 잘 알고 있기 때문에, 이 충돌은 이대로 끝나고 말 것이다.

"죄송합니다."

굳은 얼굴로 운현은 말했다. 운현이 조용히 자리로 돌아와 앉는 동안에도 방 안에 있던 두 사람의 놀란 얼굴은 쉽게 펴지지 않는다.

"운 학사님, 이게…… 도대체……."

"미안하네."

운현은 고개를 숙이며 사과했다.

"바깥에 있던 자가 개인적인 감정이 있는 상대라 그만……. 다른 사람을 생각하지 않고 내가 너무 지나쳤던 것 같네. 하지만 이제 이로써 위험은 사라졌다고 생각해도 될 것일세."

박 공공이 물어본 것은 그런 것이 아니었다. 기도가 범상치 않은 무인은 자주 볼 수 있다. 황궁에서라면 그것은 오히려 흔한 일이다.

기세가 마치 사람을 압박하는 것처럼 느껴지는 사람 또한 드물지는 않다. 수많은 전장을 겪어온 장수(將帥)에게서라면, 쳐다보는 것만으로도 사람을 위축시키는 소위 '살기'라 말하는 기세를 느끼는 것 또한 그리 신기한 일이 아니다.

하지만 이런 것은 결단코 듣도 보도 못한 것이었다. 자신들을 향하고 있지 않음이 분명한데도, 마치 폭풍 한가운데 선 것과 같이 느껴지는 이러한 기세는 정녕 상상조차 하지 못한 종류의 것이었다. 그것은 박 공공에게 처음에는 놀라움으로, 그리고 그 다음에는 엄청난 희열로 다가왔다.

"후우."

뒤에서 들려오는 나지막한 안도의 한숨소리에, 그제야 박 공공은 자신이 호 공자를 가로막고 서 있다는 것을 깨달았다. 급히 자리를 비키며 허리를 숙이는데, 호 공자의 놀란 목소리가 들려온다.

"대단하군."

호 공자는 정색을 하고 말했다.

"죄송합니다."

운현이 다시 한 번 정중하게 사죄를 올렸다.

"아니, 괜찮네."

호 공자가 손을 들어 운현의 사죄를 만류하며 말한다.

"자네 옆이 제일 안전하다고 하더니, 과연 그렇게 말할 만하군. 자네의 말에 내가 웃었으니, 오히려 내가 사과를 해야겠네."

운현은 급히 고개를 숙였다.

"당치도 않으신 말씀입니다."

감당할 수 없는 일이었다. 눈앞의 사람은 결코 사과를 해서도, 잘못을 인정해서도 안 되는 사람이 아니던가? 그러나 호 공자는 고개를 저었다.

"아니야."

호 공자는 운현을 바라보며 말했다.

"나의 무례를 용서하기 바라네."

고개를 숙인 것도 아니었고, 자리에서 일어선 것도 아니었다.

호 공자의 사과는 그저 짧은 한마디의 말에 불과했지만, 그럼에도 불구하고 박 공공과 운현은 깊숙이 고개를 숙여야 했다.

*   *   *

"크윽."

그것은 정말 한순간이었다. 그러나 만옹 인태상에게는 마치 아득하게 긴 시간처럼 느껴지기도 했다.

"노, 놈……."

항거할 수가 없었다. 피부를 저미며 오는 듯한 살기와, 분명히 내기(內氣)를 일으켜 대항했음에도 불구하고 뼛속까지 전해지는 듯한 한기(寒氣). 이 거리를 격하고 전해지는 이 기세는 대체 무엇이란 말인가?

'마, 말도 안 돼.'

그는 이전보다 더 괴물이 되어 있었다.

훅.

자신을 꼼짝 못하게 압박하던 기세가 사라지고, 만옹 인태상은 자신을 노려보는 운현의 두 눈동자를 확인할 수 있었다. 그 눈동자에는 일말의 자비도, 머뭇거림도 있지 않았다. 예전에 보았던 미숙함 따위는 이제 자취도 남아 있지 않았다.

탁.

덧창이 닫히고 운현의 모습이 사라졌다. 아마도 이제 물러가라는 축객령(逐客令)이리라.

"크헉."

뒤에서 들리는 소리에 만옹 인태상은 고개를 돌렸다. 무릎을 꿇고 있던 자의 입에서 한 줄기 붉은 선혈이 흐르고 있었다.

"괴물 같은 놈……."

만옹 인태상은 자신도 모르게 중얼거렸다. 항주에서는 비록 자신의 꾀로 그의 약점을 알아내 가까스로 이길 수 있었지만, 검옹 지태상과 자신의 연격(聯擊)으로도 사실상 그를 제압하지 못했다. 하지만 이제는, 삼태상이 모두 여기에 있다 해도 승리를 장담할 수 없을 것 같았다.

"가자."

만옹 인태상은 일말의 미련도 없이 그렇게 말했다.

"크흑. 안 됩니다. 명은 목숨을 바쳐서라도 완수해야……."

"그렇게 할 수 있었다면 벌써 그렇게 했다."

인태상은 지긋지긋하다는 표정으로 말했다.

"그리고 지금 가져가는 소식은, 네놈의 그 보잘것없는 목숨보다 몇 배는 더 중요한 것이니라."

만옹 인태상은 두 번 말하지 않았다. 그는 즉시 그 자리에서 모습을 감추었고, 홀로 남아 있던 자 역시 잠시 후 그의 뒤를 따를 수밖에 없었다. 그렇게 북경 한구석에서 일어났던 작은, 그러나 무시무시한 충돌은 아무도 모른 채 끝이 났다.

*   *   *

"방금 전 바깥에 있었다던 자는 누구였는가?"

"상인(上人)이라는 자가 거느리고 있는 삼태상(三太上) 중 한 명이었습니다. 그들이 모두 이곳에 왔다면 공자님과 박 공공의 안위를 보장하기 힘들었을 것입니다. 아니, 아마 그렇게 할 수 없었던 것이겠지요."

운현은 호 공자에게 정중한 어조로 대답했다.

"삼태상이라……."

호 공자가 눈썹을 찌푸리며 생각에 잠기는데, 뒤이어 박 공공이 묻는다.

"그렇게 할 수 없었다는 것은 무슨 뜻이지요?"

"정확히 알 수는 없지만, 아마도 문왕이라는 자의 움직임은 현재 상당히 제한되어 있는 듯하네. 염중부의 말에 의하면 그는 현재 영웅맹에 대해서는 그 영향력을 상실한 것 같아 보이더군."

박 공공은 살짝 눈살을 찌푸렸다.

"이상한 이야기군요. 마치 일관된 명령계통을 가지지 않은 것처럼 보이는데요."

운현은 고개를 끄덕였다. 박 공공의 말은 운현의 생각을 정확히 짚어내고 있었다.

"혹시 암천무제라는 이름을 알고 있나?"

"분명히 영웅맹과 관련하여 언급된 적이 있는 이름이군요."

"그 또한 상인(上人)의 휘하에 있는 자일세. 현재 영웅맹의 맹주인 염중부가 그러하고, 또한 방금 전의 삼태상 역시 그러하지. 하지만 나는 그들이 서로 협력하고 있다거나, 일사불란한 명령체계를 갖추고 있다는 느낌은 한 번도 받은 적이 없네. 오히려 그들은 독자적으로 움직이거나, 심지어 서로를 견제하고 있는 것은 아닐까 하는 느낌을 받았다네."

분명히 그랬다. 철혈사왕 염중부야 처음부터 딴 생각을 품고 있던 경우라 해도, 특히 암천무제와 같은 사람은 차라리 검성 이검학과 같은 느낌의 무인이 아니었던가?

"조직 결합력이 허술한 것일까요?"

운현은 고개를 저었다.

"그렇지는 않은 것 같네."

운현은 북해의 빙제가 해준 말을 떠올렸다. 상인(上人)은 북해에 아무것도 바라지 않았다고 했다.

다만 북해가 힘을 얻으면 자연스럽게 나타날 결과, 즉 혼란을 원했을 것이라고 했다. 그런 것을 생각해 보면 상인(上人)이라는 자는 어쩌면 기인(奇人)에 가깝지 않을까?

"어쨌든, 결국 영웅맹은 뿌리가 아니라 하나의 가지에 불과할 뿐이군요."

박 공공의 말에 운현은 씁쓸한 표정으로 고개를 끄덕였다. 그리고 철혈사왕 염중부가 왜 그렇게 그토록 자신과의 거래를 원했는지 다시 한 번 절실하게 느낄 수 있었다. 지금 영웅맹은 그야말로 모든 사건의 원흉으로 지목되는 상황이 아닌가? 염중부로서는 당연히 벗어나고 싶은 상황이리라.

"영웅맹은, 상인(上人)에게는 그저 작은 유희에 불과할지도 모르지."

"상인(上人)이라는 자가 의도하는 것이 무엇인지 알고 있나?"

호 공자가 운현에게 물었다. 운현은 나지막하게 대답했다.

"제 사견(私見)에 불과하오나, 그의 이름이 그의 의지를 말해 준다고 생각됩니다."

박 공공과 호 공자의 얼굴이 동시에 굳어졌다. 그리고 곧, 호 공자의 안색에 분노의 빛이 어렸다. 일대상인(一大上人)이라는 이름은 바로 하늘[天] 위에[上] 선 자[人]라는 뜻이라 말했기 때문이다.

"감히!"

쿵!

그는 탁자를 강하게 내리쳤다. 고급 단목으로 된 탁자가 그의 주먹 아래에서 나지막하게 소리를 낸다.

"참역(僭逆)을!"

천자(天子)란 하늘의 아들이라는 뜻이다. 그러나 땅 위에서 유일하게 하늘을 대리하여 하늘의 뜻을 펴는 사람이기도 하다. 그러니 하늘 위에 선다는 것은 곧 천자의 위에 서겠다는 말에 다름 아니다. 그것은 노골적인 역모이자, 참람한 반역이었다.

호 공자의 분노 아래 박 공공과 운현은 침묵했다. 그리고 잠시 후, 박 공공은 운현에게 말했다.

"운 학사님."

박 공공은 운현을 바라보며 말했다.

"이 일을 맡아주시겠습니까?"

"내가 어찌하기를 원하는가?"

운현의 물음에 박 공공은 또박또박 대답했다.

"발본색원(拔本塞源)."

나무의 뿌리를 뽑고 물의 근원을 막는다는 뜻이다. 본래 개인의 마음 수양을 의미하는 말이나, 지금 박 공공이 굳이 이 단어를 사용하는 뜻은 분명했다.

"알겠네."

운현은 고개를 끄덕였다. 박 공공은 미소 지었다. 당연히 그렇게 말할 줄 알고 있었다는 의미다.

"운 학사님께는 도찰원의 권한으로 감찰어사의 직분을 내리도록 하겠습니다. 운 학사님의 판단에 따라 증거도 필요 없고 법률에도 구애받지 않는 초법적 권한을 행사할 수 있습니다."

평소의 도찰원이라면 이런 권한은 그저 사문화(死文化)된 조항에 불과했다. 그러나 도찰원을 총괄하는 이가 박 공공이라면 문제는 달라진다.

"한 가지 더."

호 공자의 목소리에 박 공공과 운현의 시선이 그에게로 향한다. 호 공자는 조용한 목소리로 말을 이었다.

"좌우도어사의 권한을 일부 부여하여 다른 감찰어사를 지휘할 수 있도록 하고, 일의 경과에 대해서는 도찰원을 통하지 않고 직접 박 공공에게 보고할 수 있도록 하는 것이 좋겠군. 적어도 이 일에 관한 한 전권(全權)을 행사할 수 있도록 말이야. 그리고 필요한 경우에는 언제든지 동창(東廠)이 전면에 나설 수 있도록 하게."

동창의 권위는 곧 천자의 권위와 마찬가지다. 그리고 조금이라도 역모에 관련된 것이 있다면, 그 일의 관할 및 권한 여부를 막론하고 무조건 동창이 나서는 것이 원칙이었다. 피도 눈물도 없는 절대 권력. 그래서 동창(東廠)이라는 이름은 곧 공포의 대명사나 마찬가지다.

"어떤가? 박 공공."

호 공자의 말에 박 공공이 고개를 숙이며 대답했다.

"공자님의 말씀대로 하는 것이 옳사옵니다."

박 공공은 말을 이었다.

"다만 아직 역모가 확실히 드러난 것은 아닌 만큼, 동창이 직접 전면에 나서는 일은 모든 일이 확인된 이후로 하는 것이 어떨까 하옵니다."

"흠, 그런가?"

호 공자는 잠시 생각하더니 고개를 끄덕였다. 확실히 동창을 언급한 것은 성급한 감이 있었다. 일단은 수상한 부분에 대해 조사를 명한다는 정도면 충분할 터였다.

"박 공공의 생각대로 하게."

박 공공은 고개를 숙여 감사의 뜻을 나타내 보였다.

"그럼, 이만 일어서도록 하지."

호 공자는 자리에서 일어섰다. 역모에 대한 이야기가 나온 것이 그의 심기를 불편하게 한 듯싶었다.

"공자님. 좀 더 주변의 안전을 확인한 이후에……."

박 공공은 자리에서 일어나 호 공자를 만류하며 말했다. 비록 여기서는 보이지 않지만, 지금 주변은 벌집을 쑤셔 놓은 것 같은 난리가 나 있을 것이다.

그리고 실제로도 그러했다. 일곱 명의 암행 호위들은 극도로 신경을 곤두세운 채 경계에 임하고 있었고, 급히 연락을 받은 다른 호위들이 지금 이 일대를 이 잡듯 뒤지고 있었다. 물론 겉으로는 여전히 평화로운 주택가의 느긋한 오후 풍경으로 보일 테지만 말이다.

"상관없지 않은가?"

호 공자는 운현을 슬쩍 눈짓하며 미소 지었다.

"제일 안전한 곳이 바로 자네 곁이라 하였으니, 자네가 함께 나선다면 문제는 간단하겠지."

박 공공은 운현을 돌아보았다. 운현이 고개를 끄덕여 보이자 그제서야 박 공공이 고개를 숙여 호 공자의 명을 받든다. 운현 역시 일찌감치 자리에서 일어나 있었다. 호 공자가 서 있는데 자신이 앉아 있을 수는 없었기 때문이다. 그렇게 세 사람은 그곳을 떠났다.

 은밀한 통로라는 박 공공의 말은 결코 허언이 아니었다. 높은 담과 담 사이의 미로 같은 통로, 그리고 전혀 문이 있을 것 같지 않은 곳에 존재하는 비밀의 문. 보통 사람은 결코 그 존재조차 깨닫지 못할 길을 통해 세 사람은 다른 장소로 나왔다.
 그리고 또 다른 안내인을 통해 또 다른 미로를 지나 다른 장소로 나왔을 때는 완전 무장한 수백의 군사들이 지키고 서 있었다.
 그곳은 자금성에서 대단히 가까운 곳이었고, 호 공자는 즉시 마차를 탄 후 군사의 호위를 받으며 떠났다. '다음에 자네를 만날 때는, 좀 더 제대로 된 곳이면 좋겠군' 이라는 인사를 운현에게 남긴 채. 그리고 뒤에 남은 박 공공은 운현과 잠시 이야기를 나눌 기회를 가질 수 있었다.
 "운 학사님. 여기 있사옵니다."
 미리 준비했던 듯, 박 공공은 붉은 비단으로 싸인 작은 함 하나를 운현에게 주었다.
 "운 학사님께 감찰어사의 직분을 내리신다는 황상의 성지(聖旨)이옵니다. 그리고 신분패와 필요할 것으로 생각되는 전

표들, 그밖에 알아두셔야 할 자세한 사항들이 기록된 서류도 있습니다. 그리고 이것은……."

박 공공은 두 손으로 공손하게 검 한 자루를 내밀었다.

"황태자 전하께서 내리시는 검입니다."

붉은 비단 수실에 화려한 금빛 문양으로 장식된 검집. 뽑아 보지는 않았지만 가히 범상치 않은 검이 분명했다.

"이 검의 이름은 용린(龍鱗)입니다. 본래 황궁비고(皇宮密庫)에 있던 것인데, 운 학사님의 명호에 어울린다고 생각하셨나 봅니다."

박 공공은 미소를 지었다.

"전하께서는 운 학사님이 상당히 마음에 드신 모양이더군요."

운현은 살짝 쓴웃음을 지었다.

"자네가 그렇게 대뜸 황태자 전하를 모시고 나올 줄은 미처 생각도 못했네."

박 공공은 한 손으로 살짝 입술을 가리며 웃었다.

"제가 '황실의 예격'으로 모시라 했다는 이야기는 듣지 못하셨나 보지요?"

"듣긴 했네만……."

확실히 감찰어사 조관이 그런 이야기를 하기는 했었다. 하지만 그저 예를 다해 모시라는 뜻으로만 알았지, 정말 '황실의 예격'이 적용되는 자리였을 줄이야 누가 알았겠는가?

"제가 사사로이 손님을 청하면서 감히 황실의 예격을 운운할 수야 없지요. 초청하신 분이 바로 황태자 전하시니 그리할 수 있었던 것입니다."

그도 그렇다. 어쨌거나 운현으로서는 전혀 의외라고밖에 할 수 없었다.

"처음부터 알고 계셨지요?"

박 공공의 말에 운현은 고개를 끄덕였다.

"자네가 호군(濠君)이라 소개하기에 금방 알아차릴 수 있었네. 태조께서 호주 종리(濠州 鐘離)의 분이 아니셨던가?"

호군(濠君)이라 함은 호씨 집안의 자제라는 뜻도 되지만, 호(濠) 지방의 사람이라는 뜻도 된다. 그리고 그 상황에서 운현이 짐작할 수 있는 사람은 한 사람밖에 없었다.

"내가 생각하던 것과는, 많이 다른 분이시군."

박 공공은 웃었다.

"그분도 그렇게 생각하실 것이옵니다."

문득, 박 공공은 웃음을 지우고 진지한 얼굴로 말했다.

"운 학사님. 아까 제가 동창을 배제하고자 한 뜻을 아십니까?"

운현은 고개를 저었다.

"동창은 결코 함부로 움직여서는 안 되는 곳입니다. 만일 동창이 전면에 나섰는데 아무 결과도 없다면, 그 책임은 결코 한두 사람의 목숨으로 대신할 수 없습니다. 게다가 황궁은 복마전 같은 곳이니, 저희에겐 너무나 위험 부담이 큰 일이지요."

박 공공의 판단은 옳았다. 운현 역시 전적으로 동감했다.

"본래는 숨어 있는 남은 반역 세력과 무림의 연계 조직들을 뿌리 뽑는다는 의도에서 시작한 일입니다. 그러나 그들이 감히 황궁의 관리에게 주저 없이 손을 대기까지 하니, 결코 이들을 좌시할 수 없는 일입니다. 더구나 그들의 목적이 운 학사님께서 말씀하신 대로라면 더욱 그러하지요. 그러나 모든 것이 확실하게 밝혀지기 전까지는 함부로 움직일 수 없는 것 또한 사실입니다."

"나는 오히려 내 말만으로 자네가 이런 결정을 내렸다는 것이 신기할 따름이네."

사실이 그랬다. 상인(上人)이니 뭐니 해도, 아직은 자신의 말뿐이지 않는가? 오히려 자신의 말만을 믿고 이런 파격적인 결정을 한 것이 도리어 신기할 지경이다. 이렇듯 거침없는 신뢰를 받을 줄은 생각도 못한 일이기 때문이다.

"믿기로 결정한 사람은 끝까지 믿을 것."

박 공공은 운현의 눈을 바라보며 부드러운 목소리로 말했다.

"모든 사람을 의심해서는 아무것도 변하지 않습니다. 냉철하게 사실을 직시하되 믿기로 결정한 사람은 끝까지 믿는다. 그것이 제가, 그리고 황태자 전하께서 이곳 자금성에서 살아 남은 방법입니다."

 운현은 박 공공을 바라보았다. 믿는다는 것이 말처럼 그렇게 쉬운 일은 아니다.

 자신의 목숨을 노리는 이들로 가득한 곳에서 과연 누구를 믿을 수 있단 말인가? 하물며 그곳이 자금성 같은 예측 불허의 복마전이라면 더더욱.

 "대단하군. 사람을 믿는다는 것이 그리 쉬운 일이 아닐 터인데."

 운현은 진심으로 감탄했다.

 "대상이 누구냐에 따라 많이 다르지요."

 박 공공은 웃었다. 상대가 운현이라면 자신으로서는 믿지 않는 것이 오히려 더 어려운 일이라는 생각이 들었다.

 "그 사이 그렇게 불신에 익숙해지셨다니…… 꽤나 험한 곳에서 지내셨나 보군요."

 짐짓 장난스러운 미소를 담은 박 공공의 말에 운현은 웃음을 피어 올렸다. 험한 곳이라면 자금성보다 더한 곳이 세상에 있을까? 오랜만에 듣는 그의 농담에 운현은 마음이 따뜻해지는 것을 느꼈다.

 "운 학사님, 태평맹이라는 곳을 아십니까?"

 박 공공의 물음에 운현의 얼굴이 살짝 굳었다.

 "이야기만 들었네."

 "현재 조정에 가장 협조적인 무림 단체가 바로 태평맹입니다. 무림맹이 무너진 이후 무림 칠대세가로 구성된 태평맹은, 이전의 무림맹과는 다르게 아주 적극적으로 조정과의 관계 개선을 원하고 있습니다. 만일 운 학사님께서 계시지 아니하셨다면, 태평맹 외에 다른 대안이 없을 정도였지요."

그것은 다만 조정의 경우만이 아니었다. 본질적으로 영웅맹과 가까이 할 수 없는 이들에게 유일한 남은 선택은 태평맹뿐이었다. 다른 대안이라는 것이 존재하지 않았기 때문이다.

"마침 이번에 태평맹에서 무림용봉지회라는 큰 회합을 연다고 하더군요."

'용봉지회?'

용봉지회라는 단어는 운현에게 많은 것을 생각나게 했다. 운현은 자신도 모르게 쓴웃음을 지었다.

"그들은 이번 회합에 정식으로 관의 축하 사절이 참가해 줄 것을 희망하였습니다. 아주 극진하게 예를 다한, 대단히 정성스럽고 화려한 초청장을 같이 보냈을 정도지요. 함께 보낸 예물 또한 상당한 수준이었답니다."

박 공공은 배첩 하나를 꺼내어 들어 보였다. 보기에도 화려하고 두툼한 배첩이다.

"하지만 과연 이들을 믿어도 좋을지, 저는 아직 판단을 내리기 힘들더군요."

태평맹 외에는 다른 대안이 없었을 정도라고 박 공공은 말했다. 그만큼 영웅맹과 태평맹은 현 무림에서 가장 큰 영향력을 발휘하는 집단이었다. 그러나 사실 조정의 입장에서 보자면 태평맹이든, 영웅맹이든 마찬가지다. 두 집단 모두 잠재적 위협을 지닌 독립적 성향의 사설 무장 단체다.

 비록 태평맹이 관에 협조적이고 관계 개선을 표명하고 있다고는 하나, 선뜻 그들에게 신뢰를 보낼 수는 없었다. 더구나 영웅맹의 전례도 있지 아니한가?

 "더구나 확인되지 않은 정보에 의하면, 혈공자 문왕 측 인물이 이 대회에 참석할 것이라는 이야기가 있습니다."

 "문왕?"

 운현이 눈을 빛냈다.

 "말 그대로 확인되지 않은 정보이지요. 어떤 형태로, 어떻게 참석한다는 것인지, 혹은 그것이 사실인지도 확인할 수 없었습니다. 그래도 적지 않은 희생을 치르고 얻어낸 정보이지요."

 박 공공은 아무렇지 않은 듯 말했지만 운현은 그 희생이라는 단어가 가지는 무게를 충분히 짐작할 수 있었다.

 "영웅맹에서……인가?"

 운현의 물음에 박 공공은 가볍게 고개를 끄덕인다. 정보의 출처가 영웅맹으로부터라는 뜻이다.

 "이러니 제가 태평맹에 의혹의 눈길을 보낼 수밖에 없지요."

 태평맹에서 여는 대회에 혈공자 문왕 측의 사람이 참석한다는 정보가 영웅맹으로부터 흘러나왔다면, 그 배후관계를 의심

해보지 않을 수 없다. 물론 억측일 가능성 또한 있다 해도 말이다.

"자, 그러니 감찰어사의 첫 임무시작으로는 꽤 괜찮을 것이라 보는데, 어떠신지요?"

운현은 배첩을 받아들었다.

"알겠네."

운현은 고개를 끄덕였다.

"확인해 보도록 하지."

운현 역시 태평맹의 설립에 대한 이야기는 들은 적이 있었다. 그러나 무림맹의 몰락과 연관하여 미심쩍은 것이 한두 가지가 아니다. 그러니 운현으로서는 반드시 확인해 봐야 하는 곳 중의 하나가 바로 태평맹이라 할 수 있었다.

"아, 그리고 운 학사님을 도와 줄 사람들이 필요할 것입니다. 운 학사님을 광주에서 이곳까지 모셨던 감찰어사가 꽤 괜찮은 인물이라 하더군요."

"음. 괜찮을 것 같네."

감찰어사 조관이라면 신뢰할 만한 인물이다. 이곳까지 함께 여정을 같이 해온데다, 항주에서의 일도 있으니 문제 인식에도 한결 이해가 빠를 것이다.

"아, 한 가지 부탁할 것이 있네."

"네."

가볍게 고개를 숙이며 박 공공이 대답한다.

"혹시 불영이라 하는 스님의 행방을 알 수 있겠나? 별호를 신승이라 하는 분일세."

"알아보도록 하겠습니다."

"그분의 행방 여하에 따라 어쩌면 많은 일이 달라질 수도 있는 일일세."

"명심하겠습니다."

박 공공은 운현을 향해 똑바로 섰다. 그리고 조용히 운현의 눈을 바라보았다.

"운 학사님. 이런 과중한 책임을 지게 해드려 송구할 따름입니다. 무림은 험한 곳이라 하니, 부디 보중(保重)하십시오."

운현을 향해 허리를 깊숙이 숙이며 박 공공은 그렇게 말했다. 운현은 그저 같이 고개를 숙이며 그의 마음에 답례하는 것밖에는 할 수 없었다.

"자네도 부디 보중(保重)하게."

의례적인 인사말이었지만, 그 울림에는 마음이 담겨 있었다. 박 공공은 활짝 웃는 얼굴로 운현에게 답해주었다. 운현은 알지 못했지만, 그 미소는 자금성이라는 복마전 안에서는 결코 볼 수 없는 것이었다.

* * *

"그가 모습을 드러냈다고?"

만옹 인태상은 고개를 깊숙이 숙이며 대답했다. 아주 정중하고, 극진한 자세로.

"그렇습니다."

"하하하."

만옹 인태상 앞에 서 있던 상인(上人)은 가벼운 웃음을 피어올렸다. 그가 이렇게 소리를 내서 웃는 것은 무척이나 드문 일이라, 만옹 인태상은 내심 당황했다.

"어떻던가?"

상인은 인태상을 내려다보며 묻는다.

"자네가 보기에 그가 '문서의 주인' 일 것 같은가?"

인태상은 잠시 머뭇거렸다.

"확실히는 알 수 없사오나, 그가 아니라면 아마 누구도 아닐 것입니다."

그 괴물 같았던 기세를 떠올리며 인태상은 자신도 모르게 살짝 몸을 떨었다. 그때의 한기가 아직도 남아 있는 것만 같았다.

"흐음."

상인(上人)은 인태상을 바라보았다. 그가 살짝 한기를 느끼는 것을 보며 눈동자에 이채가 흐른다.

"자네가 그리 말할 정도라니, 기대가 되는군."

"그를 이곳에 대령하리이까?"

"아니, 필요 없네."

느긋한 웃음을 머금은 채로 상인(上人)은 말했다.

"그가 내 앞에 나타나는 것을 기다리는 것도 하나의 즐거움일 테지. 여기까지 올 수 없다면 어차피 그 정도의 인물일 터이고."

"알겠습니다."

만옹 인태상은 고개를 깊숙이 숙이며 대답했다. 어차피 모든 일은 상인의 뜻대로 흘러가고 있다. 그를 이대로 놓아두는 것이 조금, 아니 사실은 상당히 꺼림칙하긴 했지만 상인이 필요 없다고 했다면 필요 없는 일이다.

"하온데……."

평소 같았으면 이대로 끝났을 대화였지만, 오늘은 상인의 기분이 유독 좋아 보이기에 만옹 인태상은 조금 욕심을 부렸다.

"도련님은 언제까지 저렇게 놓아두실 예정이신지요?"

상인의 얼굴에서 웃음이 사라지는 것을 만옹 인태상은 보았다. 순간 속으로 '아차' 싶었지만 이미 말은 입 밖을 나선 후다.

"당분간은 그대로 놓아두게."

그대로 놓아두라는 것은 곧 현재처럼 독자적인 외부 활동을 전면적으로 제한하라는 뜻이다. 문왕이 만옹 인태상에게 개인적으로 부탁을 해야 했던 것도 이런 이유 때문이었다.

"하오나 도련님은……."

"자네들의 걱정은 잘 알고 있네. 허나 쓸데없는 짓이야."

상인은 감정이라고는 하나도 없는 듯한 시선으로 이렇게 말했다.

"그 아이가 자신의 틀을 벗어나지 못한다면 그것 또한 그 아이의 한계일 테지. 그러니 그대로 놓아두게. 적어도 당분간은."

이렇게까지 말한 것은 상인 최대의 배려였다. 만옹 인태상은 바닥에 닿을 듯 깊숙이 고개를 숙였다.

"명을 받들겠습니다."

* * *

만옹 인태상이 상인과 대화를 나누는 그 시간, 혈공자 문왕은 분노에 몸을 떨고 있었다.

콰앙!

"또! 또 그놈이!"

혈공자 문왕은 붉은 입술을 깨물었다. 딱딱한 탁자에 내려친 자신의 희고 고운 손이 고통을 호소하고 있었지만 그의 분노는 그 고통조차 무시하고 있었다.

"이놈……."

문왕은 부르르 떨었다. 분노가 머리끝까지 치솟아 오르는 듯, 그의 얼굴이 붉게 물든다. 그러나 그의 분노에 공감하거나, 혹은 그를 진정시켜 줄 사람은 아무도 없었다.

소식을 가져 온 수하 역시 그의 앞에 무릎 꿇은 채 그저 고개를 숙이고 있을 뿐이다. 지금 문왕 옆에 서 있는 가장 가까운 수하 역시 그러했다. 지금 함부로 입을 열었다가는 갈 곳 없는 문왕의 분노를 뒤집어 쓸 뿐이라는 것을 잘 알고 있었기 때문이다.

"북해의 일을 망친 것도 그놈이었지."

그는 자신의 엄지손톱을 잘근잘근 씹으며 말했다. 오랜 시간 세심하게 다듬은 손톱이 그의 입에서 형편없이 짓이겨진다.

"소궁주가 나와의 연계를 끊어버린 것도 그놈 때문이었어. 항주에서도 내 앞을 막아선 것 역시 그놈이었지. 그놈은 내 승리를 웃음거리로 만들었지. 결국 북경에서의 일을 모조리 망쳐버린 것도 바로 그놈이야."

항주에서 무림맹을 무너뜨린 것은 계획대로였다. 그러나 '문서의 주인'으로 추정되던 창룡검주를 놓친 것은 그를 참담한 기분으로 만들기에 충분했다.

처음부터 시도하지 않은 일이라면 모르되, 두 명의 태상을 동원하고도 실패했다는 것은 문왕에게 씻을 수 없는 치욕이었기 때문이었다.

그것만으로는 그래도 괜찮았다. 어쨌든 상인(上人)의 명대로 무림맹을 무너뜨리는 것에는 성공한 셈이니까. 그러나 치명적인 타격은 난데없이 북경에서 왔다.

지난 수년간 공을 들여 문왕이 독자적으로 구축해 왔던 정계의 기반이 완전히 사라져 버린 것이다. 그것도 하룻밤 새에.

문왕이 독자적으로 추진해 왔던 이 일의 실패는 결과적으로 문왕의 무능함을 단적으로 증명해 버린 사건이 되어버렸다. 자신을 보며 수근거리는 자들의 목소리가 지금도 귓가에 들려오는 것만 같다.

"대체 언제까지……."

움켜진 문왕의 주먹이 부르르 떨렸다.

"언제까지 그놈이 나를 모욕하도록 내버려 둬야 하는 거지?"

혈공자 문왕의 질문에 대답하는 사람은 아무도 없었다.

"인태상, 그놈의 단전을 부쉈다고 장담하더니……."

으드득.

악다문 그의 입에서 낯선 소리가 울려나왔다.

"이게 무슨 꼴이야!"

와장창.

갖가지 과일이 담겨 있던 은쟁반이 엎드린 수하를 향해 요란한 소리를 내며 날아갔다. 그러나 수하는 엎드린 채로 미동도 하지 않았다. 정작 사죄를 해야 할 만용 인태상은 이 자리에 있지 않았기 때문이다.

"아니야. 이렇게 흥분해선 아무것도 되지 않아."

문왕은 언제 분노했냐는 듯 다시 목소리를 낮췄다.

"놈을 잡아야 해. 하지만 어떻게 잡지? 어떻게?"

자신의 앞을 막아서는 자는 창룡검주다. 그리고 자신의 능력을 입증하기 위해 잡아야만 하는 대상도 바로 그 창룡검주다. 문왕은 확신했다.

자신이 창룡검주를 잡는다는 것은 보란 듯 자신의 능력을 증명할 수 있는 유일한 길이라고, 자신이 암천무제보다 더 우월하다는 것을 납득시킬 수 있는 단 하나의 방법이라고.

"어떻게?"

그러나 방법이 없었다. 자신은 이제 아무것도 할 수 없는 신세나 마찬가지다. 손이 묶이고, 발이 묶였다. 그런 상황에서 어떻게 창룡검주를 잡는단 말인가?

"으윽."

문왕은 두 손을 깍지 끼고는 고개를 숙였다. 마치 어린아이처럼 몸을 웅크리며 그는 끊임없이 무언가를 중얼거렸다. 그런 그에게 손을 내미는 사람은 아무도 없었다. 그의 질문에 대한 대답 역시 어디에서도 들려오지 않았다. 그는 혈공자 문왕이라 불리는 사람이었다.

제4장
숭산에 떠도는 향기

"무림용봉지회?"

철혈사왕 염중부가 살짝 눈살을 찌푸리며 말했다.

"네, 그렇습니다."

문사 차림의 수하는 보고서가 얹힌 작은 서반을 염중부에게 올린다. 염중부는 그 보고서를 집어 들었지만 그저 건성으로 훑어볼 뿐이다.

"흥, 태평맹의 속셈이야 뻔하지. 틀림없이 자신들이 강호 무림의 유일한 정통 세력이라는 것을 과시하려는 것 아니겠느냐?"

"그, 그렇습니다."

"규모는?"

수하는 고개를 숙이며 대답했다.

"공식 행사만 열흘이 넘게 진행되는 대규모 회합입니다. 각 지역의 내로라하는 문파는 물론, 상계와 정계의 유력자들에게도 초청장을 보냈다 합니다. 말로는 태평맹 내 후기지수들의 대회라 하지만, 가히 태평맹의 역량을 총집결한 대회라 해도 과언이 아닙니다."

염중부의 입가에 비웃음이 걸렸다.

"주요 문파는 물론 상계, 정계까지라……. 너무 노골적이군."

보고서를 덮으며 염중부는 중얼거렸다.

"저……."

"뭐냐?"

수하는 고개를 더 깊숙이 숙이며 말한다.

"그냥 놔둬도 되겠습니까?"

"놔두지 않으면? 가서 싸움이라도 걸라는 이야기냐? 뭐, 그것도 좋겠군. 싸우지 못해서 안달난 놈들이 워낙 넘쳐나니 말이야."

최근 염중부의 골칫거리는 바로 그것이었다. 어떻게 된 게 지부마다 막무가내로 말썽을 일으키는 녀석들이 있었던 것이다. 아무래도 녹림과 수로채를 그 시작으로 하는 영웅맹의 태생적 한계인지도 몰랐다.

"태평맹이 무슨 짓을 하건, 장강을 건드리지 않는다면 마음대로 하게 놔둬도 좋아. 어차피 이번 대회도 당문의 힘을 자랑하는 것으로 끝날 테니 말이야."

염중부는 결론이라도 내리듯 말했다.

"그런 것이 아니오라……."

여전히 끝나지 않는 수하의 말에 염중부의 눈살이 찌푸려진다. 수하는 급히 본론을 꺼내야 했다.

"태평맹의 회합에 대한 소식은 의도적으로 강호 무림 전체에 확산되고 있습니다. 혹 이런 분위기가 각 지부의 활동을 위축시키는 결과를 낳는다면 좋지 않다고 생각됩니다."

"흐음."

염중부는 생각에 잠겼다. 하긴 그의 말도 일리가 있기는 하다. 천하에 태평맹만 있는 것처럼 보이는 것도 문제가 아닌가?

"각 지부에서의 문의도 잇따르고 있습니다. 아무래도 저희 역시 무엇인가 하는 것이 각 지부의 사기 진작에도 도움이 되지 않을까 합니다만……."

"그럼 해."

"네?"

"태평맹이 대회를 여는 동안, 각 지부별로 우리도 대회를 열라고 명령하도록. 그들이 열흘 동안 한다니, 우리도 열흘 정도 하면 좋겠지."

"하지만 대회라면 어떤 대회를……."

"뭐든지 하라고 해."

숭산에 떠도는 향기 115

"네?"

수하는 자기도 모르게 다시 한 번 반문했다. 대번에 염중부의 눈살이 찌푸려진다.

"뭐든 하라고. 연회를 열어서 술독에 빠져 살든, 아니면 비무 대회를 열어서 피터지게 칼질을 하든 상관없으니까 무조건 요란하게만 벌이라고 해."

"그, 그러면 소요되는 예산이 엄청날 텐데요? 각 지부에 그런 대회를 위한 자금을 지원하자면……."

"지원? 왜 맹에서 그런 돈을 줘야 하지?"

염중부는 눈살을 찌푸린 채로 퉁명스럽게 말한다.

"하, 하지만 그런 대회를 열자면 현재 각 지부의 자금 여력으로는 어림도 없습니다."

영웅맹 각 지부의 수입은, 최소한의 자금을 제외하고는 전부 항주의 영웅맹으로 들어오고 있었다. 적어도 자금문제에 관해서만은 철혈사왕 염중부가 직접 모든 세부사항을 점검하고 있었기 때문이다.

"웃기는 소리. 각 지부장들이 자기 호주머니만 털어도 그 정도는 충분히 할 수 있을걸? 지부장들이 따로 수입을 챙기고 있다는 걸 내가 모를 것 같나?"

수하는 말문이 막혔다. 현실적으로 지부장들이 자기 재산을 들여 대회를 열 것 같지는 않았지만 감히 철혈사왕 염중부에게 어떻게 반론을 말할 수 있으랴? 지금까지 반문해온 것만으로도 충분히 그의 기분을 거슬렸는데 말이다. 그렇게 수하가 우물쭈물하고 있자, 염중부는 한심하다는 듯 툭 말을 던졌다.
"그냥 그렇게 연락하기만 하면 돼. 태평맹 무림대회의 기간 동안 각 지부도 대회를 열 것. 대회의 내용과 자금의 조달 방법에 대해서는 각 지부장의 판단에 맡기며 이 건에 관한 한 구체적인 보고는 필요 없다고 말이야."
염중부의 말에서 수하는 문득 무언가 실마리를 얻었다.
"자금의 조달이라고 하시면……."
수하의 물음에 염중부는 따분한 듯 대답했다.
"그렇게만 하면 알아서들 하겠지. 근처에서 알아서 걷든가, 아니면 그간 눈엣가시였던 문파 하나를 작살내든 말이야. 어느 쪽이건 이미 익숙한 일들일 테니까 그들 걱정을 해줄 필요는 없어."
"하지만 그래서는……."
"그래서는 뭐? 맹의 이름에 먹칠을 하게 될까 걱정되나? 아니면 다른 문파들과의 관계가 악화될까봐? 혹은 사람들에게 손가락질이라도 받게 될까 걱정되서 그런가?"
수하는 대답을 못했다. 사실 염중부의 말대로 시행했다가는 그렇게 될 것이 뻔한 일이었기 때문이다. 철혈사왕 염중부는 피식 웃었다.
"우리는 사파야. 그게 무슨 말인지 아나?"
입가에 비웃음을 띄우며 염중부는 말했다.

"힘으로 빼앗고 짓밟는다. 그게 우리야. 말? 필요 없어. 위선? 그건 소위 정파라는 놈들에게나 필요한 것이지. 사람들의 평판? 평판이 좋으면 칼이 안 들어가나?"

염중부는 나지막하게 말했다.

"빼앗고 짓밟는다. 어차피 사는 게 다 그런 거야. 알겠나? 숨길 것도 없고 포장할 것도 없어. 그게 사파라는 말의 의미라는 거다."

다시 한 번 피식 웃고는, 염중부는 수하를 향해 말했다.

"장강 대상단의 구성은 어떻게 되고 있나?"

장강을 오가는 상권은 그야말로 막대하다. 상단으로부터 받는 통행료나 보호비 명목의 금액도 결코 작지는 않았지만, 그것으로 만족할 염중부가 아니었다.

자체적인 상단을 구성하여 최종적으로는 장강과 그 인근 지역의 모든 이권을 장악하는 것이 바로 염중부가 원하는 바였다.

"지, 지역 상단의 반발이 만만치가 않습니다. 더구나 장강 상권은 이미 포화상태여서 더 이상 파고들 여지가 없는지라 대규모 상단을 구성하기에는 아직 역부족입니다."

"흠."

염중부는 생각에 잠겼다. 일의 진척이 더딘 것은 수하의 무능함 때문만은 아니었다. 곳곳에 뻗어 있는 장강의 상권을 장악하기에는 맹의 조직력과 유능한 인재들이 절대적으로 부족했기 때문이다.

"더구나 요즘은 맹의 활동에 대한 관의 감시가 강화되어 움직임에 지장이 많습니다."

영웅맹이 장강을 장악했다지만 어디까지나 음성적인 것이다. 지역 관리를 매수하고 때로는 협박을 동원하기도 하지만, 관의 눈치를 살필 수밖에 없었다. 그것이 영웅맹의 한계였다. 물론 다른 사람이라면 그 정도로 만족하겠지만, 그는 다름 아닌 철혈사왕 염중부였다.

"게다가 그…… 무엇보다 최우선으로 처리하라 하신 일도 있는지라……."

우물대며 말하는 수하의 말에 염중부는 눈살을 찌푸렸다. 무엇보다 최우선으로 처리해야 할 일, 그것은 바로 자신이 영웅맹을 넘겨받으며 상인(上人)에게 받은 단 하나의 제한조건이었다. 염중부는 찌푸린 인상을 펴지 않은 채 탐탁찮은 목소리로 말했다.

"어쨌든 지역 상권 흡수를 위해 최대한의 노력을 기울이도록. 장강 대상단의 구성은 언제고 반드시 이루어야 할 일이니까."

"명심하겠습니다."

수하는 깊숙이 고개를 숙였다.

"물러가라."

염중부의 말에 수하는 뒷걸음질로 천천히 물러났다. 그가 방을 나가자, 염중부는 가볍게 혀를 찼다.

"쯧. 하나같이 다들 무능한 것들뿐이라니……. 에잇."

짜증이 치미는 듯, 염중부는 다시 한 번 혀를 찼다. 믿고 일을 맡길 만한 능력 있는 인재 하나 없다는 것도 답답하고, 천하를 양분한다 하는 영웅맹의 맹주이면서도 마음대로 할 수 없다는 것도 화가 난다.

당장 상인(上人)이나 관(官)의 시선을 무시할 수도 없는 일. 게다가 얼마 전 창룡검주와의 일을 생각하면 쉽게 함부로 움직일 수도 없는 판국이다. 그의 날선 경고를 바로 눈앞에서 똑똑히 듣지 않았는가?

"흥."

상대가 누구이건, 그는 결국 염중부의 이득을 위해 움직이게 될 것이다. 그것이 상인이건, 혹은 문서의 주인이라는 창룡검주이건 말이다.

철혈사왕 염중부는 손을 뻗어 금쟁반 위에 있는 포도알 하나를 집어 들었다. 그의 입안에서 포도알이 으깨지며 달콤한 과즙이 가득 흘러나왔다. 염중부의 입가에 다시 만족스러운 미소가 걸렸다.

* * *

"어사대인을 뵙습니다."

감찰어사 조관이 운현에게 정중하게 예를 표하며 말한다. 운현 역시 마찬가지로 정중한 예로써 답례하며 말했다.

"다시 만나게 되어 반갑습니다."

조관이 운현을 다시 찾아온 것은 박 공공을 만난 다음날 아침이었다.

"들어오십시오."

조관은 가볍게 고개를 숙여 보이고는 운현의 숙소로 들어왔다. 운현은 그를 탁자에 안내하고 자신이 직접 차를 따른다. 다른 사람 같았으면 운현의 행동에 당황했겠지만, 조관은 이미 그의 성품을 아는지라 그저 가만히 앉아 있을 뿐이었다.

"드시지요."

"감사합니다."

은은한 차향을 음미하듯 두 사람은 잠시 말없이 앉아 있었다.

"영웅맹에 대한 감찰 보고는 올라왔습니까?"

조관은 품에서 작은 두루마리 하나를 꺼냈다. 본래 감찰어사의 보고를 검토할 수 있는 사람은 도찰원의 좌우도어사뿐이지만, 현재 운현은 이 일에 관한 전권을 위임받고 있는 책임자였다.

"흠."

운현은 보고서를 읽어 내려갔다. 감찰 보고서의 내용은 대부분 이미 알고 있는 것들이거나 혹은 대략 짐작하고 있던 것들뿐이었지만 몇 가지 특이한 사항이 있었다.

"영웅맹이 직접 상단을 구성하려 하는군요?"

조관은 고개를 끄덕였다.

"그뿐만 아니라 여러 가지 다양한 활동을 기획하고 있는 듯합니다. 심지어는 외국과의 무역업에도 개입하려 한 흔적이 있습니다. 다른 영웅맹 지부에서는 그런 움직임이 보이고 있지 않으나, 유독 항주의 영웅맹에서만 이런 경향이 두드러집니다."

보고서의 말미에는 다른 지부들의 주요 활동도 기록되어 있었다. 한눈에 보기에도 전형적인 사파의 움직임 그대로였다.

"상인과 연관된 일인지, 혹은 염중부의 독자적인 움직임인지는 알 수 없군요."

"그렇습니다. 어쨌거나 그들이 의도하는 대로 진행된다면 영웅맹은 장강 일대의 상권을 장악하고 막대한 자금력을 보유하게 됩니다."

운현은 잠시 생각에 잠겼다.

"영웅맹에 대한 감찰은 계속하되, 그들의 외부 활동과 특히 상단 구성에 관해 더 자세한 상황을 파악하도록 지시하세요. 그리고 가능한 한 영웅맹 내부 사항을 무리하게 조사하거나 염중부에게 직접 접촉을 시도하는 것은 피하는 것이 좋습니다. 어사대인께서도 그가 어떤 자인지 잘 기억하고 계시겠지요?"

"분부하신 대로 시행하겠습니다."

조관은 고개를 숙이며 운현의 명을 받든다.

"태평맹에 대해서는 아직 자세한 정보가 없습니까?"

"각 부서를 통해 모든 관련된 정보를 모으는 중입니다. 태평맹은 영웅맹과 달리 공식 감찰 대상이 아니라서 도찰원에는 현재 태평맹에 관한 정보가 없습니다. 준비가 되는 대로 곧 보고를 올리도록 조치하겠습니다."

운현은 고개를 끄덕였다.

"언제쯤 출발할 수 있을까요?"

"저녁까지는 모두 준비가 끝날 것 같습니다."

"먼 길인데…… 그렇게 빨리 준비를 해도 괜찮겠습니까?"

북경에서 사천의 성도까지는 뱃길과 육로를 합쳐 5천 리가 넘는 먼 길이다. 조관은 담담한 어조로 대답했다.

"여행은 익숙합니다."

운현은 미소 지으며 말했다.

"그렇군요. 그러면 사천의 성도까지 어떻게 가는 것이 좋겠습니까?"

조관은 미리 준비하고 있었다는 듯, 거침없이 대답했다.

"이곳에서 육로로 제남(濟南)까지 가는 방법과, 대운하를 이용하여 요성(聊城)까지 가는 방법이 있습니다. 어느 경우이건 그 이후는 황하(黃河)를 거슬러 올라가게 될 것입니다. 물길의 상황을 보아 개봉이나 혹은 낙양 부근에서 배를 내려 육로를 이용합니다. 관도를 따라 섬서성의 서안을 지나면 바로 사천으로 진입할 수 있습니다."

운현은 내심 한숨을 쉬었다. 먼 길이라고 말한 것은 바로 자신인데, 막상 이렇게 듣고 보니 정말로 멀고도 먼 길이다. 대륙을 횡단하는 것이나 마찬가지가 아닌가? 예전에 장강을 따라 항주에서 장사까지 간 적도 있지만, 그때보다 곱절은 될 듯한 거리다.

"육로로 제남까지 가는 것보다는, 배를 이용하는 편이 나을 것 같군요."

운현은 조관에게 말했다. 아무래도 그렇다. 조금 지루하고, 혹 뱃길에 적응하지 못하는 사람이라면 더 괴로울 수 있겠지만 그래도 배는 가만히 있어도 계속 움직이지 않는가?

"알겠습니다."

조관이 고개를 숙여 보인다.

"그리고 올 때와는 달리 변복을 하고 일반적인 교통수단을 이용해야 하니, 조금 불편하실 것입니다."

변복을 하고 일반적인 교통수단을 이용하는 까닭은, 감찰어사는 감찰활동에 임함에 있어 기본적으로 자신의 신분을 감추어야 하기 때문이다.

"그건 상관없습니다만……."

운현은 난처한 표정을 지어 보였다.

"태평맹에 가면 저를 알아보는 사람이 많이 있을 듯합니다. 제가 예전에 무림맹 서기였다고 말씀드렸지요?"

조관은 문득 운현이 예전에 말한 것을 떠올렸다. 분명히 황궁 학사였다가 무림맹 서기를 했다고 자신을 소개한 기억이

난 것이다. 물론 운현을 태평맹의 사람들이 알아보는 것은 그저 운현이 무림맹 서기였기 때문만은 아닐 것이다.

'하긴, 기억하지 못한다면 그것이 이상한 일이겠지.'

그 능력을 보고서 운현을 기억하지 못할 사람이 누가 있을까? 감찰어사 조관은 그렇게 생각하고 납득했다. 비록 자신의 짐작이 완전한 오해라는 것은 알지 못하고 있었지만 말이다.

"그러면 계획을 조금 수정해야겠군요. 본래 사천성 안찰사사(按察使司)의 협조를 얻어 적당한 관직의 관리를 수행하는 방식으로 참석하려 했으나, 그들이 운 대인을 알아볼 것이라 하시니 다른 방책을 생각해 보도록 하겠습니다. 하지만 사천까지는 그대로 신분을 감춘 채 이동하는 것으로 하겠습니다."

운현은 고개를 끄덕였다. 어쩐지 감찰어사가 어떤 자리인지 말해 주는 한 조각을 엿본 것 같은 느낌이 들었다. 운현은 감찰어사 조관에게 말했다.

"한 가지 더 부탁드릴 것이 있습니다."

조관은 운현을 주목했다. 운현은 말했다.

"저는 감찰어사의 일에 익숙하지 않습니다. 또한 제게 맡겨진 일은 일반적인 감찰어사의 업무와는 많이 다른 것일 터입니다. 그러니 구체적인 사항에 대해서는 조 대인께서 이제껏 하시던 대로 독자적으로 판단하여 진행해 주시기를 바랍니다. 세부적인 사항까지 일일이 제게 허락을 구할 필요는 없습니다."

아주 잠깐, 조관의 눈빛에 이채가 돈다. 그러나 조관은 곧 정중하게 예를 올리며 대답했다.
"명을 받들겠습니다."
달칵.
감찰어사 조관은 자리에서 일어났다. 그리고 그가 방을 나간 후에도 운현은 탁자 앞을 떠나지 않았다. 이제 온기가 거의 사라져버린 찻잔을 두 손으로 쥔 채, 그는 생각에 잠겨 있었다.
"제남, 개봉, 그리고 낙양이라······."
조관이 말한 지명은 모두 운현에게 각각 의미를 지니는 곳들이었다.
제남은 운현이 북해로 가는 길에 들렀던 제갈세가가 있는 곳이고, 개봉 근처에는 모용세가가 있다. 그리고 낙양에서는 소림사가 있는 등봉현이 바로 지척이 아닌가?
'우연의 일치인가?'
하지만 생각해 보면 당연한 일인지도 몰랐다. 거대한 무림세가들은 대부분 교통의 요지에 자리 잡는 것이 일반적이다.
그곳이 바로 성도가 되고, 그곳이 바로 모든 인적, 물적 자원이 모이는 곳이 되기 때문이다. 그러니 대륙을 가로지르는 먼 길에 제남이나 개봉, 혹은 낙양을 지나는 것은 너무도 당연한 일인 것이다.
"모용세가, 소림사······."
그 중에서도 가장 마음이 끌리는 곳은 바로 모용세가와 소림사다.

달그락.

운현은 찻잔을 만지작거렸다. 만나고 싶지만 대체 어떤 얼굴로 봐야 할지 자신이 서지 않았다. 그렇게 한참 동안, 운현은 차갑게 식어버린 찻잔을 손에서 놓지 못하고 있었다.

*　　　*　　　*

"어서 오십시오, 운 대인."

운현이 배에 오르자 감찰어사 조관이 정중하게 인사를 건넨다. 조관은 제법 그럴듯한 비단옷을 차려입고 있었는데, 마치 여유 있는 가문의 하릴없는 풍류 공자가 여행이라도 떠나는 듯한 복장이었다.

함께 있던 다른 네 명 역시 정도의 차이는 있어도 다들 비슷한 복장이라, 소박한 문사의 차림을 한 운현은 마치 눈치 없이 끼어든 친구 같은 모양이 되고 말았다.

"반갑습니다."

운현은 정중하게 답례를 하고 나서 어색한 웃음을 지으며 말했다.

"옷이…… 다들 멋지군요."

조관이 오히려 의아하다는 듯 반문한다.

"연락을 받지 못하셨습니까?"

"그게……."

받기는 했다. 좋은 옷을 입으라 하기에 나름대로 신경을 썼다. 지금 이 옷만 해도 유명한 번화가까지 나가서 산 새 옷이 아니었던가?

비록 새로 옷을 지을 시간이 없어서 포목점에 남아 있던 옷들 중에 고르기는 했지만 말이다.

"크게 상관이 있는 것도 아니니, 그대로 출발하는 게 좋겠습니다."

운현은 고개를 끄덕였다. 다른 일행 역시 공감하는 눈치였지만, 진예림만은 마뜩찮다는 눈빛을 숨기지 않고 있었다.

'흥. 눈치도 없어서는.'

한 번 꼬이면 모든 게 다 좋지 않은 방향으로만 보이는 법일까? 진예림은 수수한 문사 차림을 한 운현의 복장이, 오히려 '나 겸손한 사람이오' 하고 자신을 과시하려는 것처럼만 보여 기분이 편치 않았다.

"우선 객실로 드시지요."

조관의 안내에 따라 운현은 객실로 발걸음을 옮겼다. 남은 네 사람은 자연스럽게 뱃전에 기대며 주위를 경계하고, 배는 어느새 천천히 물살을 가르며 북경을 떠나기 시작했다.

대운하를 따라 황하(黃河)까지 내려가는 여정은 지루하기 짝이 없었다. 일단 왔던 길을 바로 며칠 만에 되짚어 가는 것이기도 했지만, 본디 손님을 태우는 배인지라 자주 정박을 하는 까닭이었다. 덕분에 조관과 운현은 앞으로의 일정에 대해 충분히 이야기를 나눌 시간을 가질 수 있었다.

"개봉에서 말입니까?"

조관의 반문에 운현은 대답했다.

"네. 지금 예상대로라면 며칠 말미가 있으니, 잠깐 들러도 될 듯합니다만……."

운현의 말에 조관은 잠시 앞으로의 일정을 따져보았다. 확실히 사천성 성도의 태평맹까지는 여유가 있는 일정이었다.

"혹, 어디를 들르고자 하시는 것인지 여쭤도 되겠습니까?"

운현은 대답했다.

"모용세가와 소림사입니다."

"모용세가라면, 확실히 태평맹의……."

"그렇습니다."

운현은 고개를 끄덕였다. 태평맹을 이루는 칠대세가에 모용세가가 포함되어 있었다.

"모용세가는 저와 인연이 작지 않습니다. 현재 태평맹에 대해 자세한 사항을 알 수 있으리라고 생각합니다."

"흠, 그것도 그렇습니다만……."

조관은 고개를 갸웃하며 말했다.

"그들도 태평맹 회합에 참석해야 할 텐데요?"

"아."

운현은 그제야 자신이 놓친 것이 있음을 깨달았다. 모용세가가 태평맹 칠대세가 중 하나라면 반드시 이번 회합에 참석해야 할 터이다. 먼 길이니 당연히 지금쯤은 길을 떠났을 것이 분명했다.

"그렇군요."

자신의 마음만 앞서서 미처 생각지 못했던 것이다. 운현은 쓴웃음을 지었다. 조관이 말해 주지 않았더라면 헛걸음을 할 뻔했다.

"하지만 소림사는 충분히 방문해 볼 만한 가치가 있을 것 같군요."

조관은 진지한 얼굴로 말했다.

"무림에서 그들의 영향력이 작지 않으니, 혹 유용한 정보를 얻을 수 있을지도 모르겠습니다."

"그보다는······."

운현은 잠시 머뭇거렸다. 따져보면 확실히 연관이 없는 것은 아니지만, 그래도 개인적인 동기가 더 크다. 운현은 솔직하게 말했다.

"제가 소림사를 방문하려는 것은 한 사람의 행방을 알아보기 위해서입니다. 개인적인 동기가 없다고는 할 수 없으나, 그분이 계신지 그렇지 아니한지에 따라 많은 것이 바뀔 수도 있는 일입니다."

조관은 의아한 눈빛을 했다. 그렇게 큰 영향을 미칠 수 있는 사람이 소림사에 있었단 말인가?

"그분이 누구신지요?"

"신승 불영이라는 분입니다."

"신승(神僧)?"

살짝 눈살을 찌푸리며 조관이 반문한다. 조정 관료인 그로서는 전혀 들어본 적이 없는 사람이기 때문이다. 현재 신승이라 불릴 정도의 고승이 소림에 있었던가?

"무림맹을 만든 것이나 다름없는 분입니다."

"예전의 무림맹이라면 소위 십팔대 문파라 하는 대문파들이 주축이 되어 이끌어 왔다고 알고 있습니다만……."

"공식적으로는 그렇습니다만, 사람들은 보통 '무림맹에는 신승이 있다' 라고 이야기할 정도로 큰 영향력을 가지고 계셨던 분입니다."

조관은 고개를 끄덕였다.

"그렇군요. 제가 무림에 대한 것은 잘 알지 못하는지라……."

무림에 대한 조관의 지식은 주로 서류상의 보고에 기인한다. 일반인, 게다가 무림과는 전혀 관계없이 살아온 관인에게 무림맹이니, 신승이니 하는 명칭들은 자신과는 관계없는 낯선 단어에 불과한 것이다.

하물며 무림맹 내부의 긴장 관계 같은 것을 알고 있을 리가 없었다. 지금도 조관의 선실에는 무림에 대해 읽어야 할 자료들이 산더미처럼 쌓여 있었는데, 대부분 각 문파의 기원과 현 지도부 및 다른 문파와의 관계, 일어났던 일들에 대해 서술한 복잡한 보고들이었다.
"그분이 지금 소림에 머물고 있습니까?"
운현의 얼굴에 그늘이 졌다. 운현은 대답했다.
"모릅니다. 살아 계신지 그렇지 아니한지 조차도 지금은……"
운현은 살짝 입술을 깨물었다. 그때의 혼미한 기억 속에서, 마지막으로 자신을 쳐다보던 불영의 그 늙수그레한 얼굴이 떠오른 까닭이다.
"하지만, 그분이 소림에 있다면 분명히 많은 것이 달라질 것입니다."
다름 아닌 신승 불영이다. 다른 사람의 생각을 뛰어넘어, 그 손바닥에 강호 무림을 놓고 히죽이 웃고 있는 사람. 그가 바로 신승이다.
"알겠습니다. 그러면, 소림사를 방문할 수 있도록 일정을 조정하겠습니다."
조관은 더 이상 묻지 않고, 고개를 숙이며 그렇게 대답했다.

요성(聊城)이라는 도시에서 운현 일행은 큰 배로 갈아탔다. 이제부터 본격적으로 황하(黃河)를 거슬러 올라가기 시작한 것이다. 황하는 말 그대로 그저 흙탕물 같아 보이는 탁한 강이었지만, 그 거대한 흐름은 보는 이들로 하여금 말을 잊게 하기에 충분했다. 도도히 흐르는 거대한 강, 그것이 바로 황하(黃河)였다.

황하를 거슬러 올라가는 것은 쉽지 않았다. 바람이 불면 돛을 올렸지만 때로는 노를 저어야 할 때도 있었다.
힘들지 않냐는 운현의 말에 선원들은 '상류에서는 강변에서 줄을 내어 배를 끌고 올라가기도 한다'며 지금 노를 젓는 정도는 차라리 고생이라 할 것도 없다고 했다.
주변의 풍경을 구경하는 것도 지루해질 무렵, 운현은 일행 모두를 선실에 모이도록 했다. 그리고 이번 감찰 업무에 대해 처음으로 설명했다.
"역모(逆謀)······."
항장익이 굳은 얼굴로 중얼거렸다. 다들 관에 몸담고 있는 자들인지라 이 짧은 단어가 주는 의미가 어떤 것인지 잘 알고 있었다.
"영웅맹은 나타난 한 모습에 불과합니다. 상인(上人)은 어둠 속에 숨어 있고, 그의 의도는 아직 명확하지 않습니다. 그러나 그가 존재한다는 것과, 그들이 혼란을 원하고 있다는 것만은 분명합니다."
"그, 상인(上人)이라는 자는 누구죠?"
담소하가 물었다. 운현은 대답했다.
"아직 모릅니다. 다만 스스로를 일대상인(一大上人)이라 칭한다는 것만을 알 뿐입니다. 삼태상이라 하는 무공에 극히 뛰어난 자들과 혈공자 문왕, 그리고 암천무제가 그의 수하입니다."
담소하는 고개를 갸웃한다. 그에게는 대부분 처음 듣는 이름들이기 때문이다. 감찰어사 조관뿐만 아니라 그들에게도 무림에 대한 책들이 한 아름씩 주어졌는데, 대부분 각 주요 문파들에 대한 관의 기록이나 첩보들이었다. 당연히 단편적이고 앞뒤 연결이 되지 않는 것들이 많았다.

때문에 그들은 책과의 난데없는 고군분투로 인해 느긋한 뱃길을 즐길 여유 같은 것은 전혀 가지지 못하고 있었다. 다만 진예림과 백운상은 다른 사람들에 비해 한결 여유롭게 대처하며 종종 다른 일행들을 가르치기까지 하고 있었지만 말이다.

"누구예요? 알고 있어요?"

담소하는 진예림을 향해 물었다. 그러나 그의 물음에 대답한 것은 백운상이었다. 그는 차분한 어조로 말했다.

"혈공자 문왕은 영웅맹의 숨은 주인으로 알려져 있는 자다. 그리고 암천무제는 단 일검으로 남궁세가의 가주를 꺾은 사람이지."

"그거, 강한 건가요?"

"아주 강해. 우리 정도는 발끝에도 미치지 못할 정도로."

진예림이 입술을 깨물며 대답했다.

"당시 그가 일으킨 파문은 이만저만한 게 아니었어. 남궁세가를 거의 봉문으로 몰아간 것과 마찬가지였으니까. 지난번 만났던 철혈사왕 염중부를 생각하면 될 거야."

염중부라는 말에 담소하의 말문이 막힌다. 그때의 경험은 그로서도 충격이었기 때문이다.

"철혈사왕 염중부 역시 상인의 영향력 아래 있습니다."

담담한 어조로 운현이 다시 말했다. 실은 수하라고 말해도 무방하겠지만, 철혈사왕 염중부가 상인과 다른 생각을 가지고 있다는 것을 이미 확인했기 때문이다.

"여러분이 항주 혈사라고 알고 있는 것 역시, 영웅맹이라기보다는 혈공자 문왕이 한 짓입니다. 항주 혈사 당시 무림맹을 무너뜨린 것은 장강 수로채와 녹림이 아니었습니다. 그들은 검은 화살을 사용하는 궁수대와 흑창 기마대, 그리고 마치 괴물과도 같은 실혼인(失魂人)들이었습니다. 이 모두가 혈공자 문왕, 아니 그 배후에 있는 상인(上人)이 한 일입니다."

"어떻게 그렇게 잘 알고 계시죠?"

진예림이 수상하다는 듯한 눈빛으로 물었다. 미리 보고서를 통해 정보를 얻었다고 생각할 수도 있겠지만, 그렇게 보기에는 운현의 말투가 너무 생생했다. 마치 직접 겪은 사람처럼.

"제가 무림맹의 서기였다고, 일전에 이미 말씀드렸던 것 같습니다만……."

"그럼……."

운현은 고개를 끄덕였다.

"무림맹이 무너지던 그날, 저는 무림맹에 있었습니다."

진예림의 눈빛이 변했다. 순간, 옆에서 문득 담소하의 목소리가 들려온다.

"그럼, 이런 일을 잘 알고 계시기 때문에 이번 임무를 맡으신 건가요?"

 진예림은 살짝 눈살을 찌푸렸다. 저 앞뒤 모르는 담소하가 또 생각나는 대로 입 밖에 내뱉은 모양이다.

 "그렇다기보다는……."

 운현은 어깨를 으쓱하며 대답했다.

 "줄이 좋아서겠죠."

 일행의 얼굴에 희미한 웃음이 걸렸다. 진예림 역시 피식 웃음을 흘린다.

 "저는 이런 일이 익숙하지 않습니다. 그러니 여러분은 지금껏 하던 대로 조 대인의 명에 따라주시기 바랍니다. 구체적인 사항에 대해서도 모든 것은 조 대인과 의논하시기 바랍니다. 보고 역시 조 대인께 하시면 되겠지요."

 말을 마친 운현은 조관을 바라보았다. 이제부터는 조관의 영역이었다. 조관은 살짝 고개를 끄덕여 보이고는 앞으로 나선다.

 "우리가 가는 곳은 사천성 성도에 있는 태평맹일세."

 일행의 얼굴에 긴장이 흐르기 시작했다.

 "태평맹의 기본적인 사항에 대해서는 이 보고를 참고하도록."

 조관은 며칠 전 전달받은 태평맹에 관한 기본적인 사항이 적힌 보고서를 탁자 위에 올려놓았다.

 "특별히 태평맹의 불법 활동 여부, 자금 흐름, 구성원의 성향, 그리고 추가로 상인(上人)이라고 하는 자, 혹은 그 수하들과의 연계 여부에 대해 유의하여 조사해 주기 바라네. 그리고 또한……."

 운현은 조용히 뒤로 물러나 선실을 나왔다. 일행은 운현이 떠나는 모습을 흘깃 보기는 했지만 그다지 상관은 하지 않는 듯했다.

 운현은, 적어도 그들의 구체적인 임무에 관한 한은 있으나 없으나 마찬가지인 사람이었기 때문이다. 닫히는 문틈 사이로 진지한 그들의 모습을 흘깃 바라보고, 운현은 완전히 선실을 떠났다.

 "후."

 뱃전으로 나온 운현은 나지막이 한숨을 내쉬었다. 감찰업무는 저들이 해야 할 일이다. 그리고 자신이 할 일은 따로 있었다.

 철썩, 철썩.

 물결이 부서지는 소리를 들으며, 운현은 조용히 주위의 기색을 살폈다. 그러나 오늘도 여전히 이상한 낌새는 전혀 느껴지지 않았다.

 "모를 일이로군."

 북경에서 삼태상 중 일인에게 모습을 드러냈을 때, 운현은 그들이 머지않아 자신을 찾아오리라 생각했다. 그러나 며칠이 지난 지금까지도 그런 기색은 전혀 보이지 않고 있었다.

 언제는 반드시 자신을 잡아야 할 것처럼 덤벼들더니, 이제는 모습을 드러냈어도 아무런 위협이 없다. 혹, 철혈사왕 염중부가 '문왕의 계획이 엉망이 되었다' 라고 말한 것과 관련이 있을까?

"상인(上人)……."

운현은 나지막이 중얼거렸다. 그 이름과 함께 여러 가지 상념과 감정들이 혼란스럽게 얽혀 소용돌이친다.

무림맹이 무너지던 그날, 얼마나 많은 사람의 피가 흘렀던가? 얼마나 많은 사람들이 참혹하게 죽임을 당하고 고통을 당해야 했던가? 더구나 그 삼태상이라는 이들은 자신을 잡기 위해 서슴없이 독고랑에게 살수를 쓰지 않았던가?

상인(上人)의 앞길은, 적어도 자신이 추측하는 바가 옳다면 그보다 훨씬 더 많은 피로 점철되어 있을 것이 분명했다. 그렇다면 그를 막아야 한다.

비록 스스로가 의협심 가득한 대협은 아닐지라도, 수많은 피가 흐를 것이 뻔히 보이는데 자신의 일이 아니라 하여 외면할 수는 없지 않은가?

하지만 다만 그 이유뿐일까? 독고랑의 죽음에 대한 책임을 찾는다면 상인(上人) 역시 자유롭지 못하다. 그렇다면 지금 자신의 행동이, 참으로 대의(大義)뿐이라고 말할 수 있을까?

"후우."

운현은 길게 한숨을 내쉬었다. 뱃전에 부딪히는 물소리가 귓가에 크게 들리고, 흐르는 황하의 밤바람은 유난히도 쌀쌀

했다.

                    *   *   *

 황하를 거슬러 올라간 지 여러 날 만에, 드디어 운현 일행은 낙양 부근에 도착할 수 있었다.
 낙양에서 배를 내리는 사람은 의외로 많았는데, 이후부터 물길이 험해지기 때문이라고 했다. 아닌 게 아니라 이제껏 평탄했던 것과는 달리 상류 쪽에는 꽤 높은 산들이 좌우로 많이 보이기 시작하고 있었다.
 소림사로 가려면 운현 일행 역시 낙양에서 배를 내려야만 했다. 여러 날의 뱃길에 다들 지쳐 있었던지라 일행은 우선 낙양에서 하룻밤을 묵기로 했다.
 이름난 고도(古都)답게 낙양은 옛 도시의 풍취가 곳곳에 가득했지만 일행의 관심은 낙양의 풍광보다 가장 가까운 객잔을 찾는 것에 더 쏠려 있었다. 호기심 가득한 담소하마저 이날만은 아무런 말없이 일찍 방으로 들어갈 정도였다.

 다음날 아침 일찍, '아직도 흔들리는 것 같다'는 담소하의 불평을 뒤로 하고 일행은 바로 숭산(嵩山)을 향해 출발했다.
 낙양에서 숭산 소림사까지는 마차로 꼬박 반나절을 달려야 하는 거리였기 때문이다. 그리고 드디어 일행 앞에 멀리 소림사의 산문(山門)이 보이기 시작한 때는, 거의 점심이 다 되어갈 무렵이었다.

'응?'

운현은 소림사의 분위기가 조금 이상하다는 것을 알아차렸다. 산문 앞은 여느 때와 다름없이 오가는 참배객들로 붐비고 있었지만, 산문을 지키는 무승(武僧)들의 기세가 조금 이상했다.

"대인, 분위기가 그다지 좋지 않은 듯합니다."

산문의 심상찮은 분위기를 알아차렸는지, 백운상이 조관에게 나지막이 말한다. 하지만 분위기가 이상하다고 발길을 돌릴 수는 없는 노릇이기에 운현 일행은 묵묵히 발길을 재촉할 수밖에 없었다. 잠시 후, 운현 일행이 산문에 가까이 다가서자 한 무승(武僧)이 다가왔다.

"어디서 오신 시주분들이십니까?"

무승이 정중하게 한 손으로 합장을 하며 묻는다. 운현이 앞으로 나섰다.

"저는 운현이라 합니다. 태허선사님을 뵈려고 왔습니다."

"장문인을?"

태허는 현 소림의 장문인이다. 물론 운현이 만나고자 하는 사람은 그가 아니라 와불(臥佛)선사이지만, 아무래도 현재 소림을 책임지는 장문인을 먼저 찾는 것이 순리라 생각한 것이다.

"시주께서는 누구십니까?"

무승은 딱딱한 얼굴로 운현에게 묻는다. 모르는 사람이 난데없이 장문인을 찾으니 경계하는 것이리라 생각하며, 운현은 대답했다.

"저는 예전에 무림맹에서……."

무림맹이라는 단어가 나오자마자 무승의 얼굴이 딱딱하게 굳었다. 그는 더 이상 뒷말은 들을 필요도 없다는 듯, 정중한 목소리로 말했다.

"장문인께서는 지금 아무도 만나시지 않으십니다. 또한 무림인은 현재 누구를 막론하고 산문 출입을 엄히 금하고 있으니 시주께서는 돌아가시지요."

운현의 가슴속에 불안감이 엄습했다.

"혹, 소림에 무슨 일이라도 난 것입니까?"

무승은 굳은 얼굴로 대답했다.

"외부인에게는 말씀드릴 수 없습니다. 그만 돌아가십시오!"

사뭇 위압적인 자세로 무승이 운현을 밀어내려 하자, 뒤에 지켜서 있던 조관이 앞으로 나섰다.

"무례하오!"

조관과 다른 일행이 운현을 보호하듯 앞으로 나서자 산문을 지키던 다른 무승들까지 합세하며 순식간에 두 무리가 대치하는 것과 같은 상황이 된다. 운현은 급히 나섰다.

"잠깐 기다리십시오."

운현은 조관과 다른 일행을 만류한 후, 무승들을 향해 돌아서며 말했다.

"오해가 있으신 듯한데, 저는 소림의 외부인이 아닙니다. 저는……."

문득, 운현은 소림사의 계율원 원주를 떠올렸다. 분명히 지난번 자신을 안내해 준, 와불선사가 '전각은커녕 반각도 못하는 녀석'이라며 혀를 찼던 그 이름을 말이다.

"혹, 전각 스님께서 아직 계율원에 계십니까?"

무승들의 얼굴에 의외라는 표정이 떠올랐다.

"전각 스님께서는 계십니다만……."

운현은 고개를 끄덕였다.

"그러면 전각 스님께 전해 주십시오. 운현이라 하는 사람이 와불선사님을 뵈려고 찾아왔다고 말입니다."

무승들은 눈살을 찌푸렸다. 그러나 운현이 워낙 태연한 모습으로 말하는데다, 계율원의 전각 스님이라는 이름이 나온 이상 전하지 않을 수는 없는 노릇이다.

한 명이 산문 안으로 사라지고, 다른 무승들은 여전히 경계의 눈빛을 늦추지 않는 가운데 운현은 조용히 결과를 기다렸다.

잠시 후, 산문 안으로 사라졌던 무승이 다른 한 명의 스님과 함께 모습을 나타냈다. 운현은 그 스님이 누구인지 금방 알 수 있었다. 바로 소림사 계율원 원주, 전각이었다.

전각이 모습을 나타내자 무승들이 그에게 정중히 합장을 해 보인다. 전각은 가볍게 고개를 끄덕이고는 곧장 운현에게 다가왔다.

"원주님. 이 시주들이……."

전각을 안내해 온 무승이 무어라 말하는데, 이미 선각은 정중한 자세로 운현에게 합장을 하고 있었다.

"오랜만에 뵙습니다."

그리고 전각은 떨떠름한 표정으로 한마디를 덧붙였다.

"사숙조님."

산문을 지키던 무승들의 얼굴에 경악이 스쳐 지나간다. 조관과 그 일행마저 놀란 기색을 감추지 않았다. 한 무승이 자신도 모르게 중얼거린다.

"사, 사숙조님이라고?"

현 소림의 방장인 태허에게 운현이 사숙뻘이 되니, 그 아래 항렬인 전각에게는 당연히 사숙조라 불려야 마땅하다. 적어도 계율원 원주 정도 되는 승려라면 자신에 대해 알고 있으리라는 운현의 생각이 적중한 것이다. 운현 역시 정중하게 예를 표했다.

"오랜만입니다."

"소림에는 어쩐 일이십니까?"

소림의 엄한 계율에 따라 운현을 사숙조라 호칭했으나, 전각의 태도에는 그다지 공경의 태도가 보이지 않았다. 아니, 오히려 운현이 나타난 것을 껄끄러워하는 기색이 역력하다.

"와불선사님을 뵈러 왔습니다."

"선대(先代) 대조사(大祖師)님을?"

전각은 눈살을 찌푸렸다.

"지금은 때가 좋지 않으니, 다른 날을 기약하시는 것이 어떻습니까?"

"소림에 무슨 일이 있습니까?"

운현이 반문했지만 전각은 대답하지 않았다. 대신 그는 나지막하게 한숨을 내쉬며 이렇게 말했다.

"따라오십시오."

어차피 피할 수 없는 일이라 생각한 때문일까? 전각은 그렇게 말하고는 몸을 돌려 산문 안으로 향했다. 운현이 그 뒤를 따랐지만 다른 일행은 산문 출입을 허가받지 못했다.

조관이 동행을 요청했지만 운현이 괜찮다며 만류하였고, 그렇게 다른 일행은 그저 산문 밖 공터에서 운현을 기다릴 수밖에 없게 되었다.

소림사 경내를 지나는 동안, 전각은 한 마디도 하지 않았다. 운현은 그의 뒤를 따르며 넌지시 묻는다.

"태허선사께서는 잘 계시는지요?"

그러나 전각은 여전히 묵묵부답이다.

"소림에 무슨 일이 있습니까?"

역시 전각은 대답하지 않았다. 그는 마치 운현의 말이 아예 들리지 않는 것처럼 행동하고 있었다. 그저 앞을 바라보며 묵묵히 발걸음을 재촉할 뿐. 운현은 잠시 한숨을 내쉬고는 혼잣말처럼 말했다.

"혹시 불영선사님의 소식이라도 들으셨다면……."

문득, 전각이 발길을 멈췄다. 운현은 고개를 들고 의아한 표정으로 전각을 바라보았다. 전각은 고개를 돌린 채 담담한 어조로 말했다.

"아직 모르셨습니까?"

운현의 마음속에 다시 불안감이 엄습한다. 그러나 전각은 냉정한 표정으로 입을 열어 이렇게 말했다.

"불영선사님은 열반에 드셨습니다."

전각의 말이 이해가 가지 않았다. 마치 전혀 알아듣지 못하는 낯선 언어처럼, 이해하지 못할 단어들이 전각의 입에서 튀어나와 벼락처럼 운현을 뚫고 지나간다. 단단히 딛고 있던 땅이, 마치 끝없이 추락하는 것 같았다.

"지, 지금 무슨……."

그러나 전각은 정중하게 합장을 하며 마치 냉정한 재판관처럼 담담한 어조로 말했다.

"외부에는 따로 알리지 아니하였으나, 이미 다비식을 치른 지 오래입니다."

그것은 마치 가슴에 커다란 구멍이 뚫리는 것 같은, 그런 느낌이었다.

다 쓰러져 가는 것 같은, 예전 그대로의 초막에서 운현은 와불을 만났다. 어떻게 여기까지 왔는지 기억도 제대로 나지 않았다. 하지만 쓰러져 가는 초막 앞에, 예전 그대로의 와불이 서 있었다.

구부정한 굽은 허리에 주름이 가득한 꾀죄죄한 얼굴. 선대 대조사라는 거창한 이름에는 전혀 어울리지 않지만 그가 바로 신승 불영의 스승이자 운현에게 심상수련을 가르쳐 준 바로 그 와불선사였다.

"선사님."

운현은 멍한 목소리로 와불을 불렀다.

"오냐, 이놈아."

그의 목소리를 듣는 순간, 운현의 눈에 한 줄기 눈물이 흘러내렸다.

"다 큰 녀석이 눈물은……. 나이가 아깝구나. 쯧쯧."

"불영선사님께서……."

와불은 쓴웃음을 지었다.

"고얀 놈이지. 결국 스승보다 먼저 열반에 들다니……. 고얀 놈이야, 고얀 놈……."

잠시 그렇게 중얼거리던 와불은 운현을 향해 말했다.

"들어오너라. 여기까지 왔으니 차라도 해야지."

와불은 혀를 차며 몸을 돌렸다. 그러나 운현이 멍하니 서 있자 고개를 돌리며 말한다.

"살아 있는 것이 죽는 것은 당연히 그러한 것이거늘, 무얼 그리 마음에 두는 게냐? 삶과 죽음이란 그저 이편과 저편에 불과할 뿐이니라."

그러나 운현은 쉽게 움직이지 않았다. 와불은 혀를 차며 몸을 돌려 초막 안으로 향했다.

"에잉, 끌끌."

와불이 초막 안으로 사라진 후에도, 운현은 한참 동안이나 그렇게 서서 움직일 줄을 몰랐다. 가슴에 뚫린 커다란 구멍으로 바람이 끝없이 불어오고 있는 듯했다.

신승 불영은 죽었다. 운현으로서는 도저히 믿기지 않는 일이었지만 사실이었다.

"새벽에 어린 승려 하나가 선풍도골(仙風道骨)의 괴 노인을 만났다고 하더구나. 그 승려는 산신령을 만난 게 틀림없다고 말하지만…… 헐, 불자(佛子) 주제에 산신령은 무슨."

와불은 차를 홀짝이며 말했다.

"차라리 제석천이나 사천왕 중 하나를 만났다고 할 일이지. 여하튼 그 괴 노인이 불영의 시신을 건네주고는 귀신같이 사라져 버렸다고 하더구나. 아무 말도 없었고, 아무것도 남기지 않은 채 말이다."

운현은 묵묵히 듣고만 있었다. 와불은 혀를 찼다.

"내 그렇게 진즉에 이곳으로 들어와 내 수발이나 들라 했거늘 그 사이를 못 참고 스승보다 먼저 열반에 들었으니, 그런

숭산에 떠도는 향기

고얀 놈이 어디 있단 말이냐? 에잉, 고얀 놈."

와불은 연신 '고얀 놈'을 연발하며 차를 홀짝인다. 아마도 와불 나름대로의 정을 표현하는 것이리라. 어쩌면 정말 죽음 같은 것은 와불에게 아무런 의미를 지니지 않는 것인지도 모르고 말이다.

"그래, 너는 이제 어찌할 셈이더냐?"

문득 운현을 돌아보며 와불이 말한다. 운현은 고개를 숙인 채 조용한 목소리로 대답했다.

"상인(上人)을 만나려 합니다."

"만나면? 그러면 네가 만족하겠더냐?"

"아닙니다. 그가 하고자 하는 일을…… 막아야 합니다."

"막아? 헐."

와불은 다시 물었다.

"그러면 네가 만족하겠더냐?"

"적어도, 많은 사람들이 헛되이 피를 흘리는 일은 없을 것입니다."

"그러면, 그러면 네가 만족하겠더냐?"

"모르겠습니다."

이를 악물고, 운현은 말했다.

"모르겠습니다. 제가 그를 막을 수 있을지, 제가 하고자 하는 일이 과연 옳은 것인지. 아니, 옳을 것입니다. 한 사람의 잘못된 생각으로 애꿎은 사람들이 피를 흘리는 것은 있어서는 아니 될 일입니다. 하지만……, 하지만 가끔은 이런 일이 무슨 의미가 있는가 하는 생각이 들곤 합니다."

 운현은 고개를 들었다.

 "어차피 지금도 세상 어디에선가는 애매히 죽어가는 사람이 있을 것입니다. 제 의형이던 일충현 형님 역시 아무런 의미도 없이, 누군가의 욕심에 의해 목숨을 빼앗겨야 했습니다. 무림맹이 무너질 때는 수많은 사람들이 목숨을 잃었습니다. 변방에서는 지금도 죽고 죽이는 싸움이 계속되고 있겠지요. 세상이 이렇다면, 대체 제가 상인(上人)을 막는다는 것이 무슨 의미가 있겠습니까?"

 "그러면 어찌해야 네가 만족하겠더냐?"

 변함없는 와불의 물음에 운현은 고개를 저었다.

 "모르겠습니다. 하지만 이대로 있을 수는 없습니다."

 "헐."

 와불은 쓴웃음을 지으며 운현에게 말했다.

 "네가 하고 싶은 일을 하려무나. 세상과 운명이 이러나저러나 마찬가지라면, 적어도 네가 만족하고자 하는 일을 해야 옳지 않겠느냐?"

 "많지 않은 시간이었지만, 저는 정말 소중한 사람들을 만났습니다. 그저 책으로만 세상을 대할 때에는 결코 만날 수 없었던 사람들입니다. 그들은 제게 힘을 주기도 했고, 저를 일깨우기도 했습니다. 진실로 소중한 것은 지식도 아니고, 명리도 아니며 부귀도, 그리고 힘도 아니었습니다. 그들의 정(情)이, 그들의 마음이 저에게는 무엇보다 소중한 것이었습니다. 저는······."

운현은 와불을 쳐다보며 말했다.

"그들이 웃는 모습을 보고 싶습니다."

"헐."

아무 말도 없이, 와불은 그저 애매한 미소만을 짓고 있었다.

소림을 떠나며, 운현은 작은 삼베 주머니 하나를 꺼내 들었다. 이 땅에선 구경도 할 수 없는 것이라며 마지막으로 불영이 건네준 찻잎이었다.

혹 자신이 열반에 들었다는 소식이라도 듣는다면, 그저 아무 강에나 뿌려 달라고도 했다. 그러나 운현은, 숭산 소림을 떠나며 그 향차를 꺼냈다.

후우웅.

한 줄기 바람이 불며 마른 찻잎들이 속절없이 이리저리 휘날린다. 그러나 적어도 한동안은, 숭산 초입에 이름 모를 향차의 향내가 남아 있을 것이다.

산을 오르는 참배객들 중 몇 사람은 그 향기에 고개를 갸웃할 것이고, 후각이 뛰어난 산짐승들 역시 그 향기에 귀를 쫑긋 세울지도 모른다.

결국 몇 줌 되지 않는 찻잎들은 아무 흙이나 풀숲 사이에 떨어져 그렇게 썩어가겠지만, 그 향기가 한동안 숭산 소실봉에 떠돌았다는 사실만은 결코 변하지 않을 것이다. 그것이 비록 찰나에 지나지 않는 순간이라 해도.

  손바닥에 남은 마지막 남은 찻잎마저 한 줄기 바람에 날려보내고 나서, 운현은 그렇게 소림을 떠났다.

제5장
양귀비의 연못

 낙양을 떠나 다시 관도를 따라 며칠을 달린 끝에, 운현 일행은 섬서성의 성도인 서안(西安)에 도착했다. 예전에 장안이라고도 불렸던 이 도시는, 낙양과는 또 다른 풍광을 보여주는 유서 깊은 고도였다.
 본래는 이곳에서 하룻밤만 묵고 지나갈 예정이었지만 조관의 제의에 의해 일행의 일정은 부득이하게 바뀔 수밖에 없었다.
 "운 대인."
 숙소를 정하고 저녁 식사를 위해 모인 자리에서, 조관은 이렇게 말했다.
 "며칠간 이곳 서안에서 머무는 것이 좋을 듯합니다."

"태평맹 대회까지는 아직 시일이 꽤 남아 있으니 상관은 없습니다만……."

운현은 조관에게 말했다.

"미리 도착하는 것이 낫지 않습니까?"

이곳에서 사천성 성도까지는 아직도 마차로 며칠을 더 가야 하는 먼 거리다. 감찰 업무를 위해서라면 일찍 도착하는 편이 더 낫지 않을까 생각하는 운현의 말에 조관은 고개를 저었다.

"사천성 성도에 들어가기 전에, 이곳에서 정보를 수집하여 상황을 파악하고 준비를 좀 하는 것이 좋을 것 같습니다. 이곳은 섬서성의 성도이기도 하니 도찰원과의 연락도 비교적 수월할 것입니다."

운현은 고개를 끄덕였다. 자세히는 알 수 없지만 아마도 감찰어사 조관의 말에 따르는 것이 옳을 것이다.

"알겠습니다. 그러면 그렇게 하도록 하지요."

"이야, 그럼 여기서 며칠 쉬는 건가요?"

두 사람의 말이 끝나자마자 담소하가 쾌활한 어조로 말했다. 진예림이 기다렸다는 듯 핀잔을 준다.

"우리는 놀러 온 게 아니야. 생각을 좀 가지라고."

"일도 기분이 좋아야 더 능률이 좋은 법이지요. 이제 무림에 대한 보고서라면 아주 지긋지긋할 정도라구요. 그리고 무조건 심각하기만 해서는 생각이 굳어서 될 일도 안 되는 법이거든요?"

천연덕스러운 담소하의 말에 마땅히 반박할 말이 없었던 진예림은 눈을 흘겨 보인다.

"아유, 그냥 입만 살아가지고는……. 넌 물에 빠져도 입만 뜰 녀석이야."

"입이 왜 떠요? 물에 빠진 김에 용궁 구경이라도 해야지요. 안 그래요?"

담소하의 말에 항장익이 피식 웃었다.

"그러면 입 대신 엉덩이가 뜨겠군."

"푸홋."

항장익의 말에 진예림이 웃음을 터트린다. 담소하의 엉덩이가 물에 떠 있는 모습이 상상이 되었기 때문이다.

"항 형님!"

담소하가 눈살을 찌푸리며 항의해 보지만 이미 때가 늦었다. 담소하는 투덜거렸지만 덕분에 일행의 분위기는 꽤 부드러워져 있었다.

"운 대인께서는 이곳에 오신 적이 있어요?"

문득, 담소하가 운현에게 말을 걸었다. 아직도 운현에게 먼저 말을 거는 사람은, 조관을 제외하면 담소하뿐이었다. 이런 사적인 질문을 하는 사람도 오직 그뿐이었고 말이다.

"와 본 적은 없네."

운현은 웃으면서 대답했다.

"하지만 워낙 유명한 곳이라 한 번 와 보고 싶던 곳이기는 하지."

"오오, 잘됐네요. 그럼 같이 다녀볼까요?"

뻔뻔스러운 담소하의 말에 진예림이 무어라 한마디 하려는데, 감찰어사 조관의 목소리가 먼저 끼어들었다.

"그것도 괜찮겠군."

"네?"

진예림은 자신도 모르게 반문하며 조관을 돌아보았다.

"어차피 내일 저녁까지는 특별히 해야 할 일이 없으니, 자네들이 운 대인을 모시고 부근을 좀 돌아보는 것이 어떤가? 이곳 분위기도 파악해 볼 겸 말이야."

"그럼, 조 대인께서는……."

운현의 물음에 조관이 대답한다.

"저는 이곳 섬서성의 안찰사사(按察使司)에 들러 상황을 파악해 보도록 하겠습니다."

"대인, 그럼 저도 함께……."

동행하려는 항장익을 만류하며 조관이 말했다.

"괜찮네. 긴 여정에 피곤했을 터이니, 자네도 좀 쉬도록 하게. 그리고 자네가 이들과 같이 있어야 내가 안심을 하지 않겠나?"

항장익은 일행 중 가장 연배가 높고 상황 판단이 정확한 편이라 조관의 신뢰를 얻고 있었다. 항장익은 마지못해 고개를 끄덕였다. 일행의 안전을 고려한다면 조관의 말이 지극히 타당했기 때문이다.

"알겠습니다."

그렇게 운현 일행은 섬서성 서안(西安)에서 하루 동안의 휴식을 얻게 되었다.

* * *

"모용세가가 이곳에 있었다고?"

혁련세가의 혁련필이 묻자 그의 사제가 고개를 끄덕이며 말했다.

"네. 오전에 번화가에서 모용진 대협을 만났습니다."

"그래? 모용세가도 여기 서안에 머무를 모양이로군."

혁련필이 턱을 매만지며 말했다. 현재 그는 태평맹 대회에 참가할 사제들을 인솔한 채 이곳 서안에서 며칠째 머무르고 있는 중이었다.

"아, 아닙니다. 제가 인사를 했더니, 오늘 오후에 서안을 떠날 예정이라고 하더군요."

"떠난다고?"

"네."

사제는 고개를 끄덕였다.

"한중(漢中)으로 간다고 합니다."

"한중(漢中)?"

한중은 서안에서 사천성 성도 쪽으로 더 들어간 도시다. 규모는 감히 서안에 비할 바가 아니었지만 사실상 사천성으로 들어가는 관문이라 할 수 있는 도시였다.

"그럼 모용세가는 한중에서 머무를 모양이로군. 하긴, 이렇게 모여 있으면 구태여 일정을 늦추는 의미가 없으니……."

"혹시 먼저 성도에 도착하려는 것은 아닐까요?"

사제의 물음에 혁련필은 고개를 저었다.

"아니, 모용세가도 우리와 마찬가지 생각일 게다. 성도에 일찍 들어가 봤자 좋을 것이라고는 하나도 없어. 가능하면 당문의 이목을 피하는 편이 좋으니까. 일찍 들어간다 해도 결국 당문의 거드름 피우는 꼴이나 구경하게 될 텐데, 누가 먼저 도착하고 싶겠느냐?"

태평맹 무림용봉지회는 칠대세가들의 경합이다. 후기지수라 하여 참가를 제한하기는 했지만, 각 문파들의 자존심 경쟁이 바탕에 깔려 있는 것은 당연한 일일 터이다. 그리고 그 중에서도 가장 경계의 대상이 되는 문파는 다름 아닌 당문이었다.

사천성 성도를 장악하고 사실상 태평맹을 좌지우지하고 있는 당문. 이 당문에 대해서는 다른 여섯 세가들 모두 강한 경계의 눈초리를 보내고 있었다.

때문에 태평맹 대회에 참가하는 각 문파들은 가능한 한 당문의 안마당이라 할 수 있는 사천의 성도에 도착하는 것을 늦추고 있었는데, 당연히 있을 각 문파들 간의 견제도 부담스럽거니와 자신들의 전력이 일찍 노출되어 좋을 것이 하나도 없었기 때문이다. 평소 독과 암계로 유명한 당문에서 무슨 수를 쓸지 모른다는 일말의 의구심도 그 한 부분을 차지했다.

덕분에 섬서의 서안과 한중 같은 사천으로 들어가는 관문 도시들은 본의 아니게 태평맹 문파들이 모이는 곳이 되어 있었다.

정작 현재 사천성 성도에 가득한 사람들은 모두 태평맹 무림대회에 초청을 받은 귀빈들이거나, 혹은 구경을 하러 온 사람들뿐이었다.

"모용세가가 한중으로 갔으니, 그래도 한결 부담이 덜하군. 제갈세가는 여전히 청화루에 머물고 있느냐?"

"확실히는 모르겠지만 아마 그쪽도 떠날 준비를 하는 것 같았습니다."

"떠나? 어디로?"

사제는 고개를 젓는다.

"하긴, 제갈세가야 워낙 꿍꿍이가 많은 녀석들이니 무슨 생각을 하는지 알 수 없지. 그럼 현재 이곳 서안에 있는 문파는 우리와 단목세가, 남해검문이 되겠군."

현재 서안에 임시로 머무르고 있는 문파들은 혁련세가 외에도 단목세가와 남해검문이 있었다. 그들은 오히려 혁련세가보다 더 일찍 서안에 도착해서 터를 잡고 있었다.

"그런데 단목세가나 남해검문은 왜 이곳 서안으로 온 것인지 모르겠습니다. 남쪽의 귀주성 방면으로 오면 될 텐데······."

섬서성이 사천의 동북쪽 관문이라면 귀주성은 동남쪽 관문이다. 장강 북쪽에 위치한 제갈세가나 모용세가, 혁련세가는 그렇다 치더라도 왜 장강 남쪽에 있는 단목세가나 남해검문까지 이곳 서안으로 온 것인지 그는 이해를 하지 못했다.

"중경(重慶) 때문이지."

혁련필은 담담한 어조로 말했다.

"남쪽의 귀주성으로 오면 사천으로 진입하는 길은 두 가지뿐이야. 하나는 죽 뻗은 관도를 따라 중경(重慶)을 지나 사천으로 들어오는 방법이고, 하나는 척박한 귀주성의 험한 길을 빙 돌아 장강 상류를 건너 사천으로 들어오는 방법이지. 누구나 편하게 관도를 이용하고 싶겠지만, 문제는 중경이란 말이야. 너라면 중경을 지나고 싶겠나?"

사제는 고개를 저었다. 당연히 아닐 것이다. 중경(重慶)은 영웅맹의 주요 지부가 있는 곳이다. 굳이 영웅맹이 바글거리는 중경을 지날 이유가 없다.

"하지만 그렇다고 굳이 험한 귀주성 길을 돌아 장강 상류로 오는 것도 자존심이 상하는 일이지. 그러니 차라리 장강의 중간 지역 어디쯤, 그러니까 적당히 한산한 소도시에서 장강 북쪽으로 넘어오는 거야. 그리고 관도를 따라 이곳 서안으로 오는 거지. 그게 속이 편하니까."

강남으로 오면 중경이 걸린다. 돌아가는 것도 자존심이 상하는 일이다. 그러니 아예 일찌감치 장강을 넘어 강북의 관도를 타고 온다는 뜻이다.
"하지만 장강을 건너다 혹시 영웅맹과 부딪혀 말썽이 일어나기라도 한다면……."
"하! 장강이 국경도 아니고, 영웅맹이 무슨 군대도 아닌데, 장강 구석구석마다 영웅맹이 지키고 섰을 리가 없지 않느냐?"
영웅맹이 장강을 장악했다는 것은, 정확히 말하자면 장강의 물류가 모이는 항주, 무한, 중경과 같은 장강 주요 도시의 패권을 장악했다는 뜻이다.
물론 장강에 있는 다른 웬만한 도시들에도 속속 영웅맹 지부가 세워지고 있는 추세이기는 하지만, 어디까지나 개입할 만한 이권이 있고 수입이 있는 도시의 이야기다. 지부조차 없는 한산한 소도시라면 강을 건너는 것 정도는 얼마든지 가능한 이야기다.
"그, 그렇군요."
혁련필의 퉁명스러운 말에 사제는 기가 죽은 목소리로 대답했다.
"알았으니, 이제 그만 가보거라."
사제는 고개를 꾸벅 숙여 보이고는 방을 나섰다. 그가 나가는 것을 확인하고 나서, 혁련필은 조용히 혼잣말로 중얼거렸다.
"모용세가와 제갈세가가 이동을 했다라……."
제갈세가는 당문 다음으로 요주의 대상이다. 비록 당문만큼은 아니라 해도, 사실상 당문과 제갈세가가 태평맹을 장악하고 있는 상황에서 제갈세가는 다른 문파들에게 껄끄러운 상대일 수밖에 없었다. 게다가 제갈세가는 그 궤계로도 이름난 문파가 아니었던가?

'혹, 그들이 무슨 눈치를 챈 것은 아닐 테지?'

혁련필은 생각에 잠겼다. 꼬리를 잡힐 만한 것은 없었다. 하지만 주의를 해서 나쁠 것은 없다.

'그럴 리는 없지만……. 혹시 모르니 일시와 장소를 변경할 필요가 있겠군.'

결론은 내려졌다. 남은 것은 다른 사람들에게 연락을 하는 것뿐이다.

혁련필은 자리에서 일어났다. 그리고 아무에게도 말하지 않고, 혁련세가가 머물고 있는 객잔을 빠져나갔다.

* * *

다음날 아침, 운현 일행은 식사를 마친 후 느긋하게 숙소를 나섰다. 조관은 안찰사사로 향했고, 운현과 다른 네 사람은 산책을 겸해 느긋한 걸음으로 서안(西安)의 거리 풍경을 즐기고 있었다.

"역시 서안(西安)이네요. 오래된 도시라는 느낌이 팍 오는데요?"

담소하가 이리저리 눈을 돌리며 말한다.

"난 그냥 그저 그런데? 건물들도 낡은데다가 쓸데없이 크기만 하고……."

진예림이 대꾸하자 담소하가 어이가 없다는 듯 고개를 젓는다.

"누님, 아는 만큼 보이는 거라구요. 별로 아는 게 없으니까 보이는 것도 없는 거지요."

어떻게 보면 참 대단하다고, 운현은 속으로 생각했다. 담소하는 어쩌면 저렇게 진예림의 속을 긁을 만한 말만 골라서, 그것도 지치지도 않고 해대는 걸까? 아니나 다를까 진예림의 뾰족한 목소리가 곧바로 담소하에게 날아든다.

"뭐얏? 그래, 나 모른다. 그런데 네가 무슨 보태준 거라도 있어?"

"보태준 거야 없지요."

담소하는 어깨를 으쓱하며 말했다.

"그럼 지금부터라도 보태드릴까요?"

진예림은 흥하고 콧방귀를 뀌었다.

"필요 없거든?"

"서안에 대해 잘 아는가?"

운현이 담소하에게 물었다. 담소하는 기다렸다는 듯 대답한다.

"서안이야말로 정말 독특한 도시지요. 서역으로 나가는 비단들이 모두 이곳에서 출발하거든요. 당연히 서역에서 들어오는 진귀한 물품들이며, 그림이나 서책들이 아주 많은 편이지요. 저기 저 벽 보이시죠?"

담소하는 낡고 큰 담벼락을 손가락으로 가리키며 말했다.

"저 구석을 장식한 독특한 문양이 바로 서역의 영향을 받은 겁니다. 희한하죠?"

그러고 보니 그렇다. 알고 보면 무심코 지나치던 평범한 담벼락조차 진귀한 구경거리가 된다.

"아는 만큼 보인다는 말이 정말 맞는 말이로군."

"그럼요."

담소하가 으쓱한 기분이 되어 대답했다.

"그럼 여기서 꼭 가볼 만한 곳이라면 어디가 있겠나? 시간도 그리 많은 편이 아니니······."

일행에게 주어진 시간은 오늘 하루뿐이다. 곰곰이 생각하던 담소하는 운현에게 말했다.

"그렇다면 당연히 화청지(華淸池)로 가야겠지요."

"화청지(華淸池)라면······."

운현의 말에 담소하는 고개를 끄덕이며 말했다.

"넵. 바로 양귀비의 연못, 화청지 말입니다."

"양귀비?"

진예림이 귀를 쫑긋 세우며 묻는다.

"네, 바로 그 미녀로 소문난 양귀비 말이에요. 그녀가 그토록 아름다웠던 이유가, 바로 이곳 화청지에서 지냈기 때문이라고 하거든요. 그곳의 온천수가 피부 미용에 아주 끝내준다고……."

"그래? 그럼 거기 가자."

짐짓 담담한 목소리로 말했지만, 진예림의 즉각적인 반응은 일행에게 웃음을 자아내기에 충분했다.

"왜 웃어? 가자며? 이왕 갈 거면 빨리 가."

담소하를 재촉하며 진예림은 벌써 걸음이 빨라진다. 덕분에 뒤로 처진 항장익은 운현을 쳐다보며 어색한 웃음을 지었다. 백운상마저 피식 웃음을 흘린다.

"뭐해요? 빨리 와요."

벌써 저만큼 앞서간 진예림이, 그들을 향해 소리치고 있었다.

*   *   *

화청지(華淸池)는 서안에서 꽤 떨어진 곳에 위치하고 있었다. 덕분에 진예림이 너무 멀다며 조금 짜증을 내기도 했지만, 정작 화청지에 도착했을 때는 모두들 자신도 모르게 감탄사를 내뱉을 수밖에 없었다.

아름다운 여산(驪山)의 풍광과 날아올라갈 듯 아름답게 지어진 화청궁(華淸宮)의 모습이 너무나 잘 어울렸기 때문이다.

"멋지군."

과묵한 백운상마저 한 마디 던질 정도였다. 담소하는 으쓱한 기분이 되어 말했다.

"이곳의 역사는 무려 수천 년이나 되지요. 제일 유명한 것이 바로 양귀비의 이야기인데, 그녀가 아름다움을 유지할 수 있었던 이유가 바로 이곳의 온천수로 목욕을 했기 때문이라고 하거든요? 그래서 양귀비는 이곳에서 늘 겨울을 지내며 자신의 미모를 유지했다고 하지요. 덕분에 나라는 망했지만 말이에요."

"나라가 망한 게 여자 잘못이야? 남자가 멍청한 거지."

역시 진예림이 가만히 있지 않았다.

"다른 것도 아니고 나라의 명운이 걸린 일인데, 상황이야 어떻든 최고 책임자가 무조건 잘못한 거지. 미색에 홀렸느니, 간신배에 속았느니……. 너무 안이하게 남 탓을 하는 거 아니야?"

'하긴.'

운현은 진예림의 말에 공감했다. 물론 국정을 소홀하게 만들 정도로 양귀비가 아름다운 탓도 있었을 테지만, 그렇다고 당시 황제에게 '인간적으로 너무 마음이 약해서'라는 식으로 면죄부를 주는 것도 옳은 일이라고는 할 수 없을 것이다.

"헹, 그런 식으로 따지면 여자들이야말로 너무 안이하죠."

그리고 담소하 역시 이대로 물러날 사람이 아니었다.

"사랑 이야기라면 무조건 헬렐레해서는……. 별것도 아닌 이야기에 눈물부터 글썽이며 '아, 정말 아름다운 사랑 이야기야'라면서 홀랑 넘어가기 마련이잖아요."

"야! 난 아니거든?"

"저도 아니거든요?"

"뭐가 아니라는 거야!"

이젠 의미조차 알 수 없는 말싸움이 되어버린 두 사람의 논쟁을 미소로 바라보며 운현은 항장익에게 조용히 말했다.

"먼저 들어갈 테니, 천천히들 오게."

"대인, 저희도 같이……."

운현은 웃음을 지으며 말했다.

"괜찮네. 혼자 있고 싶어서 그러니 자네들도 내 걱정하지 말고 천천히 구경하도록 하게."

그렇게 말하고 나서, 운현은 여유로운 모습으로 홀로 화청궁 안으로 걸어 들어갔다.

"흐음."

혼자가 되니 마음이 느긋하고 걸음이 가볍다. 마음 내키는 대로 걸음을 옮기며 운현은 여산(驪山)의 풍광 아래 고요히 서 있는 화청궁의 이곳저곳을 살펴보았다.

서안에 도읍을 삼았던 많은 제왕들이 사랑했던 궁궐. 위풍당당한 화청궁의 모습은 이제 많이 잃어버렸지만, 아직도 간간히 남아 있는 옛 궁궐의 흔적은 과거의 화려했던 모습을 떠올리기에 충분했다.

그렇게 얼마를 걸어 들어갔을까? 문득 넓은 연못 하나가 운현의 눈앞에 나타났다. 바로 양귀비의 연못, 화청지(華淸池)였다.

'양귀비의 연못이라.'

그리 화려하지 않은, 그러나 아름다운 연못 하나가 여산의 산자락 아래 조용히 누워 있었다. 양귀비의 연못이라는 말을 들어서인지, 마치 금방 목욕을 마친 아름다운 미녀라도 나타날 것 같은 기분이 들었다.

운현은 피식 혼자 웃고서는 잠시 그대로 멈춰 서서 화청지가 주는 여유를 만끽했다. 그러나 운현의 그런 여유로움은 곧 깨지고 말았다.

"어머!"

처음 여인의 목소리가 들려왔을 때만 해도, 운현은 별로 신경 쓰지 않았다.

운현 외에도 이곳을 오가는 이들이 종종 보였기에 그들 중 누군가 서로 이야기하는 것이라 여겼기 때문이다. 그러나 이어지는 목소리에 운현은 고개를 돌려 돌아봐야만 했다.

"운 오라버니!"

운현을 오라버니라 부를 수 있는 사람은 많지 않다. 그리고 이 목소리는 그들 중 누구의 것도 아니다.

설마 하는 생각으로 돌아보는데, 운현의 시야에 한 여인의 모습이 들어왔다. 그녀는 운현을 똑바로 쳐다보며 사뭇 놀란 표정을 짓고 있었다.

'누구지?'

처음 운현에게 떠오른 것은 사람을 잘못 보았다는 생각이었다. 화려한 비단옷을 멋지게 차려입고 운현 앞에 서 있는 자그마한 여인의 모습이 그다지 익숙하지 않았기 때문이다. 하지만 곧, 어디선가 본 얼굴이라는 느낌이 운현의 머릿속을 스쳐 지나간다.

"운 오라버니!"

자그마한 체구의 그녀가 운현에게 달려오더니 그대로 폭 안겨버린다.

당황한 운현이 자기도 모르게 그녀를 밀쳐내려 하자, 그녀가 운현을 올려다보며 눈물이 글썽한 눈으로 쳐다보는 게 아닌가?

"저, 저기……."

"무사하셨군요. 다행이에요. 정말…… 정말 다행이에요."

금방이라도 굴러 떨어질 것 같은 그렁그렁한 눈물이 그녀의 큰 눈동자에 가득했다. 난데없이 일어난 일에 운현이 어찌할 바를 모르는데, 문득 그녀의 이름이 운현의 뇌리를 스친다.

"황보 소저?"

자신도 모르게 내뱉은 말에, 눈물을 머금은 그녀의 얼굴이 환하게 밝아진다.

"네, 저예요. 운 오라버니."

운현이 황보 소저라 부른 그녀는 동그란 눈매에 작고 가녀린 체구를 가진 남해검문의 황보선혜, 바로 그녀였다.

운현과 무림맹에서 처음 만난 이후 일방적으로 오라버니라 부르고 있는 바로 그녀 말이다. 그녀를 마지막으로 본 것은 분명히 항주에서 삼태상과 마주쳤던 그때였다.
"소저가 여기는 어쩐 일로……."
황보선혜를 슬그머니 밀어내며 운현이 묻는다. 그러자 그제야 정신을 차린 듯, 황보선혜가 후다닥 물러났다.
"죄, 죄송해요. 너무 반가워서 그만……."
다소곳한 자세를 지으며 그녀는 살짝 얼굴을 붉혀 보였다.
"괘, 괜찮습니다."
운현 역시 얼굴을 살짝 붉혔다. 방금 품안에 들어왔던 그녀의 부드럽고 가녀린 어깨의 감촉이 아직도 생생하다. 운현은 쑥스러운 듯 머리를 긁었다.
그리고 그런 두 사람을 조금 떨어진 곳에서 쳐다보는 네 사람의 시선이 있음을, 당황한 운현은 미처 깨닫지 못하고 있었다.
"저것 봐."
진예림이 퉁명스러운 어조로 말했다.
"휘유, 운 대인께서도 의외로 대단하신데?"
"뭐가 대단해? 딱히 대단할 정도로 예쁘지도 않은 것 같은데."
"그래도 꽤 예쁘장한 아가씨잖아요? 그리고 저 말하는 표정하며 귀여운 태도를 좀 보라구요. 저런 여자들이야말로 정말 남자들이 줄줄 따르는 법이거든요?"
"흥."

진예림은 콧방귀를 뀌었다. 그리고 말했다.
"저 남자는 대체 전직이 뭐였는지, 의심스러운 게 한두 가지가 아니야. 태평맹보다는 저 사람의 과거를 먼저 조사해봐야 된다고 생각해, 난."
진예림의 목소리에는 다분히 감정이 섞여 있었지만, 다른 일행은 아무 대꾸도 하지 않았다. 하지만 운현의 전직이 의심스럽다는 말에는 다들 내심 공감하고 있었다.

* * *

운현은 황보선혜와 함께 화청지 주변을 잠시 거닐었다. 황보선혜가 '생명의 은인'이라며 쉽게 놓아주려 하지 않았기 때문이다.
위기에 처해 있던 남해검문의 제자들이 피할 수 있도록 도와준 것이 운현이니, 생명의 은인이라면 은인이라 할 수도 있었다. 따지고 보면 반쯤은 삼태상의 변덕 덕분이었지만.
"그럼 그동안 어디 계셨어요? 혹시 다치신 곳은 없었나요?"
황보선혜는 다정한 목소리로 물어보았지만 운현은 그녀에게는 딱히 대답할 말이 없었다. 그래서 그저 멋쩍은 웃음과 함께 이렇게 얼버무릴 수밖에는 없었다.
"저는 괜찮습니다."
"운 오라버니께서 사라지신 이후에 많은 사람들이 오라버니를 찾았답니다. 저희도 힘이 닿는 데까지 알아보았지만, 도저히 오라버니께서 계신 곳을 알 수가 없었어요. 파진한 오라버니도 걱정하셨지만, 저는 너무나 걱정이 되어서……."

 감정이 복받쳐 오르는 듯, 황보선혜가 말을 잇지 못한다. 운현은 그녀의 말에 가슴이 뭉클해지는 것을 느꼈다. 그렇게 자신을 찾았다니 고마운 일이 아니던가?

"미안합니다. 저는……."

"괜찮아요."

 황보선혜는 운현을 쳐다보며 웃었다. 그녀의 눈가에 촉촉한 물기가 여전하다.

"이렇듯 무사히 계시니 정말 다행인 걸요."

 운현은 고개를 숙여 보였다. 미안한 마음과 고마운 마음이 동시에 든다.

"그간 강호 무림에 일어난 일들은 알고 계시지요?"

"영웅맹과 태평맹에 대한 소문은 들었습니다."

 황보선혜는 고개를 저으며 말했다.

"지금 무림의 정세는 말도 아니에요. 영웅맹은 말할 것도 없고, 태평맹조차 그저 눈앞의 이익에 급급하니까요. 저희도 비록 태평맹에 참가하고 있기는 하지만……. 어머, 죄송해요. 이런 이야기, 별로 좋아하지 않으시나 봐요."

 그녀는 운현의 그늘진 안색을 살피며 한 손으로 입을 가린다. 문득 신승 불영의 일이 생각난 운현의 안색이 자신도 모르게 어두워져 있었던 것이다.
 "아닙니다. 괜찮습니다. 저는 그저……."
 운현은 뒷말을 잇지 못했다.
 "죄송해요. 제가 괜한 말을 꺼냈나 보네요."
 "아니, 아닙니다."
 운현이 고개를 젓는데, 문득 황보선혜가 공손한 태도로 운현에게 예를 올린다.
 "운 오라버니께서 제 목숨을 구해주신 것을, 저는 결코 잊지 않겠어요."
 "소, 소저."
 갑작스러운 그녀의 예에 운현이 손을 저어 만류해 보지만, 이미 예를 마친 그녀는 고개를 들며 이렇게 말한다.
 "저와 남해검문의 마음은 언제든지 운 오라버니와 함께 있어요. 그것을 부디, 잊지 말아 주세요."
 그녀의 눈망울은 촉촉하게 젖어 있었다.
 "그럼 저는 이만……."
 아쉬운 듯, 황보선혜는 살며시 몸을 돌린다.
 "소저."
 운현이 부르자 황보선혜의 눈길이 운현을 향한다. 잠시 생각하던 운현은 나지막한 목소리로 말했다.
 "저는 이번 태평맹 무림대회에 참석할 예정입니다."
 황보선혜의 눈동자가 이채를 띤다.

"그때까지, 당분간 저에 대한 것은 비밀로 해주시기 바랍니다."

운현의 부탁에 황보선혜의 얼굴이 밝아졌다.

"걱정마세요, 운 오라버니."

그녀는 운현을 향해 생긋 웃어 보이며 말했다.

"오라버니께서 참석하시면 많은 사람들이 놀랄 거예요."

"글쎄요."

운현은 쓴웃음을 지었다. 예전 무림맹에서부터 이어졌던 그 불편한 관계가 태평맹이라 하여 어디로 갈 것 같지는 않았다.

"저는 예전부터 그리 환영받지 못하는 편이었으니까……."

"아니에요. 그렇지 않아요."

황보선혜는 안타까운 표정으로 말했다.

"적어도 저는 너무 기쁠 거예요. 그러니, 꼭 저를 찾아 주세요. 아시겠지요?"

그녀는 초롱초롱한 눈으로 운현을 쳐다보았다. 운현이 고개를 끄덕일 때까지.

"알았습니다."

운현의 말에 황보선혜는 기쁨을 감추지 않았다.

"그러면 금방 다시 만날 수 있겠네요."

그녀의 얼굴은, 정말로 기뻐하는 것처럼 보였다.

제6장
전권대리인(全權 代理人)

"우웩."

문득 옆에서 들리는 소리에 영호준은 익숙한 솜씨로 상대방의 등을 쳐 주었다.

"쯧쯧, 이렇게 비위가 약하셔서야 어디 되겠소?"

"미안하오. 내가 뱃길은 처음이라……. 우욱, 우웩!"

혜천은 사과를 하다 말고 다시 허리를 숙였다. 영호준은 그 모습에 살짝 눈살을 찌푸리며 혀를 찼다.

"허, 감각이 너무 예민한 것도 고생이구려."

네 사람이 배를 탄 것은 항주에서였다. 그리고 그때부터 혜천은 배의 움직임을 민감하게 느끼기 시작했다. 영호준이 보기에는 배가 항구에 정박하여 그저 가만히 있는 것 같았는데, 혜천은 조금씩 흔들리고 있다고 했다.

그러더니 배가 움직이기 시작한 지 얼마 못 되어 이렇게 뱃전에 하루 종일 붙어 있는 신세가 되고 만 것이다.

"하지만 이래서야 어디 제대로 장강을 거슬러 올라갈 수 있겠소?"

"그래도 가야 하오. 우욱."

혜천은 손으로 입을 막았다. 간신히 진정이 된 듯, 그는 다시 말했다.

"내가 소림을 나온 것은 사람들에게 실제로 무슨 일이, 우욱, 무슨 일이 일어나고 있는지 두 눈으로 똑똑히 보고자 함이었소이다. 장강을 살펴보지 못한다면 대체 무슨 의미……. 우욱, 우웩!"

결국 혜천은 다시 허리를 굽혔다.

"기껏 무리해서 큰 배를 탄 건데, 이러면 보람이 없구만."

영호준은 중얼거렸다. 뱃길의 경험이 없다는 일행을 위해 일부러 가장 큰 배를 골랐다. 큰 배가 그래도 작은 배보다는 흔들림이 덜하고 편안하기 때문이다.

그러나 영호준의 그런 배려에도 아랑곳없이 혜천은 심하게 뱃멀미를 시작했고, 다른 두 사람도 그다지 좋은 형편이라고는 할 수 없었다.

"우욱."

다른 쪽에서 들려오는 거북한 소리에 영호준은 다시 눈살을 찌푸렸다. 뱃멀미는, 아니 구토는 전염이 된다.

혜천이 뱃멀미를 시작하자 다른 두 사제도 덩달아 불편한 속을 호소한 것이다. 방금 전에 들린 거북한 소리는, 바로 영호준의 사제인 진하성이 낸 소리였다.

'저 녀석까지 저럴 줄은······.'

뱃전에 달라붙어 있는 진하성을 보며 영호준은 혀를 찼다.

'중간에라도 내려야 하나?'

영호준은 심각하게 고민했다. 이래서야 어디 여러 날 가야 하는 장강 뱃길을 제대로 버틸 수나 있을까? 더구나 다른 승객들의 부담스러운 시선도 편하지는 않다. 영호준은 뱃길을 포기하고 관도를 따라갈 것에 대해 진지하게 고민하기 시작했다.

"우웩!"

혜천의 사제 원정마저 뱃전에 달라붙는 것을 보며, 영호준은 자신도 모르게 한숨을 내쉬었다.

"다음에서 내립시다."

항주를 떠난 지 만 하루 만에, 영호준 일행은 하선을 결정해야만 했다.

"우웨엑."

배에서 내리자마자 혜천은 부둣가의 커다란 말뚝 하나를 붙잡고 구토를 했다. 하선하던 다른 승객들이 혀를 차며 지나가고, 영호준은 짐짓 모르는 사람인 양 멀찍이 떨어져서 딴 곳을 보고 서 있었다.

혜천의 사제인 원정이나 자신의 사제인 진하성도 다들 어지러운 속을 진정시키느라 무언가를 붙들고 기대 서 있었다. 다들 얼굴이 퍼런 것이 보기에도 안쓰럽다.

"쯧."

영호준은 혀를 찼다.

"뭐, 곧 다들 좋아질 테지."

뱃멀미는 땅에 발을 디디면 희한하게 증세가 호전된다. 지금은 저렇게 다들 곧 죽을 것 같은 표정이지만 조금만 지나면 언제 그랬냐는 듯 멀쩡해질 것이다. 핼쑥해진 얼굴은 한동안 가겠지만 말이다. 바로 그때였다.

"우웩! 이게 뭐야! 더럽게스리!"

"아니, 이거 웬 중놈이 여기서 이런 더러운 짓을 하고 있는 거야?"

영호준은 눈살을 찌푸렸다. 혜천이 말뚝을 붙잡고 있는 부둣가에서, 가장 피하고 싶은 사태가 벌어지고 있었기 때문이다.

'이런.'

혜천을 향해 목소리를 높이고 있는 자들은 덩치가 크고 우락부락한 인상을 가진, 한눈에 보기에도 수적 떼에 가까운 인상을 하고 있는 자들이었다.

더 나쁜 것은 그들이 그럴듯한 무복을 차려입고 있었다는 것이다. 그리고 그 무복에 보란 듯이 새겨진 커다란 금색의 문양은 분명히 영웅맹의 것이었다.

"뭐야? 땡중이야? 그럼 절간에서 염불이나 할 일이지……."

혜천이 있는 곳은 배가 매어 있지 않아 사람이 별로 다니지 않는 곳이었다. 그러나 두 명의 사내들은 굳이 혜천에게로 다가가며 언성을 높이고 있었다.

"에라이, 이놈아."

한 사내가 다가가더니 다짜고짜 혜천의 허리를 발로 차버린다. 한 손으로 말뚝을 붙잡고 의지하고 있던 혜천은 부둣가에 나뒹굴고 만다.

"어이쿠."

"야, 이 화상아. 이곳이 어디라고 함부로 토악질을 해대는 거야?"

바닥에 쓰러진 혜천에게 다른 사내가 손가락질을 해대며 윽박지르듯 말했다. 건장한 두 명의 사내가 승려 한 명을, 그것도 몸도 가누지 못하는 것처럼 보이는 승려를 발로 차는 광경은 그다지 보기 좋은 모습이라고는 할 수 없었다. 그러나 부두를 메운 사람들은 그저 눈치만 볼 뿐, 아무도 나서서 무어라 하지 않았다.

"이놈들이……."

혜천의 사제 원정이 그제서야 그 광경을 목격하고는 분노를 피어 올린다. 그는 당장 혜천에게로 달려가려 했지만, 영호준이 그의 팔을 잡았다.

"기다리게."

"하지만 저놈들이……."

"자네의 존경하는 사형이 왜 굳이 참고 있는 것 같나?"

그제서야 원정은 이상한 점을 깨달을 수 있었다. 혜천이라면, 제아무리 뱃멀미로 구토를 하고 있었다 해도 저런 발길질에 바닥을 뒹굴 리가 없다.

"에라이, 이 땡중아!"

사내 중 하나가 다시 쓰러진 혜천의 배를 걷어찬다.

"어이쿠."

고통스러운 듯, 혜천이 몸을 구부리자 두 사내는 뭐가 그리 신나는지 낄낄대고 웃는다.

"에이, 더러운 놈. 퉤! 이거나 먹어라."

한 사내가 침을 뱉고, 다른 사내가 그에게 말한다.

"형님, 이런 더러운 놈을 더 상대해서 무얼 하겠습니까? 이 화상도 영웅맹의 위대함을 뼈저리게 알았을 테니 이제 그만 가시지요."

"에잉, 난 땡중만 보면 배알이 꼴려서 말이야."

"그야 누구나 다 그렇죠. 하하하."

다시 한 번 침을 뱉은 후에, 그들은 혜천을 버려두고 걸어 나온다. 구경하던 사람들이 딱하다는 듯 혀를 찼지만, 말리려 나서는 사람도, 혜천을 부축하려는 사람도 없었다.

"에잇! 비켜라! 영웅맹의 영웅들께서 지나시지 않느냐!"

우악스럽게 밀치는 그들의 손길에 한 노인이 바닥을 뒹군다. 그러나 그들은 상관하지 않고 보란 듯 활보하며 걸어 나왔다.

영호준은 문득, 혜천의 사제 원정이 그들을 노려보고 있다는 것을 알고는 툭 머리를 쳤다. 고개를 숙이라는 뜻이다.

그리고는 그의 팔을 잡은 채 뒤로 한 발자국 물러섰다. 원정이 완강하게 버티려 했지만, 영호준은 사정없이 그의 팔을 잡아끌었다.

"응?"

원정과 영호준 앞을 지나치던 사내 하나가 눈살을 찌푸리더니 자신의 등을 돌아본다.

"형님, 왜 그러십니까?"

"아니, 방금 등에 뭐가 따끔한 것 같았는데?"

"형님 등에는 아무것도 없는데요?"

"그래?"

사내는 어깨를 으쓱하고는 다시 발길을 재촉했다. 그렇게 두 명의 사내가 그들 앞을 지나간 후, 원정은 자신을 잡고 있던 영호준의 손을 거칠게 뿌리쳤다. 그리고는 영호준을 똑바로 노려보며 말했다.

"절 막을 힘이 있으시거든, 저런 놈들이나 어떻게 해보시지요."

원정은 고개를 돌리고는 급히 혜천에게 뛰어갔다.

"원, 사람도 참, 급하기는……."

영호준은 원정의 뒷모습을 보며 중얼거렸다. 그에게 다가오던 진하성이 문득 사형의 손에 들린 이상한 물건을 발견했다.

"대사형, 그건……."

"아, 이거?"

작은 원통을 들어 보이며 영호준은 웃었다.

"비선침(飛旋針)이라고 하는 건데, 평소엔 그냥 부드러운 털이지만 내공을 실으면 바늘처럼 빳빳해지는 거야. 옛날에 사귀던 아가씨한테 선물 받은 거지."

진하성은 눈살을 찌푸렸다.

"그거, 암기 아닌가요?"

"괜찮아. 무슨 독 같은 게 발라져 있거나 한 건 아니니까."

"그러면……."

영호준은 피식 웃었다.

"한동안 허리 쓰는 데 고생은 좀 하겠지."

영호준은 아무렇지도 않게 말하고는 혜천에게로 걸어간다. 뒤에 남은 진하성은 어쩔 수 없다는 듯 고개를 젓고 영호준의 뒤를 따라 발길을 옮겼다. 암기를 사용했다는 것은 탐탁지 않았지만, 그 두 녀석을 혼내줘야 했다는 점에는 그도 찬성이었기 때문이다.

"괜찮소?"

영호준이 묻자 혜천이 담담한 목소리로 대답한다.

"그냥 놔두시지 그러셨소?"

굳이 두 사내에게 손을 쓸 필요는 없었다는 뜻이다. 영호준은 어깨를 으쓱했다.

"뭐, 상관없지 않겠소?"

혜천은 더러워진 가사를 탁탁 털었다. 그리고 말했다.

"사람들이 무척이나 겁에 질려 있더이다."

영호준은 대답하지 않았다. 이곳에 있는 이들은 다들 평범한 상인이나 양민들이다. 칼을 찬 자들에게, 그것도 영웅맹의 문양이 붙은 무복을 입고 다니는 자들에게 누가 감히 무어라 하랴?

"영웅맹이 있는 곳은 다 마찬가지일 겁니다. 아니, 장강의 웬만한 도시라면 어디나 다 마찬가지겠지요."

"영웅맹의 행태를 좀 더 자세히 살펴보고 싶군요."

진지한 음성으로 말하는 혜천의 얼굴은 언제 그랬냐는 듯 평정을 회복하고 있었다. 힘없이 뱃전에 매달려 있던 것이 마치 착각이었던 것처럼 말이다.

"그러려면, 정식 영웅맹 지부가 있는 무한이나 중경으로 가야 할 텐데요?"

"가야 한다면 가야지요."

"다시 배를 타야 하는데도 말입니까?"

혜천의 얼굴이 핼쑥해진다. 그러나 그는 굽히지 않았다.

"괜찮습니다."

하지만 고개를 끄덕이는 그의 얼굴에는 벌써 뱃멀미에 대한 공포가 내려앉고 있었다. 그 모습을 보며, 영호준은 슬그머니 미소 지었다.

　　　　　＊　　　＊　　　＊

"대회 준비 상황은 어떻게 되어가고 있지?"
태평맹 대외총괄군사 당설련의 물음에 수하 하나가 즉시 고개를 숙이며 대답한다. 매번 빠짐없이 그녀가 묻는 질문이다.
"모든 것이 예정대로 진행되고 있습니다. 필요한 물자의 반입과 반출, 각종 시설에 대한 작업 역시 계획대로 진행 중입니다."
"소속 세가들의 도착 예정일은 언제지?"
"대회 시작 삼 일에서 오 일 전에 도착할 예정이라고 알려 왔습니다. 하지만, 첩보에 의하면 섬서성의 서안과 한중에 일부 세가들이 머무르고 있는 것이 확인되었다고 합니다."
당설련은 비웃음을 떠올렸다. 그들의 생각이야 뻔하다. 나름대로 어쭙잖은 머리를 굴리는 것이리라.
"외부 초청 인사의 참석 현황은?"
문사 차림을 한 또 다른 수하가 즉시 대답했다.
"초청 대상 중 대부분의 문파에서 참가 의사를 밝혀 왔습니다."
그는 꽤 두툼한 서류를 당설련 앞에 공손히 내밀었다.

"와병(臥病)을 이유로 몇 개의 문파가 불참 의사를 표명한 것을 제외하면, 거의 대부분의 문파가 대회에 참석하게 될 것입니다."

"그래?"

당설련은 불참을 표명한 문파의 명단을 따로 보관했다. 이들에 대해서는 다시 이야기할 기회가 있을 것이니까.

"상단에서는?"

"초청한 대상(大商)들은 예외 없이 전부 참석하기로 했습니다."

만족한 미소가 당설련의 입가에 피어오른다. 당연히 그래야 할 것이다.

"관(官)은 어떻지?"

"정치, 관료계 인사 중에 정식으로 참석 의사를 밝힌 곳은 극히 적습니다. 대부분 개인적인 서한을 통해 축하의 인사를 전해 왔을 뿐입니다."

"그래?"

당설련의 얼굴에 실망감이 스쳐 지나간다.

"헌데 이것이……."

수하는 따로 준비한 듯 작은 두루마리를 당설련에게 내민다. 붉은 비단에 날아갈 듯 용이 새겨진 작은 두루마리였다. 그 자리에서 즉시 두루마리를 펴 보는 당설련의 눈동자에 놀란 기색이 반짝인다.

"호오, 이건……."

그것은 태평맹에서 특별히 신경을 써서 보낸 초청장의 정식 답신이었다.

"북경으로 보냈던 초청장이잖아?"

"네. 현재 동창의 실력자이자 권력의 실세라고 하는 박 공공께 보낸 초청장입니다."

수하는 고개를 숙이며 대답했다.

"비록 본인이 직접 참석하지는 못하지만 전권 대리인(全權 代理人)을 참석시키겠다는 답신이 도착했습니다."

"전권 대리인(全權 代理人)?"

생소한 단어에 당설련은 두루마리의 내용을 훑어보았다. 수하의 보고 그대로의 내용이 날아갈 듯한 필체에, 좀 더 격식을 차린 문장으로 적혀 있었다.

"이름이나 관직 같은 구체적인 사항은 언급되지 않습니다만, 저희가 발송한 초청장을 소지하고 도착할 것이라고 합니다. 현재 박 공공의 위치를 볼 때 그의 대리인이라 하더라도 중앙 정계에서 그 비중이 결코 작은 인물은 아닐 것이라 생각됩니다. 더구나 전권 대리인이라고 적은 것을 고려하면, 사실상 본인이 직접 참석하는 것이나 다름이 없을 것입니다."

"후후."

붉은 비단 두루마리를 말아 쥐며 당설련은 웃음을 머금었다. 사실 기대도 하지 않았던 것인데, 이렇게 큰 수확을 얻을 줄은 몰랐다.

"좋아, 충분해."

짧은 답신에 불과했지만 그것이 가지는 의미는 컸다. 어쩌면 이것 하나만으로도 태평맹 무림대회는 그 의미를 갖게 될 것이었다.

"대회의 진행을 맡은 책임자들에게 이 사실을 알리고 절대 실수가 없도록 단단히 명하도록 해. 특히 대회 기간 중에는 다들 분주할 테니까 각별히 유념해서……. 아니야, 차라리 따로 책임자를 편성하는 것이 낫겠어."

당설련은 잠시 생각을 정리하는 듯하더니 거침없이 말을 쏟아낸다.

"대회장의 자리 배치를 다시 조정하고, 전권 대리인을 위한 전담 책임자를 따로 편성하도록 해. 참석시킬 모임과 장소를 각별히 선별해서 가능한 태평맹에 대한 이해와 호감을 높일 수 있도록 하는 것이 낫겠지. 그리고 대회 기간 동안 전권 대리인의 안내를 전담할 사람도 준비하는 게 좋겠어. 어떻게 설명을 하느냐에 따라 태평맹에 대한 인상이 크게 좌우될 수 있으니까……. 안내인은 당문의 아가씨들 중에 각별히 총명하고 미색도 뛰어난 아이로 준비시키도록 하고. 아니, 차라리 내가 직접 하는 것이 나을까?"

잠시 생각하던 당설련은 곧 고개를 저었다.

"아니야. 그냥 안내인을 두는 것이 낫겠어. 대신 나와의 회담은 반드시 일정에 넣도록 해. 대리인의 일정은 세부 사항까지 면밀히 검토해서, 그가 이곳 성도를 떠나는 날까지 한순간도 허점을 보이지 않도록 해야 해. 알겠어?"

"분부하신 대로 준비하겠습니다."

"일정과 세부 사항이 확정되는 대로 내게 따로 보고하도록."

"네. 군사님."

당설련은 확실히 고무되어 있었다. 북경에서 답신이 왔다는 것은 박 공공이 정식으로 반응을 했다는 뜻이다. 이것이 조정의 공식적인 의향인지, 아니면 박 공공 개인의 뜻인지는 알 수 없지만 그 어느 쪽이라도 상관은 없다.

어쩌면 태평맹이 내민 손을 잡겠다는 뜻일 수도 있고, 그저 조정이 앞으로 무림의 일에 정식으로 관여를 시작하겠다는 뜻일 수도 있었다.

중요한 것은 중앙 정계가 정식으로 태평맹을 대화상대로 인정한 셈이라는 것이다. 이제껏 그 어떤 반응도 보여주지 않던 그들이 말이다.

태평맹으로서는, 특히 대회를 주관하고 있는 대외총괄군사 당설련으로서는 큰 의미를 지닐 수밖에 없었다.

"어차피 그들로서는 다른 선택의 여지는 없어."

아예 반응을 하지 않았다면 모를까, 반응을 한 이상 그 의도가 어떠하건 선택할 길은 하나밖에 없다. 현재는 영웅맹과 태평맹의 천하이고, 영웅맹과 조정이 손잡는 일은 결코 없을 테니까.

"호호호."

태평맹 대외총괄군사이자 당문의 눈꽃이라 불리는 그녀, 당문설화 당설련의 붉은 입술에서 웃음소리가 흘러나왔다. 태평맹이 무림 유일의 정통 세력으로 확고한 정치적 발판을 구축하는 날이, 아니 당문이 천하제일가로 우뚝 서는 날이 바로 그녀의 눈앞에 다가온 것만 같았다.

* * *

"전권 대리인이요?"

"네, 그렇습니다."

운현의 반문에 조관이 고개를 끄덕인다.

"어차피 운 대인께서는 이 일에 모든 권한을 갖고 계시니 그렇게 표현해도 크게 틀리지 않을 것입니다."

"아니, 그게 아니고……."

운현은 고개를 갸웃하며 물었다.

"가능한 신분을 숨겨야 한다고, 그렇게 말하지 않았던가요?"

"물론 그렇습니다."

조관은 대답했다.

"그러나 어차피 태평맹의 사람들이 운 대인을 알아볼 것이라면, 아예 전권 대리인으로서 참석하는 것이 보다 유리하리라 판단됩니다."

"하지만 감찰은……."

싱긋 웃음을 피어 올리며 조관이 대답했다.

"암행이 필요한 감찰 업무는 저희의 일이 될 테니까요."

"하긴 그렇군요."

운현은 납득했다. 감찰 업무에 대해 자신이 아는 것은 거의 없다. 그리고 암행 감찰을 하여 정보를 파악하는 것이 자신의 일도 아니다. 그렇기에, 감찰 업무에 관한 모든 구체적인 사항을 조관에게 일임한 것이 아니던가?

"또한 전권 대리인으로서 태평맹의 핵심 인사와 접촉하면 보다 중요한 정보에 대한 접근이 가능할지도 모릅니다. 그러므로 신분을 숨기고 수행원으로 참석하는 것보다는 이쪽이 훨씬 효과적이라는 결론을 얻었습니다."

운현은 다시 고개를 끄덕였다. 조관의 말이 구구절절 옳은 까닭이다.

"그러면, 구체적인 관직이나 신분에 대해서는 무엇이라 하면 좋겠습니까?"

"필요 없습니다."

조관은 고개를 저으며 말했다.

"박 공공의 전권 대리인이라는 것만으로도 충분합니다."

확신에 찬 어조로 조관은 말했다. 차세대의 권력 실세를 정확히 파악하고 박 공공에게 초청장을 보낼 정도의 감각을 지닌 자들이다. 그의 전권 대리인이라 하면, 어떤 의미인지 모를 수가 없을 것이다.

"알겠습니다."

운현은 말했다.

"조 대인의 계획대로 하지요. 헌데."

"네. 말씀하십시오."

"태평맹에 대한 직접적인 암행 감찰은 각별히 조심하는 게 좋을 것 같습니다."

조관은 살짝 눈살을 찌푸린다.

"무슨 말씀이신지……."

"태평맹은, 영웅맹과 같은 곳이라고 생각하셔야 합니다. 뛰어난 무림인들이 많은 곳이니 자칫 해를 입지는 않을까 걱정되는군요."

"위험은 이미 감수하고 있습니다. 하지만."

조관은 미소를 지었다.

"그렇게 말씀하시니 그리 하도록 하겠습니다."

정중하게 고개를 숙여 예를 표하며, 조관은 말했다.

"그리고 사천성 성도까지의 이동은 지금까지처럼 일반 교통 수단을 이용할 예정입니다."

운현은 무슨 소리냐는 듯 조관을 쳐다본다. 조관은 조금 설명을 할 필요를 느꼈다.
 "군의 호위도 없고, 관의 깃발을 올리지도 않으며, 관용 마차를 사용하지도 않는다는 뜻입니다."
 그제야 이해했다는 듯, 운현은 고개를 끄덕였다. 그리고 이렇게 말했다.
 "앞으로도 제발 그렇게 해주시길 바라오."
 조관은 쓴웃음을 지었다. 그러나 그 웃음의 뒷맛이 영 쓰기만 한 것은 아니었다.

*　　*　　*

 "창룡검주가?"
 희미한 불빛 아래 어둠 속에 있던 한 청년의 입에서 놀란 목소리가 튀어나온다.
 "그래요. 바로 그 창룡검주예요."
 구슬이 구르듯 낭랑하게 대답하는 여인의 목소리에는 자신감이 흘렀다.
 "그가 이번 태평맹 대회에 모습을 나타낼 거예요."
 "어떻게 그것을 아셨소? 아니, 그는 지금 어디 있소?"
 또 다른 청년의 목소리가 묻는다. 그러나 여인의 목소리는 느긋하게 대답한다.
 "그것은 아직 밝힐 수 없어요."

"아니, 왜……."
"그의 뜻이에요."
 잠시 침묵이 흐른다. 마치 그녀가 창룡검주와 비밀스러운 교감이 있는 것 같은 느낌을 주기에 충분했기 때문이다. 각자의 생각에 잠겨 아무도 입을 열지 않는다.
"그는 우리의 회합에 대해 무엇이라 말했소?"
"글쎄요. 그건 질문이 조금 잘못된 것 같군요."
 여인의 목소리가 말한다.
"중요한 것은, 창룡검주가 곧 모습을 드러낼 것이라는 점이에요. 이것이 우리의 회합에 어떠한 영향을 가져오게 될지에 대해 생각해 봐야 하지 않겠어요?"
"창룡검주라는 이름은 현재 영웅맹에 대항하는 상징과도 같으니, 그가 모습을 나타낸다면 우리의 회합이 더욱 힘을 얻지 않겠소?"
"그 상징은."
 여인의 목소리가 조금은 한심하다는 듯한 울림을 가지고 대답한다.
"다분히 우리가 만든 것이지요. 창룡검주는 그의 명호일지 몰라도, 창룡지회는 우리의 것이에요."
 잠시 침묵이 흐른 후, 다른 목소리가 끼어든다.
"소저의 말은 즉, 우리가 주도권을 가져야 한다는 뜻이오?"
"물론이지요. 대세를 주도하는 것은 어디까지나 우리가 되어야 하니까요. 우리가 지금의 이 상황을 만들어낸 것처럼."
 여인의 목소리가 대답했다. 잠시 침묵이 흐르고, 다시 여인의 목소리가 이어진다.
 "창룡검주의 방문은 태평맹에게는 그다지 좋은 소식이 되지 못할 거예요."
 당연히 그럴 것이다. 실제로 태평맹은 창룡지회를 눈엣가시처럼 여기고 있다. 창룡지회에 대해 소속 문파들에게 엄중한 경고를 담은 공문을 돌릴 정도니까.
 "또한 창룡검주 역시 태평맹에 대해 좋은 감정을 가지고 있지는 않아요."
 "당연히 그러할 것이오."
 한 청년이 당연하다는 듯 반응한다. 자신이 태평맹에 대해 탐탁지 않게 여기는 것처럼, 창룡검주 또한 태평맹을 그리 좋게 여기지는 않을 것이다. 그는 그렇게 확신한 것이다.
 "확실하오?"
 다른 한 청년은 한결 조심스럽다. 그는 여인에게 확인하듯 묻는다.
 "확실해요."
 "그렇다면 일이 간단해질 수도 있겠군. 우리의 정체를 밝히고 뜻을 같이 할 것을 요청하면 되지 않겠소?"
 "맞아요. 대협의 말씀에 전적으로 동의하는 바예요. 그가 우리와 뜻을 함께 하도록 해야 하겠지요. 하지만."

여인은 조용히 말했다.
"지금이 우리의 정체를 밝힐 때라고는 생각하지 않아요."
"어째서 그렇소?"
"첫째로 창룡검주는 현재 우리 회합의 중요성을 인식하지 못하고 있어요. 그가 고립무원이 되어 현 강호 무림에서 자신의 편이 오직 우리뿐이라는 것을 확실히 알게 될 때 손을 내미는 편이, 아마도 훨씬 나을 거예요."

낫다는 표현은 바로 자신들이 주도권을 가지기에 훨씬 유리하다는 뜻이다.

실제로 지금 창룡검주가 그들 가운데 합류한다면 틀림없이 주도권은 그에게로 집중될 것이니까. 그녀는 두 청년을 차례로 쳐다보며 말했다.

"또한 지금 우리의 정체를 밝히는 것은, 그 상대가 아무리 창룡검주라 해도 위험한 일이에요. 태평맹의 시선이 그에게로 집중될 것이 분명한 이상, 당분간은 그와 거리를 두는 것이 오히려 좋아요. 어차피 태평맹 내부의 불만 요소가 더 무르익을 때까지 기다려야 하니까요."

"지금도 우리와 뜻을 같이하겠다는 이들은 많지 않소? 언제까지 더 기다리라는 것이오?"

여인은 고개를 저었다.

"그것은 단지 태평맹의 대외 정책에 국한된 불만에서 기인한 것에 불과해요. 하지만 조금 더 기다린다면, 곧 당문의 처사에 대한 보다 실질적이고 근본적인 불만이 터져 나올 거예요."

"하지만 이번 태평맹 대회를 치르고 나면 당문의 독주가 고착화될 것이라는 예상이 많소."

조심스러운 청년의 목소리에 여인이 대답했다.

"그렇지 않아요. 당설련은 이번 대회를 통해 당문의 독주를 고착화하려는 속셈이겠지만……."

그녀는 입가에 비웃음을 떠올렸다.

"그녀는 다른 문파들의 자존심을 너무 우습게보고 있어요. 아무리 현실적인 문제로 인해 태평맹이라는 이름을 버릴 수 없다 해도, 뻔히 자신들의 머리 위에 군림하려는 당문을 가만히 두고 볼 문파는 없어요. 결국 이번 대회는 태평맹 내부의 불만을 심화시키는 결과를 낳게 되겠지요. 당문은 더욱 견제를 당하게 될 것이고, 다른 문파들의 상대적 박탈감은 더욱 커질 거예요. 그리고 그때가 바로 우리가 나설 때지요."

살며시 미소 지으며 그녀는 말했다.

"물론, 그때는 창룡검주가 우리의 선봉이 되어 주겠지만 말이에요."

"과연."

청년은 감탄을 숨기지 않으며 말했다.

"당설련이 당문의 눈꽃이라 하지만, 소저야말로 가히 빙설총명(氷雪聰明)이라 아니할 수 없겠소."

빙설총명(氷雪聰明)이라 함은 곧 그녀의 지혜가 눈처럼 차갑고 명확하여 매우 뛰어나다는 뜻이다. 사람 간의 정이나 은원에 좌우됨 없이 아주 차갑고 냉정한 지혜.

"과찬의 말씀이세요."

배시시 웃으며 여인은 그렇게 대답했다.

"결론은 난 것 같소."

다른 청년이 진중한 목소리로 선언하듯 말했다.

"대의(大義)가 우리에게 있고 소저의 지혜 또한 우리에게 있으니, 우리 창룡지회(蒼龍志會)야말로 무너진 강호의 도의를 일으켜 세우는 기둥이 될 것이며."

여인의 목소리가 기다렸다는 듯, 그 뒤를 잇는다.

"또한 태평맹의 가증스러운 위선을 벗겨내고 강호 무림의 진정한 정통 세력이 될 것이에요."

격앙된 음성으로, 그들은 말했다.

"창룡지회(蒼龍志會)를 위하여!"

*　　　*　　　*

"어흠."

요란하게 치장한 중년의 사내가 거드름을 피우며 부둣가에 내려서자, 줄을 지어 서 있던 건장한 체격의 사내들이 일제히 고개를 숙이며 큰 소리로 외친다.

"어서 오십시오!"

"으흠, 그래. 잘들 있었나?"

굵은 금반지로 뒤덮인 뚱뚱한 손을 들어 보이며, 이무심은 느긋한 시선으로 영웅맹 무한(武漢) 지부의 환영을 감상하듯 바라본다.

언뜻 거동조차 힘들어 보이는 비대한 몸을 온갖 화려한 장신구들과 비단으로 요란스레 치장하고, 기름이 번드르르한 낯빛으로 거만하게 눈을 내리까는 그가 바로 장강 수로채 연합의 총채주이자, 현재 영웅맹 자문역(諮問役) 겸 상임고문(常任顧問)으로 있는 철면무심(鐵面無心), 이무심이었다.

"무한(武漢)이라, 오랜만이군 그래."

감개무량한 듯 말하는 이무심에게 영웅맹 무한 지부의 부지부장 장삼채는 고개를 숙이며 예를 표했다.

"어서 오십시오, 고문님."

"오, 자네도 오랜만일세. 자네도 풍채가 이젠 아주 그럴듯하군. 말투도 점잖아지고 말이야. 우하하."

부지부장 장삼채는 쓴웃음을 지으며 속으로 투덜거렸다.

'오랜만은 무슨……. 이 양반은 지지난달에 다녀가고는 왜 또…….'

이무심은 장강 수로채 연합의 총채주다. 그러나 항주 혈전 이후, 수로채 연합은 영웅맹에 흡수되면서 사실상 유야무야 사라져버린 단체가 되어 버렸다.

이제는 아무도 장강 수로채 연합이라는 말을 쓰지 않는다.

장강은, 영웅맹의 것이다.

 거기다 영웅맹의 자문역 겸 상임고문이라는 것도 이름만 그럴듯할 뿐, 애매하기 짝이 없는 직책이다. 다른 문파 같으면 전대 가주들이 실권을 좌지우지하며 막강한 영향력을 행사하는 자리가 되겠지만, 현 영웅맹의 맹주가 바로 철혈사왕 염중부인데 감히 그에게 무슨 말을 하며, 무슨 영향력을 행사한단 말인가?

 "먼 길에 수고하셨습니다."
 의례적인 장삼채의 인사에 이무심은 거드름을 피며 말한다.
 "영웅맹의 어른 된 자로서 마땅히 해야 할 일인데, 내 어찌 수고로움을 마다하겠나? 어어, 피곤하다."
 때문에 이무심은 일찌감치 항주를 떴다. 철혈사왕 염중부가 버티고 있는 한, 항주의 영웅맹에 그의 자리는 없었다. 아니, 오히려 위협을 느끼기까지 했다. 그보다는 차라리 각 지부를 돌아다니며 거드름을 피우고 위세라도 뽐내는 것이 더 즐겁지 아니한가?

 '각 지부의 현황을 파악한다'는 명목으로, 이무심은 영웅맹에는 돌아갈 생각도 않고 괜히 장강을 오르락내리락 하고 있었다.

 덕분에 고생하는 것은 각 지부의 지부장들과, 예전 이무심과 함께 수로채 연합에 소속되어 있던, 예컨대 현재 무한 영웅맹 지부의 부지부장 장삼채 같은 사람들뿐이었다.

현재 이무심의 주위에는 아무도 남아 있지 않았다. 장자방이라 부르며 끔찍이 위하던 모사(謀士)는 영웅맹이 설립되자마자 온다간다 말도 없이 사라지고, 나름대로 능력이 있는 사람들은 모두 영웅맹 각 지부로 흡수되었다.

그 중에서도 가장 잘 나가는 사람이 바로 이 장삼채였는데, 비록 다섯 명에 이르는 부지부장 중 한 명이라 해도, 무한 영웅맹 지부의 부지부장이 되었다는 것은 나름대로 그 능력을 인정받았다는 뜻이다.

"이곳의 고급 객잔에 숙소를 마련해 두었으니, 우선 쉬도록 하시지요. 근사한 만찬과……."

"객잔? 지부로 안가고? 지부장을 만나야지."

눈살을 찌푸리며 말하는 이무심에게 장삼채가 말했다.

"현재 지부장께서는 잠시 출타중이십니다. 게다가 지부는 대회 준비로 무척 분주하니 가셔도 제대로 쉬실 수가 없을 것입니다. 그러니 우선……."

"대회라니?"

'아차.'

장삼채는 속으로 혀를 찼다. 그러나 이미 엎질러진 물이요, 쏟아진 말이다.

"대회라니, 그게 무슨 소리냐?"

소위 영웅맹의 상임고문이면서 맹의 일에 대해서는 아무것도 모른다. 하긴 모를 것이다. 그에게 알려줄 사람도 없고, 그도 알려하지 않으니 말이다. 장삼채는 우물쭈물하며 입을 열었다.

"태평맹이 무림대회를 연다고 하여, 저희도 각 지부별로 성대한 대회를 열기로 하였습니다. 지금 그 준비가 한창이라……."

"그래? 성대한 대회란 말이지?"

이무심의 눈이 반짝였다. 장삼채는 문득 막연한 불안감에 휩싸였다.

"그럼 내가 더더욱 도와줘야 마땅하지. 지부로 가세!"

장삼채는 벌레라도 씹은 듯한 표정이 되었다. 지부 안으로는 들어오지 말게 하라고 명령하던 지부장의 목소리가 귀에 생생하다. 그러나 이미 앞서가고 있는 이무심을 말릴 만한 방법이 그에게는 없었다.

'제기랄, 이놈의 입이 방정이지…….'

터덜터덜 이무심의 뒤를 따르며, 장삼채는 자신에게 쏟아질 지부장의 질책을 예감했다. 채 반년도 못 되어 엄청나게 불어난 이무심의 뚱뚱한 그림자가 그의 앞길에 짙게 드리우고 있었다.

장삼채의 말대로 지부장은 자리에 없었다. 대신 자리를 지키고 있던 수석 부지부장을 만난 이무심은 자신이 도와줄 테니 걱정할 것 없다며 큰소리를 쳐댔다.

수석 부지부장은 차마 얼굴에 드러내지는 못했지만, 속으로는 제발 방해만 하지 말아달라고 생각하고 있었다. 그래도 상대는 수로채 연합의 총채주에 영웅맹 상임고문이니, 차마 대놓고 불편한 척을 할 수는 없었기 때문이다.
　하지만 수석 부지부장의 바람은 이루어지지 않았다. 바로 다음날, 수석 부지부장은 지부 앞마당에 쌓여 있는 물건들과 강제로 끌려온 사람들을 발견하고는 눈살을 찌푸렸다. 부지부장인 장삼채는 아예 포기한 듯한 표정으로 고개를 젓는다.
　"상임고문님, 이제 대체……."
　수석 부지부장의 말에 이무심이 득의양양한 미소를 지으며 말했다.
　"아, 성대한 대회를 연다면서 그렇게 깔짝깔짝 준비해서야 어디 되겠나? 내 자네의 수고도 덜어줄 겸, 힘 좀 썼네."
　수석 부지부장의 찌푸린 눈살은 쉽게 펴지지 않았다.
　'젠장. 좀 가만히 있으라고 했더니만…….'
　"수석 부지부장님. 보아하니 아마 요 앞 상점들의 물건인 듯합니다. 주요 상단들의 물품은 하나도 없습니다."
　장삼채가 나지막한 목소리로 속삭인다. 그 말에 수석 부지부장의 눈살이 조금 펴졌다.
　중요한 거래선인 상단들을 건드린 것이 아니라 고만고만한 작은 상점들을 털어온 것이라면 별 상관이 없는 일이기도 하다.
　"끌려온 놈들은 뭐야?"

"요 앞 기루에서 일하던 점소이들인 것 같습니다. 그런데, 매향이도 있는데요?"

"매향이?"

수석 부지부장은 눈을 번쩍 떴다. 과연 끌려온 여인들 틈에 익숙한 기녀의 모습이 보인다.

'오호라.'

평소 그가 눈독을 들이던 기녀의 모습을 발견하자 수석 부지부장의 얼굴에 슬그머니 화색이 돈다. 그렇지 않아도 지부장의 눈치를 보느라 건드리지 못하고 있던 기녀가 아닌가?

"어떻게 할까요?"

장삼채의 말에 수석 부지부장이 짐짓 퉁명스러운 말로 대답한다.

"뭘 어떡해? 이왕 상임고문께서 수고하신 것이니 모두 이번 대회에 사용하도록 하고, 사람들은 대충 잡역을 시킨 다음에 돌려보내도록 해. 나중에 관아에서 알면 괜히 말썽이 날 수도 있으니까. 아, 그리고 기녀들은…… 크흠."

뒷말을 얼버무리는 수석 부지부장에게 장삼채가 고개를 숙이며 즉시 대답했다.

"알겠습니다. 각별히 세심하게 처리하도록 하겠습니다."

"크흠."

수석 부지부장은 짐짓 헛기침을 했다.

"저, 그런데 일을 처리하는 과정에서 다친 자들이 있다고……."

"다쳐? 우리 애들이?"

대번에 수석 부지부장의 눈꼬리가 올라간다. 그러나 장삼채는 급히 고개를 흔든다.

"아닙니다. 상점가의 곽노인과 그 아들입니다. 곽노인을 패대기치는 것을 보고 그 아들이 덤벼들었다고 합니다. 아들이 옆구리에 칼을 맞아서……."

"그래? 관아에 신고가 들어갔나?"

"아직은 아닙니다."

수석 부지부장은 눈살을 찌푸리며 짜증을 내듯 말했다.

"그럼 하던 대로 해. 곽노인네 집에 가서 엄포를 놔서 관에 신고가 들어가지 않도록 해놔. 괜히 멀쩡한 돈만 깨지니까."

"알겠습니다."

관아에 신고가 들어가면 수습하는 데 돈이 든다. 장삼채에게 지시를 한 수석 부지부장은 이무심에게 다가갔다. 이무심은 득의양양한 표정으로 괜한 수하들을 쓸데없이 닦달하고 있었다.

"이놈들아. 물건은 따로 정리해야지, 따로. 그렇게 섞이면 나중에 뭐가 있었는지 잊어버린다니까? 아이구, 바보 같은 놈들, 수채 생활을 해봤어야 알지? 쯧쯧쯧."

창고 출납을 맡은 수하가 기록장부를 손에 들고 곤혹스러운 표정을 짓는 것을 슬그머니 외면한 채, 수석 부지부장은 이무심에게 가볍게 고개를 숙였다.

"상임고문님, 수고하셨습니다."

수석 부지부장의 인사에 이무심이 웃는다.

"허허, 수고는 무슨."

이무심은 짧은 수염을 어루만지더니 말했다.

"그런데, 이번 대회는 연회 말고 다른 건 없나? 이렇게 혈기 왕성한 사내놈들을 가둬놓으면 좋지 않아. 가끔씩 칼도 휘둘러 주고, 피 맛도 보게 해줘야 한단 말이지."

수석 부지부장은 난처한 표정을 해보였다.

"허나 맹에서 돌발적인 폭력행사를 가능한 한 삼갈 것을 엄히 명한지라……."

"푸하. 뭘 삼가?"

이무심의 반응에 수석 부지부장은 쓴웃음을 지었다. 이무심이 본래 수로채 채주 출신인지라 매사에 하는 일이 도적질이요, 강도질뿐이다. 그러나 영웅맹이 한낱 수채처럼 그런 식으로 움직여서야 되겠는가?

"상임고문님, 이곳 무한은 대도(大都)인데다가 관원들도 무수히 많습니다. 경솔히 행동하시면……."

"그럼 무한이 아니면 되잖나? 조금만 변두리로 나가도 번듯한 장원이 꽤 있을 텐데?"

수석 부지부장은 이무심이 무엇을 원하는지 알았다. 그러니까 약탈을 하겠다는 뜻이다. 그것도 그냥 유흥삼아.

"곤란합니다. 나중에 문제라도 생기면······."

"쯧쯧, 자네도 일처리 하는 법을 잘 모르는군. 아무도 모르는데, 문제가 생길리가 있나?"

이무심은 비릿한 미소를 지었다.

"싹 다 이렇게 하면······."

가슴 즈음에 손을 들어올린 이무심이 마치 칼인 양 손을 옆으로 스윽 긋는다.

"문제될 게 없지. 어두운 밤이라면 목격자가 있을 리도 없고 말이야. 하긴, 봤다고 해도 나서지 못하게 만들면 되니까. 그 정도 뒤처리라면 수석 부지부장도 충분히 할 수 있지 않은가?"

이무심은 수석 부지부장의 어깨에 손을 턱 얹었다.

"적당한 곳으로 하나만 찍게. 평소에 눈엣가시 같은 곳이면 더 좋지."

수석 부지부장은 쓴웃음을 지었다. 적당히 그의 비위를 맞추는 것밖에는 방법이 없어 보였다. 더 큰 사고를 치기 전에 말이다.

"하나면 돼. 하나면. 더 많이는 바라지도 않으니까."

비릿한 미소를 지으며 이무심은 그렇게 말했다. 아주 오랜만에 수적의 피가 이무심 속에서 끓고 있는 듯했다. 하지만 수석 부지부장의 얼굴은, 며칠 후 돌아올 지부장에게 무어라 보고해야 할지를 고민하느라 더욱 어두워지고 있었다.

제7장
신승(神僧)의 그림자

 태평맹 무림용봉지회를 삼일 남겨놓고, 당문을 제외한 여섯 세가는 대거 사천성 성도로 모여들었다. 마치 약속이라도 한 것 같은 도착이었다.
 사천성 성도는 도시 전체가 마치 축제라도 벌이는 것처럼 활기를 띠고 있었는데, 천하 각지에서 이처럼 많은 사람이 한꺼번에 성도에 모인 적이 없었다고 말할 정도였다.
 사람들이 몰려들자 상인들도 몰려들었다. 부근의 유랑 극단과 재주꾼들도 저자거리 한켠에 자리를 펴고, 각종 노점들이 곳곳에 문을 열어 성도 전체가 사실상 축제 분위기에 흥청대고 있었다. 대회를 위해 대대적으로 자금을 푼 태평맹 덕에 곳곳에 활기가 넘쳤다.

이런 상황에서, 태평맹 대회의 주역이랄 수 있는 여섯 세가의 도착은 단번에 사람들의 관심을 끌었다.

덕분에 예기치 못한 환영 인파와 몰려든 구경꾼들로 인해 한동안 행렬이 제대로 움직이기가 힘든 상황이 연출되기도 했다.

"이야, 정말 어마어마하게 많은 사람들이군요."

사제의 탄성에 혁련필은 쓴웃음을 지었다. 하지만 사제는 미처 혁련필의 표정을 살필 겨를도 없이 거리를 꽉 메운 사람들을 둘러보며 놀란 표정을 숨기지 않는다.

"도시가 온통 태평맹 무림대회로 가득한 것 같은 느낌인데요? 도시 전체가 말입니다."

그 말대로였다. 형형색색으로 치장한 거리하며, 발 디딜 틈 없이 몰려든 사람하며, 구석구석 노점을 편 상인들의 모습하며 도시가 온통 축제 분위기로 가득 찬 것 같았다.

그러다 보니 태평맹 칠대세가의 하나로 당당하게 성도에 입성한 그들에게 은근한 자부심이 느껴지지 않는다고 하면, 그것 또한 거짓말이리라.

"정말 대단한데요?"

하지만 연이은 사제의 감탄사를 듣는 혁련필의 마음은 편치 못했다. 이 모든 화려한 것들이 소위 '그들만의 잔치'로 변질

될 수 있다는 것을 알고 있었기 때문이다.
"이 정도면 돈도 엄청나게 들었겠군요."
사제의 말에 혁련필이 씁쓸한 표정으로 말했다.
"태평맹으로 흘러드는 돈이, 대체 얼마인지나 아나?"
"모르는데요?"
혁련필은 대답했다.
"나도 몰라. 하지만 확실한 건 그게 어마어마한 금액일 것이라는 사실이지."
얼마 전 그가 접한 첩보에 따르면 이미 아홉 개 성(省)에 태평맹의 지부가 개척되었다고 했다. 그리고 그 지부들 대부분은 즉시 이득을 낼 수 있을 만한 각 성의 요충지였다. 예전에는 다른 문파의 견제로 인해 상상도 할 수 없었던 일을, 지금 태평맹이 해내고 있는 것이다.
'보다 정확히 말하자면 당문이 하는 것이지. 그리고 제갈세가도.'
다른 문파가 당문과 제갈세가를 경계와 의심의 눈초리로 보는 것은 그 까닭이다. 그런 거대한 이권이, 과연 태평맹의 칠대세가에게 공평하게 돌아갈 것인가?
'그럴 리가 없지.'
이 대회만 보아도 그들의 속셈은 확연했다. 이 대회를 기회로 다른 세가와 당문의 격차를 고착화하고, 태평맹을 영원히 당문의 것으로 하려는 것일 터이다. 젊은 후기지수들을 벌써

부터 등급으로 나누고, 각자 자신의 세가가 아닌 태평맹에 대한 소속감과 충성심을 고취시키려는 의도가 무엇인가? 그것은 말하지 않아도 뻔했다.

"하지만, 그렇게 쉽게 되지는 않을 거야."

그렇게 당문의 뜻대로만 흘러가지는 않을 것이다. 당설련은 치명적인 실수를 범하고 있다. 그리고 곧 그것이, 당문의 발목을 죄는 족쇄가 될 것이다.

"네? 뭐가요?"

사제가 혁련필을 빤히 바라보며 묻는다. 혁련필은 아차 싶었다. 너무 상념에 깊이 빠져 있었나 보다.

"뭐가 쉽게 되지 않는다는 겁니까?"

"아니, 이 사람들을 빠져나가기가…… 쉽지 않을 것 같아서."

혁련필은 얼버무렸다. 다행히 어린 사제는 고개를 끄덕이며 그의 말에 맞장구를 친다.

"정말 이렇게 많을 줄은 몰랐다니까요. 아, 저 여자가 우리에게 손을 흔드네요?"

사제는 마주 손을 흔들며 기쁜 얼굴로 말했다. 그가 손을 흔들자 사람들이 환호성을 지르며 모두 손을 흔들기 시작한다.

"군중 심리로군."

혁련필은 쓸쓸한 표정을 지었다. 이들이 혁련세가를 이토록 환영할 이유가 어디 있겠는가? 마치 영문도 모르면서 다 함께 몰려가는 사람들처럼, 그렇게 그저 열광적으로 손을 흔들어 댈 뿐이다. 그들이 환호하는 대상은, 혁련세가가 아니라 이 흥분된 분위기 그 자체인 것이다.

"먼 길을 온 보람이 있는데요?"

사제는 마주 손을 흔들며 말했다.

"하지만 너무 멀어요. 하다못해 맹이 서안 정도에만 있었어도……."

"정말 그러길 바라나?"

혁련필은 사제를 쏘아보며 말했다. 어리석은 말도 한두 번이다. 불편한 혁련필의 심기가 그대로 나타났는지, 사제는 뜨끔한 얼굴이 된다. 그는 영문도 모른 채 일단 사과를 해야 했다.

"아, 아닙니다. 제가 그만……."

"쯧."

혁련필은 못마땅한 표정으로 혀를 찼다. 아무것도 모르고 손을 흔들어대는 어린 사제도, 후덥지근한 사천의 날씨도 그를 불편하게 했다.

게다가 행렬이 빠져나가려면 아직도 한참을 기다려야 할 것 같다는 것도 그의 심기를 더욱 불편하게 하는 것 중 하나였다. 그는 짜증스럽게 중얼거렸다.

"태평맹 무림용봉지회라……. 젠장."

태평맹의 온 힘을 결집한 것이나 다름없다는 태평맹 무림용봉지회는, 그렇게 사람들의 뜨거운 관심 속에 그 시작을 사흘 앞두고 있었다.

*　　*　　*

"하하하하."
"호호호."
그날 저녁 태평맹에서는 흥겨운 음악과 젊은이들의 웃음소리가 끊이지 않았다. 대회에 참가한 칠대세가의 젊은 후기지수들을 위한 연회가 펼쳐졌기 때문이다.
대외총괄군사 당설련과 대내총괄군사 제갈기호의 간단한 인사말로 시작된 연회는, 젊은이들 특유의 쾌활함과 흥분이 뒤섞이며 발랄한 웃음과 시끌벅적한 이야기 소리로 금방 가득 채워졌다.
"오랜만입니다."
"오랜만이오."
젊은 후기지수들은 서로 다른 세가를 찾아다니며 인사를 나누기도 하고, 때로는 삼삼오오 모여 이야기를 나누기도 했다. 이제 사흘 후면 그들은 태평맹의 새로운 용봉(龍鳳)이 되기 위해 서로 경쟁해야 할 상대였지만, 적어도 지금 이 순간만큼은 향기로운 술과 흥겨운 음악, 달콤한 젊음에 취해 있었다.
"하하, 황보 소저는 더 아름다워지신 듯하오."

남해검문의 인솔자 자격으로 참석한 황보선혜는 그녀를 향한 인사에 어색한 웃음을 지었다. 대체 남자들은 어디서 이런 속보이는 유치한 대사를 잘도 배워오는 걸까 하는 생각이 들었다.
　그보다 더 이해할 수 없는 것은 이런 말을 아무한테나 해대는 그 뻔뻔함이다. 더구나 결혼까지 한 사람이. 그러나 그녀는 속내를 감추고 의례적인 미소를 지으며 대답했다.
　"공손 대협께서도 건강해 보이시니 다행이군요."
　공손세가의 외당 부당주, 공손추현은 그녀의 말에 짐짓 호탕한 웃음으로 대답한다.
　"하하하, 나야 뭐 별일이 있겠소? 그저 이런 시골구석에 박혀서 쓸데없는 시간이나 보낼 뿐이지."
　"무슨 말씀이세요. 맹의 중요한 일을 결정하시는 분이신 걸요."
　공손추현의 입이 웃음으로 찢어질 듯하다.
　"흠흠, 그야 뭐 책임이 있으니 어쩔 수 없는 일이 아니겠소? 허허허."
　황보선혜는 짐짓 목소리를 낮추며 공손추현에게 말했다.
　"정말 힘드시겠어요. 맹의 여러 중요한 일들을 처리하시려면……."
　"크흠, 그야 힘들기는 하지요. 맹의 회의라는 것이 끝도 없이 이어지니 도무지 쉴 틈이 없을 지경이라오."

"저런."

정말로 안됐다는 듯한 그녀의 한마디에 공손추현의 목소리가 더욱 생기를 얻는다.

"말씀도 마시오. 얼마 전엔 태평맹을 중앙으로 옮기자는 이야기가 나왔지 않겠소? 혁련세가는 대체 무슨 생각으로 그런 말을 하는지. 그런 큰일을 상의도 없이 불쑥 꺼내 놓으면 대체 어떻게 되겠소?"

"어머나."

"다행히 내가 논리적으로 잘 설득해서 없던 것으로 되기는 했소이다만."

공손추현은 고개를 저으며 말한다.

"생각이 없는 사람들이 많아서 정말 큰일이오."

"당문에서는 별 말이 없었나 봐요?"

말도 말라는 듯, 공손추현은 다시 고개를 젓는다. 그는 슬쩍 당설련 쪽을 바라본 다음 황보선혜 쪽으로 고개를 기울이더니 짐짓 목소리를 낮추어 말한다.

"대외총괄군사도 정말 생각이 없지. 그걸 또 정식으로 가주회합에서 논의하자고 하지 않겠소?"

가까이 느껴지는 그의 체취와 숨결에 황보선혜는 눈살을 찌푸렸다. 그러나 공손추현은 그녀의 표정을 자신의 말에 동의한다는 뜻으로 받아들였다.

"그래서 내가 더 힘들다오. 내가 없으면 다들 어찌할 바를 모르니 말이오. 하하하."

 황보선혜는 의례적으로 고개를 끄덕여 보였다. 그러나 그녀의 발은 이미 공손추현으로부터 멀어지려 하고 있었다.

 "저는 잠시……."

 "아, 황보 소저."

 "네?"

 공손추현은 슬그머니 목소리를 낮추어 말했다.

 "우리 소공자께서 소저를 꼭 한번 만나기를 원하신다오. 조만간 한번 자리를 마련할 테니, 꼭 참석해 주시기를 바라겠소."

 공손세가의 소공자라면 행동보다 말이 먼저 나오기로 이미 유명한 사람이다. 태평맹의 대외 정책에 대한 불만을 공공연히 말하고 있는 사람들 중의 한 명으로, 황보선혜로서는 오히려 피하고 싶은 부류다. 자신의 속내를 생각 없이 내뱉는 경솔한 사람은 가까운 사람들에게 틀림없이 피해를 입히기 마련이니까.

 아무 말도 없이 황보선혜는 애매한 웃음으로 대답을 대신했다. 구질구질한 변명이나, 상대에게 물고 늘어질 여지를 주는 거절보다는 차라리 아무런 말도 하지 않는 것이 때로는 효과적이다.

 특히나 공손추현과 같은 남자에겐 더욱 그렇다. 만일 계속 대답을 요구한다면 정색을 하고 분명한 이유를 들어 거절할 참이다.

황보선혜는 뒤도 돌아보지 않고 발걸음을 옮겼다. 연회장의 열기 때문인지 혹은 공손추현과의 대화 때문인지 가슴이 답답했다. 황보선혜는 차가운 밤공기를 마시기 위해 창가로 다가갔다.

"황보 소저."

조금은 우울하고 익숙한 목소리가 그녀를 돌아보게 했다.

"당 소협."

그녀 앞에 서 있는 사람은 당문의 촉망받는 젊은 후기지수 당혁이었다. 황보선혜는 씁쓸한 미소를 피어 올렸다. 그런 그녀의 모습이 더욱 가슴 아픈지, 당혁의 얼굴에 그늘이 짙어진다.

"저자가 소저께 무슨 무례한 짓이라도 한 것이 아니오?"

당혁은 멀리 있는 공손추현을 노려본다. 그 기세가 금방이라도 검을 뽑을 듯하다. 그러나 황보선혜는 천천히 고개를 저었다.

"당 소협이 상관할 일이 아니에요."

황보선혜의 반응은 공손추현 때와 사뭇 달랐다. 방금 전까지 속내를 감추고 의례적인 웃음을 피어 올리던 그녀가 당혁에게는 사뭇 냉정한 태도로 대하고 있는 것이다.

"황보 소저, 그런 말씀 마시오. 나는, 나는……."

"당 소협, 더 이상 제게 가까이 다가오려 하지 마세요."

당혁의 얼굴이 금방이라도 무너질 듯 일그러진다.

"황보 소저, 내 마음을 알면서 어찌 그리 잔인한 말을 한단 말이오?"

"하지만 당신은 당문의 기대를 한몸에 받는 촉망받는 후기지수예요. 게다가 현 당문 문주의 아들이기도 하지요. 저 같은 사람과는 어울리지 않아요."

"황보 소저."

당혁이 애절한 목소리로 불러보지만, 황보선혜의 말은 냉정하기만 하다.

"게다가 저는 남해검문의 사람이고, 당신보다 나이도 많아요. 대체 왜 내게 집착하는 거죠?"

"소저를 생각하는 내 마음 앞에, 그깟 문파며 나이가 무슨 상관이오?"

"제게는 상관이 있어요."

황보선혜의 말은 냉정했다. 하지만 그녀의 동그란 눈동자는 당혁을 향해 슬픈 빛을 띠고 있었다. 애잔한 그녀의 목소리가 당혁의 귓가에 울린다.

"우리는…… 결코 이루어질 수 없어요."

"그렇지 않소!"

당혁은 슬픔으로 가득 찬 목소리로 말한다.

"소저는 다른 사람에게는 그토록 다정하면서, 어째서 내게는 이토록 냉정하오? 제발 소저의 밝은 목소리를, 그 웃는 얼굴을 내게도 보여주시오."

그러나 당혁의 호소는 헛되이 끝나고 말았다. 황보선혜는 슬픈 눈으로 그를 잠시 바라보다가 이렇게 말했다.

"부디, 당문의 용(龍)이 되시기를……."

그 말을 끝으로, 황보선혜는 조용히 다른 곳으로 발길을 옮겼다. 당혁은 감히 그녀를 잡을 엄두도 내지 못했다. 그녀의 슬픈 눈동자에 그의 가슴이 무너지는 것만 같았기 때문이다.

그 후로도 당혁의 시선은 늘 황보선혜의 모습을 뒤쫓아 다녔다. 그녀가 웃는 모습, 즐거이 이야기하는 모습, 스스럼없는 태도로 낯선 사람과도 쉽게 친해지는 모습을 그의 시선은 하나도 놓치지 않았다.

그리고 황보선혜는, 자신을 향한 당혁의 시선을 느끼고 있었음에도 불구하고 단 한 번도 그를 돌아보지 않았다.

*　　　*　　　*

태평맹 무림용봉지회가 열리는 날은 성도 전체가 떠들썩했다. 마치 새해를 맞이하는 사람들처럼 거리 곳곳에서 폭죽을 터트리는가 하면, 요란한 음악 소리와 연기가 도시를 가득 메웠다.

첫날은 사실상 대회의 시작을 알리는 행사만이 오후에 예정되어 있을 뿐이었지만, 거리는 벌써 전날 저녁부터 떠들썩하게 흥청대고 있었다.

덕분에 운현 일행은 형편없는 객잔에서 터무니없는 가격을 치르고도 제대로 쉬지 못하고 말았다.

"아우, 시끄러. 밤새도록 폭죽을 터트리는 바람에 잠을 설쳤잖아."
 진예림이 투덜대자 담소하가 냉큼 대꾸한다.
 "저는 어떤 상황에서도 잘 수 있어요."
 "자는 것도 능력이야?"
 진예림의 핀잔에도 불구하고 담소하는 꿋꿋했다.
 "적어도 지금 같은 경우엔 확실히 도움이 되잖아요?"
 "잘났다."
 피곤한 여정 끝에 잠까지 설친 터라 더 이상 옥신각신할 기력이 없는지, 진예림은 그렇게 한 번 중얼거리고는 말았다. 하지만 아침이라고 나온 음식을 몇 술 떠보고는 도저히 참을 수 없었는지 한 마디 한다.
 "이거 도대체 사람이 먹으라고 내온 음식 맞아? 돈도 많이 받으면서 맛이 대체 왜 이런데?"
 "그러게요."
 이번만은 담소하도 진예림의 말에 전적으로 동감이었다. 담소하 역시 수저를 내려놓은 채 인상을 찌푸리며 중얼거린다.
 "이래서 사람이 많이 모이는 데는 가봤자 좋을 게 없다는 건데."
 만일 사천성 안찰사사(按察使司)의 정식 협조를 요청했다면 이런 일은 없었을 것이다. 하지만 사천성의 관청들은 아무래도 태평맹의 영향을 벗어나지 못할 것이 뻔했기에, 조관은 사천성 안찰사사의 협조를 포기하는 대신 이런 고생을 감수하기로 한 것이다.

어차피 운현이 전권 대리인의 신분으로 대회에 참석한다면 굳이 안찰사사의 지원이 필요 없는 탓이기도 했다. 태평맹 무림대회로 들썩이는 사천성 성도의 분위기를 보면 조관의 판단이 확실히 옳았음을 알 수 있었다.

"일 때문이니 어쩔 수 없지. 조금씩이라도 먹어두게."

역시 항장익이 그 중에서는 가장 어른스럽다. 하지만 그 역시 몇 숟가락 뜨다가 마는 것을 보면 음식이 형편없기는 형편없는가 보다. 운현은 수저를 내려놓으며 말했다.

"그러면 잠깐 산책이라도 할까요?"

모두의 시선이 운현에게 향한다.

"사천에 와서 맛없는 음식을 먹자니 조금 억울한 것도 같아서 말입니다. 산책 겸 조금 걷다가 괜찮은 음식점이라도 보이면 같이 식사를 하는 게 어떨까요? 일찍부터 상점들이 모두 문을 여는 것 같던데, 오늘 아침은 제가 사도록 하지요."

담소하의 얼굴이 대번에 반색이 된다.

"맞아요. 사천은 독특한 요리로 유명한 곳인데, 이런 맛없는 음식으로 아침을 때우는 건 아주 손해라구요."

운현은 조관을 돌아보며 묻는다.

"그래도 괜찮겠지요?"

"시간은 괜찮습니다만······."

"그럼 가지요."

운현은 자리에서 일어섰다. 담소하가 냉큼 일어서고 진예림도, 항장익도, 말없는 백운상도 그리고 감찰어사 조관도 자리에서 일어났다.

말은 안 했지만 마음은 다들 비슷했기 때문이리라. 그렇게 답답한 객잔을 한 걸음 나서자, 사천성 성도의 이국적인 아침 풍경이 그들을 반기고 있었다.

* * *

태평맹 무림용봉지회가 워낙 대규모로 치러지는 행사다 보니, 태평맹은 이번 대회를 위해 따로 커다란 대회장을 준비해야 했다.

공개 대회를 위해 일반에 공개된 자리는 물론, 정식 초청장을 가지고 있는 초청객을 위한 자리와 특별한 귀빈들을 위한 자리도 세심하게 따로 준비할 정도였다.

오후에 예정된 태평맹 무림용봉지회의 개회식은 예정된 시간에 정확히 입장객을 들이기 시작했다.

그 커다란 대회장이 비좁게 느껴질 정도로 많은 사람들이 몰려들어 그야말로 인산인해를 방불케 했지만, 감히 태평맹 대회에서 소란을 피울 자들은 없었는지, 혹은 태평맹의 준비가 완벽해서인지 의외로 입장은 순탄하게 진행되었다.

일반인들과 달리 정식 초청을 받은 초청객들은 별도의 출입문을 통해 입장했다.

입장이 허락된 초청객들은 모두 나름대로의 지위를 지니고 있는 이들이었지만, 초청객이 워낙 많은 탓에 줄을 서는 일을 피할 수는 없었다.

"어서 오십시오. 초청장을 보여 주시지요. 감사합니다."

입구에서 손님을 맞이하고 있는 다섯 명의 문사는 이제 아예 입에 배어버린 인사말을 쉬지 않고 되풀이하고 있었다.

"여기 신분패를 받으시기 바랍니다. 이 신분패를 보여주시면 대회 기간 동안 별도의 신분 확인 없이 입장이 가능하고 따로 마련된 식당에서 식사를 하실 수 있습니다. 숙소는 첨부된 안내문을 참조하시기 바랍니다. 감사합니다. 네, 감사합니다."

초청장을 확인하고, 그에 맞는 신분패를 내어주는 일은 생각보다 쉽지 않았다. 대회 기간이 길고, 대규모로 치러지는 것이다 보니 날마다 초청객의 신분을 확인할 수가 없어서 아예 대회 기간 동안 사용할 신분패를 나눠주는 것이다.

다섯 명의 숙련된 문사들이 끊임없이 손을 놀리는데도 입장을 기다리는 줄은 쉬이 줄어들 줄을 몰랐다. 게다가 손님들이 하나같이 함부로 대할 수 없는 사람들이라 긴장의 끈을 놓을 수도 없었다.

하지만 가끔 자기 차례가 되어서야 초청장을 찾는답시고 허둥대거나, 혹은 시시콜콜한 질문을 해대는 손님들을 대할 때면 그들도 어쩔 수 없이 치솟는 혈압을 억지로 내리눌러야 했다.

"어서 오십시오. 초청장을 보여 주시지요. 감사합니다."

다음 손님이 앞으로 다가오자, 입에 붙어버린 말이 저절로 튀어나온다. 손님은 아직 초청장을 꺼내지도 않았는데 말이다.

"아, 여기……."

다행히 그는 어디 두었는지 모르겠다며 여기저기 짐을 뒤지는 일은 하지 않았다. 문사는 정중하지만 기계적인 태도로 초청장을 받아들었다.

'어라?'

무의식적으로 초청장 일련번호와 신분확인을 하려던 그는 무언가 이상한 점을 발견했다. 그가 내민 초청장이 이전 것들과는 조금 다른 것이다.

'이건……'

단순한 반복 작업으로 지쳐 있던 그의 머리가 새로운 상황을 인지하는데는 조금 시간이 걸렸다. 그러나 상황이 파악되자, 그는 자신도 모르게 벌떡 일어났다.

"아, 이, 이건! 아니, 이건 여기서 기다리실 필요가 없는

데……."

"네?"

손님의 반문에 문사는 급히 고개를 숙였다.

"죄송합니다. 잠시만 기다려 주십시오."

문사는 손님을 세워놓고, 초청장은 그대로 둔 채 쏜살같이 대회장 정문을 향해 뛰어갔다. 그리곤 금방 돌아왔다. 오전부터 정문을 지키고 서 있던, 멋들어진 비단옷을 차려입은 중년인과 함께였다.

"어서 오십시오, 귀인."

그 중년인은 대뜸 허리를 깊이 숙이며 극진한 예를 올렸다. 어리둥절해하는 손님에게 그는 함뿍 웃음을 담은 얼굴로 말했다.

"귀인을 위한 절차가 따로 준비되어 있습니다. 이리로 오시지요."

"아, 네. 알겠습니다."

초청장을 내밀었던 손님은 조금 당황해하면서도 순순히 그의 안내를 따랐다. 중년인은 그가 가져온 초청장을 조심스럽게 갈무리한 후, 극진한 예를 다해 손님을 안내해 갔다.

손님이 차려입은 옷이 오히려 자신보다 못하다는 것도, 수행원처럼 데리고 있는 사람이 단 한 명뿐인데다 여자라는 것도 그는 상관하지 않았다.

손님을 안내하는 중년인의 얼굴에서는 극진한 미소가 떠나지 않고 있었다.

"도착했습니다."
 특별히 선별된 귀빈들과 인사를 나누던 당설련은 수하의 나지막한 보고에 눈을 반짝였다. 주어를 생략하고 보고를 할 만한 대상은 단 한 명뿐이었기 때문이다.
 "그러면, 좋은 시간이 되시기를 바랍니다. 사무총관님."
 "어머, 그냥 이서연이라고 불러주세요. 그게 더 친숙한걸요. 대외총괄군사님."
 "천하 삼대 상단 중 하나인 호암상단의 영애(令愛)이시자 사무총관이신 분을 어찌 제가 감히 이름으로만 부를 수 있겠어요?"
 "그러면, 저도 꼬박 꼬박 대외총괄군사님이라고 부를 거예요."
 당설련은 짐짓 난처한 표정을 짓다가 이렇게 말했다.
 "알았어요, 이 소저. 저도 앞으로는 편하게 불러 주셔야 해요?"
 "물론이지요, 당 소저."
 손님과의 인사를 마무리한 당설련은 빠른 걸음으로 자리를 벗어났다.
 "지금 어디 있지?"
 나지막한 목소리로 묻는 당설련의 말에 수하가 대답한다.
 "정문을 통과하여 현재 이곳으로 오고 있습니다."
 "전부 지시한 대로 했겠지?"
 "네, 헌데……."

당설련의 아미(蛾眉)가 살짝 일그러진다.
"헌데?"
"일반 초청객 줄에서 한참을 기다리고 있었다고 합니다."
"뭐?"
당설련은 눈살을 찌푸렸다. 상대를 기다리게 하다니, 그것도 줄을 서서. 이게 무슨 무례란 말인가?
"책임자는 뭐하고 있었어!"
당장에 그녀의 목소리가 표독스럽게 바뀐다. 수하는 즉시 고개를 숙인다.
"그의 행색이 남루하고 수행원이 한 명뿐이라 미처 알아볼 수가 없었다고 합니다."
"행색이 남루하다고?"
당설련의 목소리에 의혹이 서린다. 혹시라도 사람을 착각한 것이라면 절대 그냥 넘어갈 그녀가 아니다. 수하는 황급히 말을 이었다.
"초청장은 확실했습니다. 또한 그가 직접, 자신이 박 공공의 전권 대리인이라고 밝혔다 합니다."
"그래?"
당설련은 고개를 갸웃했다. 무슨 암행어사도 아닌데 당당한 관리가, 그것도 다른 사람도 아니고 박 공공의 전권 대리인이라는 사람이 대체 왜 행색이 남루하고 일행이 단출하단 말인가?
"기인 흉내라도 내자는 건가?"

만일 성격이 괴팍한 사람이라면 다루기가 더 힘들어진다. 도무지 종잡을 수 없는 기인과 같은 사람이라면 아주 힘들어질지도 모른다.

"혹시……."

그녀가 무언가 물어보려는데, 문득 수하가 말한다.

"저기 옵니다."

그 한 마디에 당설련의 얼굴에 거짓말처럼 화사한 미소가 번졌다. 마치 꽃과도 같은 미소를 얼굴 가득 품고서, 그녀는 사뿐사뿐한 걸음으로 귀인에게 다가갔다.

아닌 게 아니라 귀인의 행색은 남루하며 수수한 문사와도 같은 차림이고 수행원이라고는 단 한 명, 그것도 별로 미색이 뛰어나지 않은 여성뿐이다.

멋들어지게 비단옷을 차려입은 책임자가 귀인을 수행하고 있었고, 특별히 가려 뽑은 총명하고 아름다운 젊은 아가씨가 미소를 담은 채 옆을 지키고 섰다. 모든 것이 그녀가 지시한 대로였다.

그러나 당설련은 나비와도 같은 가벼운 걸음을 곧 멈출 수밖에 없었다. 멈춘 것은 걸음만이 아니었다. 그녀의 얼굴에 가득했던 꽃과 같은 화사한 미소도 어느새 자취를 감추어 버렸다. 그리고 경악으로 물든 그녀의 두 눈이 그 자리를 대신한다.

"다, 당신……."

자신의 목소리가 떨리는 것조차도, 당설련은 의식하지 못했다.
"당신이 어떻게 여기에……."
당문의 눈꽃답지 않은 질문에 박 공공의 전권 대리인, 운현은 부드러운 미소를 가득 담은 얼굴로 이렇게 말했다.
"오랜만입니다. 당 소저."
운현은 당설련에게 정중하게 예를 취하며 인사했지만, 그녀는 답례할 생각도 채 하지 못하고 있었다.
"이렇듯 다시 만나니, 정말 반갑습니다."
당설련을 쳐다보는 운현의 눈동자는 오랜만에 만난 친우를 바라보듯 부드럽기만 했다.

* * *

빠득.
당설련의 붉은 입술 사이로 거북한 소리가 새어 나왔다.
쾅!
"대체 무슨 속셈이야!"
있는 힘껏 내려친 탁자의 둔중한 비명소리와 함께 분노한 그녀의 목소리가 방 안을 가득 메운다. 그러나 대답은 없었다. 대답해 줄 수 있는 유일한 사람이 지금 이곳에 없었기 때문이다.
파악!

탁자 위에 놓여 있던 고급스러운 술잔이 그녀의 손에 의해 속절없이 벽으로 날아가고, 곧 날카로운 소리와 함께 산산이 부서진다.

챙강.

"후우, 후우."

당설련은 거친 숨을 몰아쉬었다. 박 공공의 전권 대리인이라는 사람이 다름 아닌 운현이라는 것을 확인한 순간, 그녀는 즉시 대회장을 떠나 이 방으로 들어왔다. 오직 그녀 혼자서만.

전권 대리인을 위해 가려 뽑은 책임자는 여전히 자신의 직무에 충실하고 있을 것이다. 재색을 겸비한 안내인 역시 그의 곁에 서서 자신의 책무를 다 하고 있을 터이다.

그러나 그녀는, 태평맹 대외총괄군사 당문설화 당설련만은 자신의 직무에 충실할 수가 없었다. 상대가 다름 아닌 운현, 바로 창룡검주 운현이었기 때문이다.

빠득.

그녀의 붉은 입술 사이로 다시금 낮은 소리가 흘러나온다.

"창룡검주······."

무림맹 항주 혈전을 앞에 두고, 그녀는 자신과 그의 가는 길이 다르다는 것을 분명히 했다. 운현은 무림맹을 구하기 위해 항주로 향했고, 그녀는 당문을 위해 무림맹을 버렸다. 아무리 독선(毒仙)의 인정을 받았다지만, 운현의 선택은 무모하고 어리석었다.

신승(神僧)의 그림자 235

그리고 항주 혈전의 결과는 그녀의 선택이 옳았음을 증명했다. 당문이 무림맹을 버린 결과 무림맹은 무너졌고, 당문은 태평맹이라는 이름으로 화려하게 도약할 수 있었다. 지금 무림은 바야흐로 태평맹과 영웅맹의 세상이 아닌가?

하지만 창룡검주라는 이름은 쉽게 사라지지 않았다. 자신의 간청에도 불구하고 지금 독선이 꼼짝하지 않고 있는 것이나, 빌어먹을 창룡지회가 모두 운현 때문에 발생한 것이 아닌가?

게다가 그 문제를 제외하더라도 이미 그는 지극히 위험한 불안요소다. 어쩌면 그는 당문의 비밀을 눈치챘는지도 모른다. 그런데 그런 그가 지금 이 태평맹 무림대회에 나타난 것이다.

그녀가 그토록 공을 들인 바로 이 대회에. 그 의도가 무엇이든 그것은 결코 그녀나 당문을 위한 것이 아닐 터이다. 태평맹은 무림맹의 피 위에 세워진 것이나 마찬가지기 때문이다.

"하아아."

그녀는 다시 한 번 길게 숨을 고르며 흥분했던 마음을 가라앉히려 노력했다.

자신은 군사다. 그것도 태평맹 대외총괄군사. 설령 전장의 한복판에서라도 침착함과 냉정함을 잃지 말아야 하거늘, 하물며 이런 일 정도로 흥분해서는 안 된다. 그러나 운현의 그 웃는 얼굴을 생각만 해도 피가 거꾸로 치솟는 것 같다.

"그렇게, 그렇게 기다리고 준비한 일이었는데."

빠드득.

당설련은 자신도 모르게 이를 갈았다. 그토록 자신이 기다리고 준비하던 일을 이렇게 단번에 엉망으로 만들어 버리다니.

"아냐, 흥분해서는 안 돼."

다시금 울분이 치솟는 것을 느끼며 당설련은 고개를 저었다. 또다시 감정에 휩쓸려서는 안 된다. 침착해야 하고, 냉정해야 한다. 당문의 눈꽃이 바로 자신이 아니던가?

이토록 심혈을 기울여 준비한 대회를, 운현 단 한 사람 때문에 엉망으로 만들 수는 없다. 대책을 세워야 했다. 주도권을 되찾아야 했다. 이 대회는 바로 그녀가 기획하고 그녀가 준비한, 그녀의 태평맹 무림용봉지회가 아니었던가?

"너……."

당설련은 무시무시한 눈빛으로 앞을 노려보기 시작했다. 마치 눈앞에 운현이 앉아 있기라도 한 것처럼. 그녀의 희고 고운 손이 채 숨기지 못한 분노로 인해 부들부들 떨리고 있었다.

* * *

당설련이 뒤도 돌아보지 않고 떠난 후, 운현은 책임자라는 중년인의 안내에 따라 대회장에 들어갔다.

귀빈석은 다른 좌석들과 조금 떨어진 곳에 있었고, 야트막한 높이의 간이 칸막이로 나뉘어져 있었다. 처음엔 아무도 운현이 들어오는 것을 신경 쓰지 않았지만, 대회의 시작을 기다리느라 지루했던 귀빈들은 곧 다른 참석자들의 얼굴을 확인하기 시작했다.

덜컹.

운현의 뒤에 서 있던 진예림은 근처의 다른 의자가 내는 거친 소리에 고개를 돌렸다. 귀빈석 저쪽 편에 앉아 있던 한 아가씨가 놀란 표정으로 이쪽을 바라보고 있었다.

이곳에 있는 사람들이 다들 그랬지만, 한눈에 보기에도 고급스러운 비단옷을 너무나 멋지게 차려입은 아가씨였다.

'또야?'

진예림은 눈살을 찌푸렸다. 사실 그녀가 운현의 호위 겸 수행원 역할을 맡게 된 것은 조관의 결정이었다.

'왜 하필 나예요?'라고 반항해 보기도 했지만, 그녀만큼 무림의 사정을 잘 아는 이가 없는데다가, 백운상 다음으로 무공 실력도 뛰어난 것이 사실이니 도무지 반박의 여지가 없었다.

결국 어쩔 수 없이 그녀는 운현의, 사실상 필요도 없는 호위 겸 수행원 역할로 이 대회에 함께 참석해야만 했다.

'뭐야? 다들…….'

진예림은 왜 이런 상황이 벌어지는지 도통 이해할 수 없었다. 처음 대회장에 들어오자마자 만난, 화사한 미소를 품고 사뿐사뿐 걸어오던 아름다운 아가씨는 운현의 얼굴을 본 순간 마치 귀신이라도 본 것 같은 표정이 되더니, 저 부잣집 금지옥

엽 같은 아가씨는 운현의 얼굴을 보자 자리에서 벌떡 일어서며 놀란 얼굴을 숨기지 않는다. 마치 전혀 예기치 못한 일에 갑자기 맞닥뜨린 사람처럼.

'게다가 더 웃긴 건……'

진예림은 운현을 내려다보았다. 게다가 더 이해할 수 없는 것은 운현의 반응이다.

"아!"

운현 역시 그 아가씨를 발견했는지 벌떡 자리에서 일어난다. 그리고는 아니나 다를까, 서슴없이 그녀에게로 다가간다.

'저 여자도 도망가는 거 아냐?'

운현의 뒤를 따르며 진예림은 속으로 중얼거렸다. 아까 그 아가씨 역시 운현이 아는 체를 했지만 인사도 제대로 받지 않은 채 뒤도 돌아보지 않고 사라져 버리지 않았던가? 그 사이, 어느새 다가간 운현이 정말 반가운 목소리로 인사를 한다.

"오랜만이오, 이 소저. 아니, 서연 누이."

운현은 반가운 기색을 숨기지 않으며 그녀에게 말한다. 어찌나 반가워하는지 자칫하면 덥석 손이라도 잡을 기세다. 하지만 상대편 아가씨는 여전히 놀란 그대로의 표정이다.

"우, 운 오라버니."

두 사람의 대화를 듣던 진예림의 이마에 주름이 잡힌다.

'이쪽은 또 누이에 오라버니야?'

아는 사람이 있으리라는 정도는 예상했다. 감찰어사 조관이 진작에 그녀에게 말해 준 바인데다, 운현 정도의 실력이라면 그 내로라하는 무림맹에서도 충분히 경외의 대상이 될 만하니까. 하지만 그녀들의 반응은 전혀 생각 외다.
 '무림맹에서 대체 어떻게 하고 다녔길래……'
 만나는 아가씨마다 아는 체를 하고, 게다가 그녀들의 이런 애매한 반응은 대체 무엇이란 말인가? 기뻐하는 것도, 그렇다고 두려워하는 것도 아닌 이런 반응이 말이다.
 "그간 잘 지냈소?"
 "아……. 네."
 갑작스러운 만남인 탓인지 그녀의 반응은 조금 더디다. 이제서야 그녀의 얼굴에 조금씩 미소가, 비록 의례적인 것이라 해도 돌기 시작한다. 진예림은 속으로 고개를 저었다.
 '정말 놀라긴 했나 보네.'
 운현의 과거 행실이 대체 어떠했기에 그러는지, 진예림은 정말 진지하게 궁금해지기 시작하고 있었다.
 "아영 누이는 잘 지내고 있소?"
 "아, 네."
 "형수님께서도 잘 계시오?"
 "네."
 평소의 그녀답지 않게, 이서연은 그저 간단한 대답밖에는 못하고 있었다. 그러나 옆에서 지켜보는 진예림은 그저 그녀가 수줍은 성격인가보다 라고 생각할 뿐이다.

"정말, 고맙소."

진심을 담아 고개를 숙이며, 운현은 그렇게 인사했다.

그것은 단지 시작에 불과했다. 태평맹 칠대세가의 주요 인사들이 차례로 귀빈석에 들어오기 시작하면서부터는 아예 들어오는 사람들마다 그대로 멈춰 서서 운현을 보며 놀란 모습을 감추지 않는다.

'이상하네.'

진예림은 고개를 갸웃했다. 이곳 귀빈석으로 올 정도라면 분명히 칠대세가의 중요한 사람들일 것이다. 그런데 이 무림에서 내로라하는 사람들이 운현을 볼 때마다 하나같이 놀란 얼굴이 되는 이유가 무엇일까?

아니, 그저 놀라는 정도만이라면 충분히 이해가 간다. 그런데 자리로 돌아가서도 노골적으로 이쪽을 주시하거나, 아니면 아예 고개를 돌려버리는 저 반응들은 대체 무엇을 의미한단 말인가?

'가장 마음에 걸리는 건……'

진예림은 살짝 눈살을 찌푸렸다.

'놀란 표정들이 대체 왜 저래?'

그 중에서도 가장 마음에 걸리는 것은 이것이었다. 대체 왜 운현을 보는 그들의 표정이 마치 귀신이라도 보는 것 같은 꺼림칙한 표정이 되는가 하는 것이다.

마치 무덤에 누워 있어야 할 사람이 살아 돌아온 것을 보는 것 같은, 그런 표정이 되는 이유 말이다. 게다가 그런 와중에도 운현은 사람들에게 꼬박 꼬박 정중하게 인사를 건네고 있다.
　"오랜만입니다."
　운현은 정중하게 예를 표하지만 상대의 반응은 앞서 사람들의 그것과 그다지 다르지 않다.
　"오, 오랜만이오."
　상대방은 어떻게 대해야 좋을지 알 수 없어 당황해하다가 미처 수습하지 못한 놀란 표정으로 그저 고개를 숙이는 둥 마는 둥하고는 화급히 자리를 피한다. 진예림은 운현의 귓가에 슬며시 고개를 가까이 한다.
　"잠깐만요."
　마치 소곤거리듯, 목소리를 최대한 낮춘 진예림이 말했다. 반대편에 안내인이라며 서 있는 태평맹의 예쁜 아가씨를 의식하는 것이다. 그녀 역시 진예림처럼 혼란스러워하고 있는 중이었다.
　"대체 사람들의 반응이 왜 저런 거죠?"
　운현은 진예림을 바라보며 싱긋 웃었다.
　"저들에게는 제가 지난 과거의 망령 같은 존재이기 때문이지요."
　"뭐라구요?"

진예림은 눈살을 찌푸리며 뾰족한 목소리로 말했다. 최대한 낮춘 작은 목소리였지만 그녀의 심경을 대변하기에는 충분하다. 운현은 싱긋 웃으며 다시 대답해 주었다.

"아니, 미안합니다. 사실은……."

운현은 자신을 바라보는 사람들의 시선을 하나 하나 돌아보며 이렇게 말했다. 웃음이 사라진 그의 목소리는 진중하고, 그리고 무거웠다.

"저들이 놀라는 이유는 아마 제게서 신승(神僧) 불영 스님의 그림자를 보고 있기 때문일 것입니다. 그들이 고개를 돌리고 다시 돌아보고 싶어 하지 않는, 지나간 과거의 망령 같은 그림자……, 말입니다."

그렇다. 신승 불영이라는 이름은 곧 무림맹을 상징한다. 그리고 운현은 신승 불영의 사제다. 그러므로 그들은 운현에게서 신승 불영과 함께 무림맹의 그림자를 보는 것이다. 처음부터 있지도 않았던 것처럼 여기며, 지금은 아예 입에 올리지도 않는 무림맹을 말이다.

그러나 진예림은 눈살을 찌푸린 채 고개를 갸웃했다. 언뜻 운현의 대답은 그녀의 질문에 답이 되는 듯하지만 정작 그녀의 의문을 해소시켜 주지는 못한다.

"그리고 저들은 제가……."

운현이 막 대답하려던 그때, 귀빈석으로 들어온 한 사람이 전혀 의외의 반응을 보였다.

"어이쿠, 이거 운 서기님 아니십니까?"
"아, 제갈 공자."
들어선 사람은 건장한 체구에 활달한 인상을 가진 사내였다. 그는 다른 사람들과 달리 운현을 보자마자 대뜸 손을 붙잡고 반가워한다.
"어이구. 이게 얼마 만입니까, 운 서기님? 아니, 이젠 서기가 아니지요? 하하하."
"만나서 반갑습니다. 제갈 공자."
운현 역시 반가움을 숨기지 않는다.
"여기까진 대체 어쩐 일이십니까?"
그는 아주 자연스럽게 운현에게 물었다. 운현 역시 당연한 듯 대답한다.
"대리인으로 참석하게 되었습니다."
"대리인이라면…… 혹시 전권 대리인? 그 박 공공의……."
"그렇습니다."
"어이쿠, 이거 엄청나게 출세하셨군요."
그는 과장된 동작으로 짐짓 놀랐다는 듯 말한다.
"제갈 공자께서는……."
"저 말입니까?"
그는 운현의 질문에 싱글거리며 대답했다.
"쓸데없이 이름만 거창한 대내총괄군사랍니다. 하하하."
'대내총괄군사? 제갈세가의 제갈기호!'

진예림의 눈이 반짝 빛난다. 앞에서 유쾌하게 운현과 떠들고 있는 사람이 바로 태평맹 대내총괄군사 제갈기호다. 쓸데없이 이름만 거창한 것이 아니라, 사실상 태평맹 실무의 절반을 장악한 것이나 다름없는 직위가 아닌가?

운현은 제갈기호와 한동안 인사를 나누었다. 두 사람은 마치 오랜만에 만난 친구인 양 스스럼없이 대화를 나누었고, 제갈기호는 웃는 낯으로 운현에게 인사를 해보이고는 곧 다른 사람들과 활달하게 인사를 나눈다. 아마도 귀빈들에게 인사를 하기 위해 이곳에 온 듯했다.

"친해 보이는군요?"

진예림이 자리로 돌아온 운현에게 소근거린다. 운현은 싱긋 웃었다.

"힘든 여정을 오랫동안 같이 한 사람입니다."

북해까지의 여정은 결코 쉽다거나 짧다고 말할 수 있는 것이 아니었다. 그렇게 네 사람이 마차에 의지하여 북해로 갔던 그날들이 문득 아련한 추억처럼 되살아난다.

"말을 돌리지 말고, 확실하게 말해 줘요."

진예림의 뾰족한 목소리에 운현은 문득 상념에서 깨어났다.

"아, 미안합니다. 그는……."

"그게 아니라."

진예림은 운현의 눈을 똑바로 쳐다보며 물었다.

"왜 사람들의 반응이 저런 거예요?"

그녀의 질문은 제갈기호에 대한 것이 아니었다. 지금도 이곳으로 향하고 있는 시선들을 다시 한 번 돌아보고, 운현은 진예림의 귓가에 작은 소리로 속삭이듯 말했다.
"제가 창룡검주라는 것을 알고 있기 때문입니다."
"네?"
무슨 이상한 말을 들은 사람처럼 진예림의 표정이 살짝 일그러진다.
"지금 뭐라고 했죠? 당신이 창룡검주를 알고 있다구요?"
운현은 천천히 다시 한 번 그녀의 물음에 답해 주었다. 이번에는 손까지 올려서 그녀의 귀에 바짝 가져다 대고서.
"그게 아니고, 제가 바로 창룡검주입니다."
진예림은 어이가 없다는 표정을 지었다. 영웅맹에 맞설 자는 오직 그뿐이라는, 장강을 울리고 있는 소문의 주인공이 바로 눈앞에 있는 것이다.
"말도 안 돼……."
자신도 모르게 그렇게 중얼거렸지만, 그녀는 직관적으로 알 수 있었다. 지난 철혈사왕 염중부의 일로부터 지금까지의 모든 일들이 순식간에 하나로 맞물리며 분명한 모습을 드러낸다. 지금 운현은 진실을 말하고 있다. 그가 바로 창룡검주였다.
진예림의 얼굴은 점차 경악으로 물들어가기 시작했다. 그때 그녀의 표정은, 운현을 발견한 다른 사람들의 반응과 똑같았다.

제8장
사람 사이에 소중한 것

 막 귀빈석으로 들어서려던 모용미는 낯익은 얼굴을 발견한 순간 그대로 멈춰서고 말았다.
 그 낯익은 얼굴은 옆에 있는 누군가와 이야기를 나누고 있었는데, 자연스러운 그 모습이 더더욱 있을 리가 없는 광경처럼 느껴져서 자신이 착각을 하는 것이 아닌가 생각할 정도였다. 하지만 그 낯익은 얼굴은 곧 모용미를 발견하고는 환하게 웃는 얼굴로 다가왔다.
 "모용미 소저."
 운현은 미소 짓고 있었다.
 "무사하셨군요. 다행입니다."

그러나 모용미는 아무 말도 하지 못하고 있었다. 운현의 인사에 반응한 것은 조금 뒤늦게 따라오던 대제자 모용진이다.

"운 대인!"

모용진은 다른 사람의 시선을 아랑곳 않고 놀란 얼굴로 운현을 크게 부른다.

"운 대인!"

그는 단숨에 운현에게로 달려와 두 손을 붙잡았다.

"무사하셨군요. 운 대인."

"모용 대협도 무사하셨소?"

운현은 모용진의 손을 마주잡고 웃는 낯으로 말한다.

"그간 어찌 지내셨습니까? 혹 다치신 곳은 없습니까?"

모용진이 걱정을 가득 담은 목소리로 묻자 운현은 고개를 젓는다.

"저는 괜찮습니다."

대답하던 운현은 문득 자신을 쳐다보는 모용미의 시선을 느꼈다.

"소저."

"살아…… 계셨군요."

모용미는 운현을 향해 나지막한 소리로 말했다. 그녀의 목소리가 가늘게 떨려 나온다.

"살아 계셨어요. 그런데, 그런데 어째서……."

할 말이 너무 많다. 묻고 싶은 것도 너무나 많다. 그날 철혈사왕 염중부 앞에 그를 홀로 남겨두고 떠나오면서 얼마나 마음을 졸였던가? 그를 사지(死地)로 몰아넣은 것이 자신인 것만 같아서, 행방을 알 수 없다는 소문에 며칠 밤을 걱정으로 지새웠던가?

이렇게 멀쩡히 있었다면 어째서 그동안 소식 한 번 전하지 못했냐고 묻고 싶었다. 힘들지는 않았냐고, 다친 곳은 없냐고 물어보고 싶었다.

그러나 한꺼번에 북받쳐 오르는 감정에 그녀는 그만 말을 잇지 못한다. 결국 그녀의 눈에서 눈물이 반짝이고, 모용미는 손을 들어 입을 가린다.

그 한 방울의 눈물이 그녀의 마음을 전해 주었다. 운현은 가슴 가득 밀려오는 미안함과 정을 느끼며, 고개를 숙여 사과했다.

"미안하오. 소저."

"아니에요."

감정을 수습한 모용미가 고개를 들며 말했다. 하지만 그녀의 눈가는 아직도 촉촉이 젖어 있었다.

"사과하실 필요는 없어요. 제게 무슨 권리가 있는 것도 아니니까요."

모용미는 매몰차게 돌아섰다. 그리고 아무렇지 않은 듯 그녀는 자신의 자리를 향해 발길을 옮긴다. 하지만 그녀의 어깨가 가늘게 떨리고 있다는 것을 운현은 알 수 있었다.

"후우."

모용진이 모용미의 뒷모습을 보며 긴 한숨을 내쉰다. 아무래도 모용미가 단단히 삐친 듯싶다. 그럴 수밖에 없을 것이다. 당장 자신만 해도, 그간 소식을 전하지 않은 운현에 대해 가슴 한켠에 서운한 마음이 들지 않는 것은 아니니까. 하물며 그렇게 염려했던 모용미야 어떠하랴.

"죄송합니다, 운 대인. 누이가 말은 저렇게 해도 그간 운 대인을 많이 걱정했답니다."

"죄송합니다."

운현은 고개를 숙였다. 그저 반갑다는 말과 미안하다는 말밖에는 할 수가 없었다.

"아니, 아닙니다. 저는 그저…… 어쨌든 이렇게 무사하시니 정말로 다행입니다."

모용진은 운현의 손을 붙들고 말했다.

"저희는 태평맹에서 마련한 숙소에 머물고 있습니다. 사람을 통해 기별을 넣어주시면, 저희가 찾아뵙도록 하지요. 아버님께서도 무척 기뻐하실 것입니다. 상아도 마찬가지구요."

운현은 고개를 끄덕였다.

"헌데, 독고 대협은……."

모용진은 독고랑을 찾는 듯 주위를 두리번거린다. 운현이 있는데 독고랑이 없을 리가 없다고 생각한 듯하다.

"그는……."

말해야 하는데, 차마 입이 떨어지지가 않는다. 그런 운현의 모습에 모용진도 심상찮은 기색을 알아차렸다.
 "설마……."
 운현은 입술을 깨물었다. 부인하지 못하는 그 모습에 모용진의 얼굴에 그늘이 내려앉는다.
 "그렇군요."
 모용진도, 운현도 잠시간 말을 잇지 못했다. 그러나 모용진은 곧 감정을 수습하고는 운현에게 말한다.
 "혹 도울 일이 있다면 언제든지 말씀해 주십시오."
 굳게 손을 잡으며 모용진이 말했다. 꼭 기별을 넣어 달라고 다시 한 번 당부한 후, 그는 자신의 자리로 향했다. 모용미가 그를 기다리고 있을 터이기 때문이다. 운현과 무슨 이야기를 나누었는지 아마 한 마디도 빠짐없이 말해 주어야 할 것이었다.
 그를 보내고 자기 자리로 돌아오려던 운현은, 막 들어오는 또 다른 사람들을 발견하고 걸음을 멈췄다.
 "어머, 운 오라버니!"
 "운 학사님!"
 오라버니라 부른 사람은 이미 서안에서 만난 적이 있는 황보선혜였다. 그리고 운 학사라 부른 사람은 파진한이다. 황보선혜는 그저 놀라는 척만 하고 있을 뿐이었지만, 파진한은 정말로 놀라고 있었다.
 "운 학사님! 이게 어찌된 일입니까? 무사하셨습니까?"

파진한은 놀란 표정을 숨기지 않으며 운현에게 연이어 말을 쏟아낸다.

"파 대협도 무사하셨습니까?"

"저는 괜찮습니다. 아니, 그보다 그동안 어디 계셨습니까?"

운현은 웃음으로 답했다. 파진한은 한동안 운현 앞에서 놀란 기색을 감추지 않았지만, 황보선혜는 여유로운 표정으로 운현에게 공손히 예를 표했다.

"반가워요, 운 오라버니."

운현은 그녀에게 마주 예를 표한다.

"감사합니다. 황보 소저."

그것은 황보선혜가 운현의 부탁을 지켜준 것에 대한 감사였다. 그녀는 운현에 대한 것을 파진한에게도 말하지 않은 것이 분명했다.

"안색이, 좋지 않아 보이시네요?"

황보선혜는 손을 들어 운현의 얼굴을 만지려다가 문득 손을 멈춘다.

"아, 죄송해요. 제가 그만……."

"아닙니다. 걱정해 주셔서 고맙습니다."

운현은 정중하게 말했다. 그렇게 인사를 나눈 두 사람이 자리로 돌아가고, 마지막으로 운현 앞에 선 사람은 바로 혁련세가의 혁련필이었다.

"반갑습니다, 혁련 대협."

운현은 여전한 미소와 함께 혁련필에게 인사했다. 사실 두 사람의 관계는 그리 좋은 편이라고는 할 수 없었다.

무림맹에서는 칼부림이라도 날 것 같은 상황까지 간 적이 있지 않은가? 운현은 운현 나름대로, 그리고 혁련필은 혁련필 나름대로 서로를 경멸하고 있었으니까. 그러나 항주 혈사를 통해, 그들은 서로를 조금이나마 다시 볼 수 있었다.

"당신에게는…… 감사하고 있소."

무뚝뚝한 어조로, 혁련필은 말했다. 그는 짐짓 운현에 대한 자신의 격동을 감추고 있었다.

"혁련 가주께서는 무사하십니까?"

당시, 혁련세가의 가주가 중상을 입고 있었던 것을 운현은 기억해냈다. 혁련필은 잠시 침통한 표정을 짓더니 짧게 대답했다.

"치료중이시오."

"그렇군요. 쾌유를 빕니다."

혁련필은 큰 걸음으로 운현을 지나쳐 갔다. 자리에 앉아서도 그는 한 번도 운현을 돌아보지 않았다.

"휴우."

운현은 자리에 앉으며 긴 한숨을 내쉰다.

"어떻게 된 게, 온통 고마운 사람들과 미안한 사람들뿐이로군요."

바로 뒤에 서 있는 진예림에게 운현이 웃으면서 말했지만

사람 사이에 소중한 것

진예림의 대꾸는 없었다. 평소 같으면 '줄줄이 오는군. 자기가 무슨 대회를 치르는 주인장이라도 되는 것 같잖아?'라며 속으로라도 빈정거릴 그녀였겠지만, 지금은 도저히 그럴 수가 없었다. 사람 좋은 미소를 지으며 눈앞에 앉아 있는 이 사람이, 다름 아닌 창룡검주였기 때문이다.

어색하게 굳어 있는 사람은, 본래 운현의 옆에 앉아 재잘거리며 태평맹에 대해 설명을 해주고 있어야 할 안내인 아가씨도 마찬가지였다.

자신이 소개를 해주고 설명을 해주어야 할 텐데, 먼저 서로를 알아보는데다가 심상치 않은 분위기까지 연출하고 있으니 도저히 끼어들 자신이 없어서였다. 당문에서도 가려 뽑은 그녀는, 적어도 분위기가 어떻게 돌아가는지 모를 정도로 둔하지는 않았다.

이리저리 얽히는 시선, 노골적인 외면과 주시 속에, 대회 시작 전부터 귀빈석에는 심상치 않은 공기가 흐르고 있었다. 지금 이곳에서 느긋하게 있는 사람은 오직 운현뿐이었다.

태평맹 무림용봉지회의 시작을 알리는 행사는 화려하고 엄숙하면서도 성대하게 진행되었다. 태평맹이 준비한 행사들은 매 순서마다 사람들의 찬탄을 자아내었고, 모두들 태평맹의 힘과 위상을 피부로 느낄 수 있을 정도였다.

그러나 태평맹 칠대세가의 가주들이 위치한 자리와, 귀빈들을 위해 따로 마련한 귀빈석에서는 전혀 다른 공기가 흘렀다. 비록 노골적으로 티를 내지는 않았지만, 칠대세가의 가주들과 가주대행으로 참석한 사람들은 눈살을 찌푸리거나 혹은 미소를 지으며 귀빈석에 있는 한 사람을 힐끔거렸다.

 귀빈석에서는 그것이 더 노골적이어서, 아예 외면하거나 혹은 끝까지 시선을 주시하는 사람들도 있었다. 어느 쪽이건, 그들의 이목을 모은 것은 태평맹 무림대회가 아니라 바로 아무렇지도 않은 표정으로 귀빈석에 앉아 있는 한 사람이었다.

 그리고 행사가 끝날 때까지 그에게서 시선을 떼지 않은 사람들 중에는, 태평맹 대외총괄군사인 당문설화 당설련도 끼어 있었다.

*   *   *

"아무것도 없어?"

 첫날의 행사가 끝나자마자 당설련은 긴급회의를 소집했다. 눈을 치켜뜬 당설련의 추궁에 수하는 급히 고개를 숙이며 말했다.

"죄송합니다. 상대가 관원인 이상 아무래도 알아볼 수 있는 것에 한계가……."

"수행원이라고 데려온 사람이 있잖아! 그녀에 대해서라도 알아보란 말이야."

그러나 수하는 고개를 젓는다.

"그녀는 이름조차 적지 않았습니다. 지금으로서는……."

당설련은 입술을 깨물었다. 이런 일은 그저 닦달한다고 되는 일이 아니다.

"어디에 묵고 있는지는 알아보고 있나?"

"네. 지금 끈을 달았으니 곧 보고가 들어올 것입니다."

"박 공공과의 관계는?"

"일전에 대리인의 신상에 관해 은밀히 알아보라 하신 대로, 지금 조사를 진행하고 있는 중입니다. 하지만 그에 대해 전혀 알려진 바가 없어 난항을 겪고 있습니다. 게다가 저희가 정치, 관료계에 대해서는 자체적인 정보 수집 체계가 갖추어져 있지 않은 터라……."

정치, 관료계에 대한 태평맹의 지식 기반은 주로 친분 관계를 맺은 소수의 관료들에게 의지한다. 차기 정권의 실세라 할 수 있는 박 공공에 대한 단서도 그들로부터 얻은 것이다.

그러니 구체적인 조정의 일이나 정치, 관료계의 인물에 대해서는 태평맹이 접근할 수 있는 정보에 한계가 있을 수밖에 없었다.

"흠."

당설련은 손가락으로 탁자를 가볍게 두드리며 생각에 잠겼다. 충격으로 인한 흥분을 가라앉히고 나니 보다 냉정한 관점에서 상황을 바라볼 수 있었다. 박 공공의 전권 대리인이 운현이라는 것은 충격적인 사실이고, 그가 태평맹에 대해서 좋은 감정을 가지고 있을 리 없다는 것도 그다지 좋은 상황은 아니다.
 "하지만, 어차피 바뀌는 것은 없어."
 그녀의 말 그대로였다. 큰 그림으로 보자면 어차피 바뀌는 것은 없다. 세상은 여전히 태평맹과 영웅맹의 세상이고, 관이 손을 잡고자 한다면 가능한 대상은 오직 태평맹뿐이다.
 "문제는……."
 당설련은 희고 고운 그녀의 손가락으로 살짝 이마를 짚었다. 문제는 운현의 출현이 칠대세가의 사람들에게 어떤 영향을 끼칠 것이냐 하는 것이다.
 그들은 분명히 운현을 예전 무림맹과 동일시할 것이 뻔하다. 강호 무림에 나돈다는 '영웅맹에 맞설 수 있는 사람은 창룡검주뿐이다'라는 소문은, 보통 사람들에게는 그저 창룡검주가 철혈사왕 염중부와 맞설 정도로 대단하다는 뜻으로만 들리겠지만 칠대세가 혹은 예전 무림맹 십팔대 세가들에게는 조금 다른 의미를 지닌다.
 그것은 곧 무림맹의 정통성을 잇는 사람이, 신승 불영의 사제라고 인정받은 단 한 사람, 즉 오직 창룡검주 운현 단 한 사람뿐이라는 의미를 가지는 것이다.
 오늘만 해도 많은 사람들이 운현에게서 신승 불영의 그림자를 보았을 것이다. 이미 죽어 재가 되어 버린 사람이 아직도 그들 가운데 살아 돌아다니고 있는 것이다.

"혹, 일부 바보 같은 것들이 그를 충동질하기라도 한다면……."

신승 불영의 사제이자, 반(反) 영웅맹의 상징처럼 되어 있는 창룡검주를 중심으로 세력이 결집되기 시작한다면 태평맹으로서는 그보다 더 골치 아픈 일이 없게 된다. 그렇지 않아도 창룡지회라는 것들이 나대는 현실이 아닌가?

영웅맹과 태평맹의 세상이 창룡검주라는 새로운 축을 중심으로 재편된다면 태평맹으로서는 결코 반갑지 않은 일이다. 창룡검주로 인해 최대의 피해를 입는 것은 다름 아닌 태평맹이 될 터이기 때문이다.

"대체 무슨 의도를 가지고 있는 거지?"

요는 운현의 의도다. 그가 대체 무슨 생각을 가지고 있는가에 따라 많은 것이 달라질 것이다. 문제는 그것을 짐작할 수가 없다는 것이다.

그렇다고 무조건 만나서 이야기를 하는 것도 꺼림칙하다. 상대를 모르고 무작정 만나는 것은, 적어도 당설련에게는 빈손으로 전쟁터에 나가는 것과 마찬가지니까. 게다가 상대는 작은 실수도 용납되지 않는 중요한 상대가 아닌가?

"으음."

톡, 톡, 톡.

당설련이 탁자를 두드리는 소리는 그로부터 한동안 계속 이어졌다. 그리고 그녀의 고민은 깊어가기만 했다.

*   *   *

 첫날 태평맹 대회가 끝나고 돌아가던 모용미는 숙소에 들어서지 못하고 발걸음을 멈춰야 했다. 결코 잘못 볼 수 없는 사람의 모습이 그녀를 기다리고 있었기 때문이다.
 "운……."
 "운 대인!"
 그녀의 뒤편에서 놀란 모용진의 목소리가 들렸다. 그리고 그녀를 기다리고 있던 사람, 운현은 고개를 숙여 보이며 인사를 건넨다.
 타닥.
 모용진이 운현에게 달려가고, 모용미는 잠시 멈췄던 발걸음을 다시 옮겼다. 어느새 모아 쥔 자신의 두 손이 가늘게 떨리는 것이 느껴졌다.
 자박 자박.
 벌써 운현 앞에 다다른 모용진은 운현과 못다 한 인사를 나누고 있었다. 웃는 운현의 얼굴이 유독 가슴 시리게 그녀의 눈에 들어왔다.

 또르륵.
 찻잔이 채워지며 향긋한 차향이 방 안을 감돌기 시작한다. 모용미는 손수 차를 따라 운현에게 건네주었다.

"향이 좋군요."

운현이 찻잔을 받으며 대답한다. 그러나 모용미는 사뭇 사무적인 어조로 대답했다.

"진 오라버니께서 할아버님을 모시고 올 거예요. 아마도 오래 걸리지는 않을 테니 잠시만 기다려주세요."

모용세가의 가주인 관일검 모용단천은 아직 대회장에서 돌아오지 않고 있었다. 때마침 모용상아도 숙소를 비워 공교롭게도 남아 있는 사람은 모용미와 운현 단 둘뿐이다.

달칵.

운현에게 찻잔을 건넨 후, 모용미는 맞은편에 앉았다. 사실 손만 뻗으면 서로 닿을 듯 작은 탁자였기에 굳이 일어날 필요까지는 없어 보였지만, 모용미는 자리에서 일어나 엄격하게 격식을 차린 모습으로 차를 대접했다. 어쩌면 다분히 거리를 두는 것 같은 행동이다.

그녀 앞에도 뜨거운 김을 피워 올리는 한 잔의 차가 놓여 있었다. 일견 냉랭한 표정으로 모용미는 아무 말 없이 찻잔을 들어올린다.

그런 분위기에다, 이미 자신이 그녀에게 실망을 준 것을 아는지라 운현은 차마 먼저 말을 걸지 못하고 다만 눈치만 살피고 있었다.

얼마나 시간이 흘렀을까? 곧 온다던 모용진은 소식도 없고, 벌써 차 한 잔이 비워졌는데 아직도 숙소에는 두 사람뿐이다.

그것도 아무 말 없는 두 사람. 이 정도면 답답해서라도 진작 대화를 시작할 법한데도, 모용미는 절대 먼저 말문을 열지 않았다.

'하아.'

아까부터 운현이 자신의 눈치만 살피고 있다는 것을 모용미는 이미 알고 있었다. 이런 상황에서 어찌 모를 수 있을까? 하지만 모용미는 그런 운현의 모습에 오히려 더 가슴이 답답해진다. 아니, 솔직히 말하면 왜 저러고 있는지 화가 날 정도다.

사실 따져보면 오히려 화를 내야 할 것은 운현이 아닌가? 그 죽음의 땅에서 목숨을 건져 돌아온 것만으로도 천운일 터인데, 자신은 그저 소식을 전하지 않았다고 투정을 부리고 있는 셈이니 말이다.

그러나 머리로는 이해하고 있음에도, 틀어진 마음은 쉽사리 돌아서려 하지 않는다. 그것이 그저 어린아이와 같은 유치한 투정일 뿐이라고 알고 있음에도 말이다.

"더 하시겠어요?"

문득 들려오는 모용미의 물음에 운현은 주저하며 대답했다.

"아, 네."

살짝 한숨을 내쉬고, 모용미는 자리에서 일어나 부드러운 몸짓으로 차를 따른다. 찻잔은 금방 다시 채워지고, 두 사람은 다시 침묵 속에 마주 앉았다.

"그동안……."

결국 찻잔을 매만지던 모용미가 나지막한 한숨과 함께 먼저 침묵을 깼다.

"어떻게 지내셨어요?"

모용미가 말을 걸자 운현의 얼굴이 금세 반색이 된다.

"아, 저는……."

하지만 운현의 표정은 금방 다시 가라앉았다.

"잘…… 지냈습니다."

잘 지내지 못했을 것이다. 잘 지냈을 리가 없다. 그래도 그렇게 대답할 수밖에 없으리라. 모용미는 운현의 표정에 왜 그늘이 졌는지 알고 있었다.

"독고랑 대협께서…… 돌아가셨다지요?"

운현은 희미하게 슬픈 미소를 지으며 고개를 끄덕였다.

"죄송해요. 저희 때문에……."

모용미는 뻔한 말밖에 하지 못하는 자신이 원망스러웠다. 죄송하다니, 그런 말밖에 하지 못하다니. 하지만 그 말 외에 대체 어떤 말을 더 할 수 있을까?

"아니, 아닙니다."

운현은 고개를 저었다.

"그건 저 때문입니다."

"그렇지 않아요."

모용미는 운현의 슬픈 목소리에 자신도 모르게 말했다.

"그건 자책이에요. 독고 대협을 죽인 사람은, 운 대인이 아니잖아요."

"그렇습니다."

운현의 대답에 모용미는 힘주어 말했다.

"그래요. 그러니 운 대인께서 자책하실 필요는 없어요."

"하지만 그것은."

운현은 조용한 목소리로 말을 이었다.

"공정한 재판관의 냉철한 판단일 뿐이지요."

"네?"

모용미는 자신도 모르게 반문했다. 운현의 목소리가 이어졌다.

"애초에 독고 대협은 강호 무림에 아무것도 기대하지 않았습니다. 한 자루 검으로 선 사람이니, 타인의 검에 죽는 것도 충분히 각오하고 있던 사람이지요. 그런 그가 발견한 유일한 의미가 바로 저라고 했습니다."

그랬다. 독고랑은 삶과 죽음에 의연했고, 한 자루 검과 같이 살던 사람이었다.

"독고 대협의 가슴에 칼을 꽂는 사람이 그 누구더라도, 그는 상관하지 않았을 것입니다. 처음부터 아무것도 기대하지 않았으니까요. 천하 모든 사람이 그를 버리더라도, 그는 상관하지 않았을 것입니다. 하지만……."

운현의 말이 잠시 멎었다. 가슴속 격동을 이기지 못하는 듯, 담담하던 그의 목소리가 흐트러진다.

"하지만 저는 그래선 안 되었습니다. 저만은 그래선 안 되었습니다. 그런데 결코 그러지 말아야 할 제가 그를 버렸습니다. 그러므로 그의 죽음에 가장 큰 책임을 가진 사람은 바로 저입니다. 독고 대협은……."

운현의 목소리는 완연히 떨리고 있었다. 탁자 위에서 꽉 움켜쥔 그의 두 손에 힘줄이 돋는다.

"바로 저 때문에 죽은 것입니다."

모용미의 눈동자가 떨렸다. 슬픈 그의 모습에 가슴이 메고, 자신도 모르게 손을 뻗어 그를 잡아주고 싶었다.

"운 대인……."

그러나 그녀의 손은 그저 작은 움직임을 보였을 뿐, 운현의 손을 잡지 못했다. 지금이라도 손을 뻗으면 운현의 저 고통스러워하는 손에 닿을 수 있으련만, 괴로워하는 그에게 자그마한 온기라도 전해줄 수 있으련만. 조금밖에 안 되는 그와의 거리가 마치 건널 수 없는 단애(斷崖)와도 같이 느껴졌다.

"하지만."

모용미의 손이 멈칫하고, 운현은 감정을 추스르듯 말한다.

"더 이상 제 잘못에 사로잡혀 있지는 않을 것입니다. 저는, 해야 할 일이 있으니까요."

운현의 말에 모용미의 눈에 불안이 스쳐 지나간다.

"혹시……, 복수인가요?"

자조적인 미소와 함께 운현은 고개를 저었다.

"복수를 해야 한다면, 제가 가장 먼저 그 대상이 되어야겠지요."

운현은 말했다.

"복수는 하지 않습니다. 그것은 독고 대협의 희생을 오히려 모욕하는 짓입니다. 그는 결코 그것을 바라지 않을 것입니다. 제가 피에 젖어 살라고 그가 목숨을 던진 것은 아니니까요."

운현의 눈동자는 결의에 차 있었다. 그렇다. 독고랑이 결코 복수를 바라지 않을 것임은 지금도 분명히 확신하는 바다. 복수 같은 어리석은 짓으로 그의 죽음을 더럽힐 수는 없다.

확고한 그의 대답에 모용미는 가늘게 안도의 한숨을 내쉬었다. 만에 하나라도 운현이 원한에 사로잡혀 복수귀와 같은 모습이 되는 것은, 꿈에서라도 결단코 보고 싶지 않은 모습이었기 때문이다.

"그러면 무엇을……."

"그것은……."

운현은 잠시 말을 멈췄다. 무언가 적당한 표현을 찾는 것 같은데, 뜻대로 되지 않는 듯한 모습이었다.

"글쎄요. 이렇게 말하면 좀 이상할지도 모릅니다만."

운현은 나지막하게 말했다.

"고마운 사람에게 고맙다고 말을 하고, 미안한 사람에게 미안하다고 말을 하는 것입니다."

'아.'

모용미는 왜 운현이 숙소 앞에서 자신을 기다리고 있었는지, 그제야 알아차렸다.

  그는 사과하러 온 것이다. 자신이 보였던 그 행동 때문에, 그것이 마음에 남아서 이렇게 찾아온 것이다. 걱정을 끼쳐서 미안하다고, 그렇게 말하려고 말이다.

  '바보 같은……'

  가슴이 먹먹하다. 그녀는 고개를 숙였다. 젖어드는 눈가를 그에게 보이고 싶지 않았기 때문이다.

  "이렇게 제가 찾아오는 것이 태평맹의 괜한 오해를 불러일으킬 수 있다는 것도 잘 알고 있습니다만, 그래도 꼭 말하고 싶었습니다."

  아무 말도 못하고, 모용미는 그저 고개를 숙인 채 그렇게 운현의 말을 듣고 있었다.

  "걱정을 끼쳐서 미안합니다. 그리고, 고맙습니다."

  모용미는 대답하지 않았다. 대신 이렇게 물었다.

  "무엇이 그렇게 미안하죠?"

  떨리는 그녀의 목소리에 운현의 눈동자에 이채가 스친다. 모용미는 고개를 들고 운현을 바라보았다. 붉어진 그녀의 눈시울이 유독 운현의 눈에 들어온다.

  "소식을 전하지 않아서 걱정하게 했다는 건가요? 아니, 그건 당신이 사과할 일이 아니에요."

  모용미는 작게 고개를 저으며 말했다.

"무엇이 그렇게 고맙다는 거예요? 당신이 해준 일에 비하면, 그건 아무것도 아닌데. 정말 사과를 받아야 할 사람은, 정말 고맙다는 말을 들어야 하는 사람은……."

또륵.

한 방울 눈물이 그녀의 눈동자에서 흘러내린다.

"바로 당신이잖아요."

운현은 고개를 숙였다. 기대하지 못한 그녀의 말에 그만 가슴이 먹먹해져서, 금방이라도 눈물이 나올 것만 같았다. 떨리는 목소리로, 운현은 대답했다.

"고맙습니다."

운현은 한 손을 들어올려 자신의 눈을 가렸다. 그러나 숨기지 못한 한 줄기 눈물은 그의 손 아래로 흘러내린다.

"고맙습니다."

나지막하게 떨리는 그의 목소리가 다시 한 번 모용미의 귓가를 울릴 때, 모용미는 자신도 모르게 손을 뻗었다. 그리고 다음 순간, 그녀의 손은 운현에게 가 닿아 있었다.

'아!'

그녀의 하얀 손가락이 지극히 조심스러운 듯, 위태하게 운현의 손에 가 닿아 있었다. 당장이라도 사라질 듯 아주 작은 온기가 그 손끝을 통해 전해져 온다. 결코 손을 잡았다고는 할 수 없는 그런 모습이었지만, 지금으로서는 이것이 그녀의 한계였다.

그래도 모용미는 만족했다. 전해지는 것은 아주 작은 온기에 불과했지만, 두 사람의 마음을 따뜻하게 하는 데는 충분한 것이었으니까. 아무 말 없이, 두 사람은 한동안 그렇게 앉아 있었다.

*　　　*　　　*

"이게, 무슨 일입니까?"

혜천은 눈살을 찌푸리며 말했다. 영호준은 어깨를 으쓱한다.

"글쎄요? 저도 잘 모르겠습니다만, 뭔가 큰…… 회합이라도 가지나 봅니다."

"회합이요?"

혜천의 눈앞에 보이는 광경은 회합이라는 말과는 묘하게 거리가 있었다. 하지만 많은 사람들이 모여 있으니 회합이라 해야 할 것이다.

비록 술과 기름진 음식이 그들 사이에 넘쳐나고, 폭력과 욕설이 난무하며, 대낮부터 낯 뜨거운 희롱이 벌어지고 있다 해도 말이다.

"설마 이들이 늘 이렇게 지내는 것은 아니겠지요?"

"그럴 리는 없겠지요."

영호준은 영웅맹 무한 지부의 안쪽을 슬그머니 살펴본다.

지금 그들이 앉아 있는 기루는 무한에서도 유일하게 영웅맹 지부 앞에 위치한 기루였다.

이 기루의 3층에서는 영웅맹 내부가 한눈에 들어와, 평소에는 영웅맹 지부 간부들의 전용 공간이라 해도 과언이 아닐 만한 장소였다. 하지만 오늘만은 기루가 텅텅 비어 있었다. 지키는 사람이라곤 뚱뚱한 점소이 한 명뿐이다.

"보아하니 특별히 연회 같은 것을 열고 있는 것 같은데, 조금 이상하군요."

"이상하다?"

영호준은 영웅맹 부근을 손가락으로 가리켰다.

"보통 대낮부터 저런 연회를 연다면 무슨 회합이나 대회 같은 경우인데, 그렇다면 당연히 그 주변도 사람들로 북적여야 정상입니다. 헌데……."

혜천은 영호준이 무슨 말을 하는지 알아차렸다. 영웅맹 무한 지부 근처가 휑하니 비어 있었던 것이다. 오가는 사람도 없고, 상점들의 문도 모두 닫혀 있었다.

"그들만의 잔치……입니까?"

귀를 쫑긋하고 듣고 있던 진하성이 말한다. 그러나 영호준은 고개를 갸웃했다.

"그렇긴 한데, 조금 이상한 게 있어. 저기 문을 닫은 상점들을 보면 평소에는 이곳도 꽤나 사람들로 북적이고 있었다는 것을 알 수 있지. 그리고 이곳은 무려 영웅맹 무한 지부란 말

사람 사이에 소중한 것 271

이야. 이유야 어쨌건 사람들이 끊임없이 드나들어야 정상이라고."

"그럼 이유가 뭘까요?"

"알아보자!"

영호준은 큰 목소리로 아래층을 향해 외쳤다.

"이봐! 여기 요리 대여섯 개하고 술 좀 고급으로 몇 병 가져다주게! 아, 그리고 소채도 잊지 말고!"

혜천의 눈살이 대번에 찌푸려진다.

"대낮부터 술입니까?"

"기다려 보십시오."

영호준은 씨익 웃었다.

"월척을 낚으려면, 미끼를 듬뿍 풀어야 하는 법이랍니다."

잠시 후, 뚱뚱한 점소이가 음식을 잔뜩 들고 나타났다. 영호준은 대뜸 음식을 칭찬하며 지배인을 만나고 싶다고 했다. 물론 점소이의 주머니에 동전 몇 푼을 찔러주는 것도 잊지 않았다.

점소이가 중년의 지배인을 데려오자 영호준은 익숙한 솜씨로 그에게 합석을 권유하고, 그렇잖아도 손님 하나 없이 텅 빈 기루에 기분이 상해 있던 지배인은 에라 모르겠다는 심정으로 그들과 합석했다.

그렇게 술이 몇 순배(巡杯) 돌고 난 후, 만취한 지배인은 영호준의 의도에 따라 있는 말 없는 말을 전부 뱉어내기 시작했는데, 그의 말을 요약하면 '날강도 같은 영웅맹 놈들이 다 털어갔다' 는 이야기였다.

"보호비? 평소에…… 꺼억. 꼬바악 꼬박, 꼬박 꼬박 아주 자알 냈지. 게다가 여긴 지부 간부들이 자주 오거든? 그니까 용돈도 자주 집어줘야 돼. 아, 그 출납계장이라는 왕가 놈은 아예 매일 출퇴근을 하더라니깐, 글쎄?"

기루에 손님이 아무도 없어서 그런지, 혹은 영호준의 세련된 달변에 홀라당 넘어갔는지 몰라도 지배인은 거의 만취한 상태에서 속내를 줄줄 잘도 쏟아냈다. 어차피 다시 볼 일 없는 외지인이라는 생각 또한 있었으리라.

"뭐, 그래도 쥐꼬리만큼 남는 게 있긴 해서 여기 주인도 계속 장사를 하긴 했지. 더러운 꼴은 내가 다 보고 말이야. 근데 이놈들이 아주 고약한 게 하나 있는데 그게 뭐냐! 바로 '어느 날 갑자기' 라는 거야, 어느날 갑자기! 아, 아니다. 그보다는 '지멋대로' 가 더 맞는 말이려나? 끄윽, 스님, 드시지 않을 거면 거기 그 술 좀 줘보쇼."

"아, 며칠 전에 무슨 철면무심인지 철면무시긴지가 온 다음부터 갑자기 아주 막가기 시작하는데, 정신을 차릴 수가 있어야지. 난데없이 무슨 대회인지 회합인지 한답시고 갑자기 상점의 물건을 몽땅 쓸어가질 않나, 바짓가랑이를 붙잡고 사정하는 놈에게 칼침을 놓질 않나……. 하지만 어떡해? 칼 든 놈

사람 사이에 소중한 것

들 앞에서 우리가 무슨 용뺄 재주가 있는 것도 아니고……."

그는 문을 닫은 상점들을 비틀거리는 손으로 손가락질하며 말했다.

"저기 상점들 보이쇼? 며칠 전에 다 문 닫은 거요. 물건을 몽땅 쓸어가니 어디 배겨낼 장사가 있나? 우리? 흐흐. 전부 다아 뺏겼지. 기녀들은 물론이고 점소이들까지 다 끌어가더라니까? 매향이 그년은 이제 조금만 있으면 빚도 다 갚고 돈 좀 모아서 고향으로 돌아갈 수 있다고 좋아했는데……. 다 팔자려니 해야지, 뭐."

말하는 내내, 지배인은 연거푸 독한 술을 들이켰다.

"관에 신고를 안 해봤냐고? 하, 신고하면 뭐해? 스윽 한 바퀴 둘러보고는 불법적인 행위를 발견할 수 없다며 그냥 나가 버리는 걸. 어차피 그놈들 다 한통속이라구. 뒤로 다 받아먹는다니까? 뭐? 그걸 어찌 아느냐구? 아니, 그럼 누가 신고했는지 대체 저놈들이 어찌 안대? 관원들 가고나면 신고한 사람들이 저놈들한테 바로 개박살나는데, 누가 알려주지 않았으면 대체 그걸 어떻게 아느냐 이거지."

"내가 주인 같았으면 당장 문 닫고 여길 떴을 건데, 주인 생각은 또 다르더라구. 문을 닫아 버리면 권리금도 없어지고 건물 가격도 떨어진다나? 손해를 보더라도 무조건 열어 두래. 하긴 뭐, 여기 주인이 장사에 대한 감각은 좀 있는 거 같더라구. 끄윽."

그가 말을 마칠 무렵에는 거의 몸을 가누지 못할 정도였다. 그렇게 탁자에 널브러진 지배인을 남겨두고, 그들은 기루를 빠져나왔다. 점소이에게 계산을 치르는 것은 물론, 동전을 몇 푼 더 쥐어주는 것도 잊지 않았다.

"괜찮습니까?"
 기루를 나서며 영호준이 혜천에게 물었다. 그의 얼굴이 너무나 불편해 보였기 때문이다. 하지만 혜천 대신 대답한 것은 그의 사제인 원정이었다.
 "아무리 경우가 없는 자들이라 해도, 너무하지 않습니까?"
 원정은 흥분한 어조로 말했다.
 "어찌 이럴 수가 있습니까?"
 "너무해요?"
 영호준은 짐짓 어이가 없다는 듯 말했다.
 "이 사람들은 그저 돈과 물건을 빼앗겼을 뿐입니다. 물론 삶의 터전을 빼앗긴 셈이니 확실히 너무한 일이지요. 하지만 말입니다."
 영호준은 팔을 활짝 펴 보이며 말했다.
 "조금만 둘러보면 너무한 일은 더 많습니다. 아내를 빼앗긴 사람, 딸과 아들을 빼앗긴 사람, 자신의 피와 땀을 빼앗긴 사람. 그뿐입니까? 생명을 빼앗긴 사람들도 부지기수입니다."
 "어, 어째서 그런 지독한 짓을……."

사람 사이에 소중한 것

원정의 말에 영호준은 비웃듯 말했다.

"그게 사파이기 때문입니다."

영호준은 말했다.

"갖고 싶은 것이 있으면 빼앗는다. 힘이 있으면 짓밟는다. 그것이 바로 사파입니다."

"아미타불."

혜천이 나지막이 불호를 왼다. 원정은 입을 다물었다. 영호준은 무언가 더 할 말이 있는 듯했지만, 그대로 침묵을 지켰다. 아무도 말을 하지 않았다. 그렇게 네 사람은 영웅맹 지부를 뒤로 하고 묵묵히 무한의 거리를 지나고 있었다.

*   *   *

태평맹 무림용봉지회는 물 흐르듯 진행되고 있었다. 운현의 등장은 일부, 특히 가주들과 칠대세가 주요 인물들에게는 큰 파문을 던졌지만, 당장이라도 무슨 일이 벌어질 듯하던 분위기와는 달리 대회기간이 절반을 훌쩍 넘긴 상황에서도 별다른 일은 일어나지 않고 있었다.

운현은 늘 자신의 자리에서, 소위 태평맹의 용봉을 뽑는 대회를 참관하고 있었고 당설련이 우려하던 상황, 예컨대 태평맹의 일부 불만 세력이 운현과 접촉하는 일도 없었다.

덕분에 태평맹의 안내인 아가씨는 본연의 임무에 충실할 수 있었는데, 지금도 그녀는 운현의 옆에서 가끔씩 재잘대는 듯한 목소리로 대회 상황에 대해 설명을 하고 있었다. 주로 지금 출전한 저 후기지수가 어느 문파 출신이며, 어떤 종류의 무공을 사용하는지에 대한 것들이었다.

"견딜 만합니까?"

잠시 쉬는 틈을 타, 운현은 진예림에게 물었다. 진예림은 수행원이라는 그녀의 임무를 충실히 수행하기 위해 하루 종일 운현의 뒤편에 서 있었기 때문이다.

안내인 아가씨는 간단한 다과를 가져 오겠다며 자리를 비우고, 다른 귀빈들도 삼삼오오 대화를 하거나, 혹은 이리저리 걸어 다니거나 하고 있었다.

"괜찮습니다."

진예림은 담담한 목소리로 말했다. 짧은 대답에 불과했지만, 그녀의 목소리는 예전과 달라진 느낌이 확연했다.

운현이 창룡검주라는 소식은 다른 일행들에게는 생각보다 별다른 반향을 불러일으키지 못했다. '뭔가 대단한 사람일 줄 알았더니, 역시 그랬군'이라며 다들 순순히 납득하는 분위기였기 때문이다.

운현이 보여준 능력이 너무나 충격적인 경험이라 그런 탓도 있겠지만, 아마도 창룡검주라는 단어가 가지는 의미를 제대로 실감하지 못하고 있는 때문이기도 하리라. 다만 백운상에게는 폭풍과도 같은 반응을 불러일으켰지만 말이다.

　여하튼 그일 이후, 백운상과 진예림의 태도는 확실하게 달라졌다. 백운상은 운현을 대하는 태도에서 일종의 경외감이 느껴질 정도였고, 진예림도 예전과는 달리 말이나 행동을 꽤 자제하는 것이 느껴졌다.

　게다가 한결 말투가 부드러워지기까지 했는데, 운현으로서는 그 이유가 도통 짐작이 가지 않았다. 그저 강한 사람에 대한 예의로 그런 것이라면, 벌써 예전에 그녀의 말투가 바뀌었어야 하니까.

　"그러고 보니······."

　운현은 고개를 돌려 진예림을 쳐다보며 말했다.

　"진 소저께서도 무가(武家)의 분이라 들었습니다만, 혹 이곳에 아는 분이 있지 않습니까?"

　진예림은 살짝 눈살을 찌푸렸다.

　"다음에 이야기하면 안 될까요?"

　"왜요?"

　천연덕스러운 운현의 얼굴에 진예림은 순간 짜증이 솟구치는 것을 느꼈다. 하지만 최대한 그것을 내색하지 않고 조용히 대답했다. 물론 살짝 깨문 그녀의 입술이 이미 심경을 충분히 대변해 주고 있었지만 말이다.

　"여기는 태평맹 한복판이잖아요. 그리고, 여기를 쳐다보는 저 시선들이 따갑지도 않아요?"

흘깃 던지는 진예림의 시선을 따라 운현의 고개가 돌아갔다.

"아!"

칠대세가의 가주들이 모여 있는 곳, 그곳에 태평맹 대외총괄군사 당설련이 앉아 있었다. 운현은 다시 고개를 돌리며 웃는 얼굴로 말한다.

"저 사람은 이미 다 알고 있을 테니 상관없지요."

진예림은 한숨을 내쉬었다. 정말 속내가 깊어 모든 상황을 꿰뚫고 있는 것인지, 아니면 그저 긴장감이 없을 뿐인지 알 수가 없었다.

"태평맹에 아는 사람이 있을 정도로 영향력이 있는 무가는 아니에요. 적어도 대인께서 창룡검주시라는 것을 미리 말하지 않은 것만큼 큰일은 아닐 테니 신경 쓰지 않으셔도 될 거예요."

오랜만에 듣는 그녀의 뾰족한 말투에 운현의 안색이 진지해진다.

"그건……."

운현은 무언가 말하려다가 곧 포기했다. 그리고 조용한 목소리로 진예림에게 말했다.

"죄송합니다."

갑작스러운 사과에 놀란 것은 오히려 진예림이다. 그녀가 당황한 눈으로 운현을 바라보며 말했다.

"아니, 그런 뜻은……."

"변명 같지만, 저는 미처 예상하지 못했습니다. 제가 창룡검주라는 것과 태평맹은 사실 아무 상관이 없다고 생각했으니까요. 그리고 이들이 제게서 신승 불영 스님의 그림자를 볼 것이라는 사실도, 저는 이곳에 와서야 알아차릴 수 있었습니다. 그것이 결과적으로 진 소저를 얼마나 당황스럽게 할 것인지는 생각도 하지 못하고 말입니다."

운현은 말했다.

"제 불찰을 용서하시기 바랍니다."

진예림은 운현을 쳐다보다가 살짝 한숨을 내쉬었다.

"후."

진예림은 살짝 한숨을 내쉬며 고개를 저었다.

"그렇게 일일이 사과만 하시다가는, 세상에 온통 미안한 사람들밖에 남지 않을 거예요."

말하는 그녀의 얼굴에는 희미한 미소가 피어 오르고 있었다.

"아마 그럴지도 모르겠군요."

운현의 대답에 진예림은 피식 웃고 말았다.

"혹시, 말씀하지 않으신 것 중에 저희가 알아야 하는 일이 또 있는 건 아니겠지요?"

"생각해 보지요."

운현은 진지하게 대답했다. 그 모습에, 진예림은 어이가 없다는 듯 헛웃음을 짓는다.

"운 오라버니."

문득 들린 여인의 목소리에 두 사람의 대화가 끊어졌다.

"아, 황보 소저."

목소리의 주인공은 남해검문의 아가씨, 황보선혜였다.

"좀 드시겠어요?"

그녀가 운현에게 내민 것은 작은 은쟁반에 올려진 과일이었다. 이국적인 특산물이 가득한 사천성 성도답게 평소에 보기 힘든 과일과 열매들이 많이 보인다.

"힘드실 텐데, 아가씨도 좀 드세요."

황보선혜는 진예림에게도 권했다. 진예림은 정중한 어조로 말한다.

"감사합니다만, 지금은 귀인을 수행 중이라 곤란합니다."

"흐응, 그래요?"

굳이 이제 와서 딱딱한 수행원인 척할 필요는 없지 않냐는 듯한 그런 말투였다. 이 황보선혜라는 아가씨는 운현에게서 눈을 떼지 않는 또 다른 한 사람이다.

그것을 잘 알고 있는 진예림 역시 이제 와서 이런 말을 하는 것이 내심 쑥스럽기는 했지만, 그래도 어쩔 수 없었다. 가능한 조심하는 것이 좋았으니까.

"그러면, 오라버니라도 좀 들어보세요. 저는 이게 특히 맛이 좋더군요."

황보선혜의 동그란 눈이 미소를 지으며 그녀의 귀여운 목소리가 발랄하게 울려 퍼진다.

"고맙소. 황보 소저."

처음 서안에서 그녀와 만났을 때와는 달리, 운현은 그녀에게 한결 편하게 대하고 있었다. 지난 며칠 동안 가장 친근하게 말을 걸어온 사람이 바로 그녀였기 때문이다.

지금도 자신을 뚫어져라 쳐다보고 있는 당설련과 다른 사람들의 시선을 생각한다면 거리를 두어야 한다고 생각하고 있었다.

혹시라도 자신으로 인해 상대방에게 어떤 피해가 갈지 알 수 없는 상황이기 때문이다. 하지만 황보선혜가 이렇게 자연스럽게 접근하는 것을 보면, 별 상관이 없는 것 같기도 했지만 말이다.

꽹—

"아, 이제 다시 시작할 시간이네요."

시작을 알리는 징소리에 황보선혜가 말했다.

"이제 이번 시합으로 태평맹의 용봉(龍鳳)들이 결정될 거예요. 나머지 공식 행사들은 대부분 일종의 비공개 회합이니까, 사실상 오늘이 대회의 공식 일정으로서는 마지막이라 할 수 있어요. 그럼, 나중에 또 봬요."

황보선혜는 운현에게 웃는 얼굴로 인사를 하고는 총총 자신의 자리로 돌아갔다. 자신의 일을 빼앗겨버린 안내인 아가씨가 새초롬한 표정을 지었다.

사실 아까 황보선혜가 가져온 과일쟁반도 원래는 그녀가 들고 오던 것이었으니까.

"대회의 공식 일정으로서가 아니라, 일반에 공개된 공식 대회로서 마지막입니다. 귀인."

안내인 아가씨가 황보선혜의 말을 정정해 주었다. 어쨌거나 운현은 자리에 돌아가 앉았고, 진예림이 그의 뒤를 지켰다.

"먼저 진행될 시합은 태평맹 삼봉(三鳳)을 정하는 시합입니다. 상위 세 명을 삼봉(三鳳)이라 칭하고, 그 이하부터 일곱 명을……"

안내인 아가씨의 설명이 재잘재잘 이어졌지만 운현은 그다지 신경 쓰지 않았다. 다만, 긴장한 표정으로 비무대에 올라서 있는 아가씨들의 모습에서 예전 무림맹 용봉지회의 추억을 떠올렸을 뿐이다.

거의 막바지에 다다른 까닭인지, 혹은 마지막 공개 비무라 그런지는 몰라도 오룡(五龍)을 정하는 대회는 뜨겁게 달아올라 있었다.

비무에 참가한 젊은 후기지수들의 실력이 다들 빼어나고 그 수법이 화려해서 열광적인 관중의 환호를 불러일으키기에 충분했다.

그 중에서도 검을 사용하는 당가의 한 청년은 특히 실력이 뛰어났다. 안내인 아가씨의 설명으로는 현 당문 문주의 아들

중 하나이며 장차 태평맹을 짊어질 촉망받는 후기지수라는데, 그의 검 실력은 운현의 관심을 끌 정도였다.

'저 청년이 아무래도 우승하겠는걸?'

다른 참가자들과 그를 비교해보며, 운현은 그렇게 생각했다. 그리고 운현의 예상대로, 그는 다른 네 명을 압도하는 실력으로 오룡(五龍) 중 으뜸의 자리를 차지하게 되었다.

그리고 공식 대회의 결과가 최종적으로 공표되는 것을 보며, 운현은 어쩐지 씁쓸한 미소를 감출 수 없었다. 삼봉(三鳳) 중 두 명이 당문의 아가씨였고, 오룡(五龍) 중 무려 세 명이 당문의 청년들이었다.

'결국 당문의 태평맹이라는 뜻인가……'

이번 무림용봉지회를 통해 선발된 태평맹 후기지수는 모두 오십여 명에 이르렀는데, 그 중 당문 소속이 열두 명이나 되었다.

숫자를 놓고 보면 그다지 대단한 것 같지 않지만, 다른 세가들의 거의 두 배에 달하는 숫자인 데다가 대부분 상위 등급에 포진해 있어 압도적 우위를 보이고 있었다.

설명하는 안내인 아가씨의 목소리에는 당문 후기지수들의 선전(善戰)을 기뻐하고 자랑스러워하는 기색이 역력했지만, 다른 문파들의 표정은 그다지 밝지 못했다.

그날 대회의 마지막은 태평맹의 새로운 오룡삼봉(五龍三鳳)

을 칠대세가의 가주들, 혹은 가주대행들이 직접 치하(致賀)하고 삼봉검(三鳳劍)과 오룡검(五龍劍)이라는 이름이 붙은 검을 각각 하사하는 것으로 끝나게 되어 있었다.

 한 명, 한 명, 오룡삼봉의 이름이 불릴 때마다 관중들은 환호했고, 귀빈들은 젊은 청년들의 미래에 아낌없는 박수를 보내 주었다.

 마지막으로 오룡의 으뜸을 차지한 당문의 청년이 단 위에 올라섰을 때에는, 마치 우레와 같은 환호가 쏟아져 나왔다. 관중들은 물론이고 귀빈석의 모든 사람들도 일어나 박수로서 젊은 용(龍)을 축하해 주었다. 운현 역시 기꺼운 마음으로 그에게 박수를 보냈다.

 그리고 예기치 않은 일은, 그가 칠대세가의 가주들로부터 치하의 말과 함께 오룡검(五龍劍)을 받은 직후 일어났다. 그가 단상에서 난데없이 오룡검을 빼어든 것이다.

 채앵.

 그의 돌발적인 행동에 칠대세가의 가주들이 살짝 눈살을 찌푸리고, 관중들은 예상치 못한 우승자의 행동에 숨을 죽인 채 그에게 집중했다.

 휘릭.

 그는 가볍게 몸을 돌리더니 귀빈석을 향해 똑바로 검을 겨누었다. 그의 검 끝은, 정확히 운현을 향해 있었다.

 웅성 웅성.

관중들 사이에 수근거리는 소리들이 일어나기 시작한다. 사람들의 시선이 우승자에게서 운현에게로 집중된다.

『안 돼! 그만둬!』

당황한 당설련의 나지막한 전음이 그의 귓가에 울렸다. 그러나 무림용봉지회의 우승자, 당혁은 오룡검을 내리지 않았다. 오히려 그는 커다란 목소리로 이렇게 외쳤다.

"묻노니!"

내공을 실은 당혁의 목소리는 대회장 구석구석까지 쩌렁 쩌렁 울려 퍼지고 있었다.

"그대가 바로 창룡검주(蒼龍劍主)인가!"

운현을 똑바로 바라보며, 당혁은 그렇게 말했다.

제9장
창룡검주(蒼龍劍主) 운현

 당혁의 말은 엄청난 충격이 되어 사람들의 귀를 때렸다. '영웅맹에 맞설 수 있는 사람은 오직 창룡검주뿐이다'라는 소문을 들어보지 못한 사람이 누가 있을까? 현 강호 무림에서 창룡검주라는 이름에 관심을 가지지 않을 사람은 아무도 없을 터이다.
 대회장은 순식간에 소란스러워지기 시작했다. 하지만 당혁은 검을 내리지 않았고, 사람들은 마치 운현의 대답을 기다리듯 점차 조용해진다. 운현은 담담한 목소리로 짤막하게 대답했다.
 "그렇습니다."

그리 크지 않은 목소리였지만 대회장에 있던 모두가 그 대답을 확실히 들을 수 있었다. 그리고 대회장은 방금 전과는 비교도 할 수 없을 정도로 소란스러워졌다.

운현의 대답에 대한 군중들의 반응은 모두 제각각이었지만, 한 가지만은 같았다. 그것은 바로 운현을 향한 의혹의 눈길이다. 눈앞에 보이는 저 사람이 창룡검주라는 사실을 쉽게 납득할 수 없는 것이다.

휘릭.

당혁은 가볍게 검을 돌려 아래를 향한 후, 손잡이를 두 손으로 잡았다. 그리고 정중하게 고개를 숙였다.

"창룡검주의 이름은 평소부터 흠모하던 바였소. 이에, 삼가 한 수 가르침을 청하오."

의외로 대단히 예의바르고 절도 있는 행동이었다. 당혁의 목소리에 사람들의 소란이 잦아들고, 다시금 시선은 운현을 향한다. 그 사이, 뒤에 지켜서 있던 진예림은 나지막한 목소리로 운현에게 말했다.

"의도가 의심스러워요."

운현은 동감했다. 지금 당혁의 행동은 예의바르고 절도 있는 후기지수의 모습이지만, 애초에 느닷없이 자신을 지명한 것을 생각하면 그 저의를 의심할 만했다.

"그보다 먼저, 허락을 구할 상대가 있지 않소?"

운현은 침착한 어조로 말했다. 그 말대로였다. 이곳은 태평맹의 용봉을 뽑는 자리다. 게다가 당혁으로서는 사문의 어른들이 있는 자리다. 당연히 먼저 그들의 허락을 받아야 할 것이다.

"창룡검주께서 다른 사람의 눈을 살피시다니, 세간의 평과는 많이 다르군요."

당혁은 슬그머니 웃음을 머금으며 이렇게 답했다. 기분 탓인지 몰라도 그 미소는 마치 비웃음처럼 느껴졌다.

"창룡검주가 하고자 한다면, 그것을 반대할 사람은 없을 것입니다. 물론 어디까지나 귀하께서 진정 창룡검주시라면 말입니다."

그렇다. 예의와 법도를 무엇보다 소중히 여기는 것은 운현과 같은 문사들뿐. 무림인이 숭상하는 것은 어디까지나 무(武), 곧 힘이다.

설령 운현이 이 자리에서 마음대로 행동한다 해도, 오만하다는 말은 들을지언정 업신여김을 받지는 않을 것이다. 문사들의 자리였다면 예법도 모르는 자라 하여 단박에 인간 이하의 취급을 받을 테지만 말이다.

언제나 사람들에게 인(仁)을 펼쳐왔던 공자(孔子)조차도 비례(非禮)에 대해서만은 잡아 죽일 정도로 난리를 치지 않았는가?

운현은 자신을 향한 시선들을 훑어보았다. 그의 말대로 지금 이 일에 문제를 제기하는 사람은 없어보였다. 아니, 오히려 흥미로운 눈빛으로 사태의 추이를 지켜보고 있는 기색이 완연하다. 칠대세가의 가주들이나, 대회의 진행을 책임지고 있는 대외총괄군사마저도 나서지 않는다. 그렇다. 이곳은 그런 곳이다.

"그렇군요. 그럼……."

자리에서 일어나지도 않은 채, 운현은 대답했다.

"나는 거절하겠소."

삽시간에 사람들 사이에서 웅성거림이 일어난다. 당혁 역시 운현의 반응에 당황한 기색이 역력하다. 이렇게 대놓고 거절할 줄은 예기치 못한 탓이다.

"그, 그게 무슨……."

"말 그대로 거절한다는 뜻이오."

운현은 당연하다는 어조로 말했다. 당혁을 향한 그의 시선은 냉랭했다.

"가르침을 받고자 한다 하나 가르침을 받을 생각이 없고, 가르친다 해도 그대의 실력으로는 알아차릴 수도 없을 텐데, 내가 왜 그대를 위해 헛된 수고로움을 감수하란 말이오?"

당혁의 얼굴이 당황으로 물들고 사람들 사이에 다시 소란스러움이 일어난다. 당혁은 혼란스러운 와중에서도 간신히 마음을 가다듬고는 새로운 반격을 시도했다.

"흥."

그는 비웃음이 역력한 표정으로 말했다.

"결국 도망치겠다는 것이로군. 자신이 창룡검주라 하면서도 그것을 증명할 수 없다면, 스스로 가짜라고 밝히는 꼴이 아닌가? 아니면, 혹 창룡검주라는 이름 자체가 허명(虛名)인가?"

노골적인 도전이었다. 그러나 운현은 어이가 없다는 듯 고개를 저었다.

"내가 나라는 것을, 왜 그대에게 증명을 해야 하지?"

운현은 말했다.

"나는 내가 창룡검주라는 것을 믿어 달라 한 적도 없고, 증명하겠다 한 적도 없네. 아니, 그대가 이곳에서 나를 거론하는 것 자체가 매우 불쾌하네."

운현은 당혁을 내려다보며 말했다. 불쾌하다. 저런 아집과 독선이 불쾌하고, 자신이 원하는 바가 아니었음에도 이미 이런 세계에 속해 있다는 것이 불쾌하다.

이런 곳에서 이런 말을 주고받아야 한다는 것도 불쾌하다. 시간이 흘러도, 무슨 일을 겪어도 변하지 않을 이런 모습이 너무나 불쾌하다.

"오히려 가르침을 청한 것은 그대가 아닌가? 그러니 자네야말로 내 가르침을 받을 만한 자격이 있다는 것을 내게 증명하게. 물론……."

정색을 하고서, 운현은 말했다.

"그렇다 해도, 가르쳐 줄 생각은 전혀 없네만."

싸늘한 눈빛으로 운현은 당혁을 내려다보았다.

아득.

당혁은 이를 갈았다. 이래선 마치 자신이 노골적으로 모멸을 당하는 상황이다. 저자가 예상보다 더 뻔뻔한 자라는 것을 간과한 것이 실수였다.

당혁은 자신도 모르게 시선을 돌려 황보선혜를 바라보았다. 아니나 다를까, 그녀의 측은한 시선이 바로 자기 자신을 향하고 있었다.

당혁은 언제나 그녀를 바라보고 있었다. 심지어 비무대 위에 오르기 직전까지도, 그는 상대방이 아니라 그녀만을 바라보고 있었다. 비무대에서 한 자루 검에 의지하여 찰나의 승부를 펼칠 때에도, 당혁은 그녀가 자신을 바라보고 있기를 간절히 바랐다.

그러나 그녀의 시선은 자신을 향하고 있지 않았다. 그녀의 시선은 그가 아닌 다른 남자를 향해 있었다. 자신과는 단 한 번도 눈길을 마주치지 않던 그녀가, 마치 해바라기처럼 그 남자의 모습만을 좇고 있었다.

그녀의 미소는 자신이 아닌 그를 위하여 피어 올랐고, 그녀의 웃음소리도, 그녀의 화사한 목소리도 오직 그 남자를 향해 울려 퍼지고 있었다.

그래서 당혁은 그를 용서할 수 없었다. 더구나 그가 창룡검주라 불리는 자인 것을 알았을 때, 당혁은 더더욱 그를 용납할 수 없다고 결심했다. 소문은 그를 마치 영웅이라도 되는 듯 말하지만, 그가 보기에는 그저 항주 혈전에서 꼬리를 말고 도망간 비겁자에 불과했다.

그가 정말 철혈사왕 염중부를 이겼다면 왜 모습을 감추었는가? 왜 오히려 철혈사왕 염중부는 영웅맹의 맹주로서 당당하게 그 모습을 드러내는가?

이후 창룡검주가 전혀 모습을 나타내지 않았다는 것만 보아도 그것은 분명한 헛소문이었다. 그러나 우매한 사람들은 그 이름을 마치 영웅처럼 부풀리고, 사랑하는 그녀는 그 남자를 선망의 눈길로 쳐다본다.

그래서 당혁은 그 남자를 향해 검을 들었다. 용(龍)이 되는 것은 자신이어야 했다. 그녀 앞에 당당하게 나타날 창룡(蒼龍)은, 오직 자신 외에는 없어야 했다. 그런데 이제는, 오히려 자신이 그에게 모멸을 당하고 있는 형편이 되어 버렸다.

당혁은 더 이상 앞뒤를 생각할 여유가 없었다. 오직 하나, 그에게 모욕을 주겠다는 생각만이 그의 머릿속을 지배하고 있었다.

"증명해야 할 사람은 내가 아니라 바로 당신이다!"

당혁은 외쳤다.

"항주 혈전에서 비겁하게 도망친 자가 바로 당신이 아닌가! 영웅맹이 두려워 이제껏 그 모습조차 보이지 않던 자가 바로 당신이 아닌가!"

그 외침에 얼굴을 찌푸린 것은 운현이 아니었다. 바로 칠대세가의 가주들, 가주 대행들, 그리고 대외총괄군사 당설련이었다.

'너무 나갔어.'

이 자리는 당문만 있는 곳이 아니다. 이렇게 되면 다른 모두를 적으로 돌리게 될지도 모른다. 당설련은 이제 나서야 할 때가 되었음을 알았다.

달칵.

그녀가 소란을 정리하기 위해 막 자리에서 일어서는 순간, 한 줄기 묵직한 목소리가 대회장 안에 울려 퍼졌다.

"도망이라면······."

가슴을 울리는 듯한 무거운 목소리. 무시할 수 없는 내공이 실린 묵직한 음성이 대회장 안에 울려 퍼지자 사람들의 소란이 삽시간에 잦아든다.

"무림맹 십팔대 문파가 다 마찬가지가 아니었던가?"

목소리의 주인공은 다름 아닌 모용단천이었다. 태평맹 칠대세가의 일원이자 모용세가의 가주인 관일검 모용단천의 목소리가 당혁을 향하고 있었다.

'큭.'

당혁의 얼굴이 일그러졌다. 모용단천의 말은 옳았다. 사실 그렇게 따지자면 이곳에 있는 칠대세가 모두가 항주에서 도망친 것이나 다름없지 않은가? 자신의 생각에 사로잡혀 그만 그 사실을 간과하고 말았다.

"그 중에 어떤 이는 도망하던 와중에도 스스로를 희생하며 다른 누군가를 구했고, 또 어떤 이는 요령 좋게 상처 하나 없이 빠져나온 이들도 있지."

모용단천은 피식 웃음을 흘렸다.

"자네는 둘 중에 누가 더 상대를 비난할 자격이 있다고 생각하나?"

사람들은 침묵했고, 당혁은 대답하지 못했다. 모용단천은 날카로운 눈빛으로 당혁을 쏘아보며 말했다.

"이번 오룡(五龍)은 좀 더 수양이 필요한 듯하군."

덜컹.

모용단천은 자리에서 일어났다. 그리고 운현을 향해 정중한 예를 올렸다.

"이들의 무례를 창룡검주께 사과드리오."

웅성.

사람들의 웅성거림이 커졌다. 태평맹 칠대세가의 일원이자, 모용세가의 가주인 관일검 모용단천이 창룡검주를 공개적으로 인정한 것이다.

"태평맹의 일원으로서, 이 일은 엄중히 처리할 것을 약속드리겠소."

운현 역시 자리에서 일어났다. 그는 관일검 모용단천을 향해 정중하게 예를 표했다.

"젊은 무인의 호기에서 벌어진 일이니, 과한 징벌이 있지 않기를 바랍니다."

모용단천은 부드럽게 미소 지었다.

"넓은 도량에 감사드리오."

그 인사를 끝으로, 관일검 모용단천은 대외총괄군사 당설련을 돌아보며 말했다.

"태평맹의 이름을 건 대회에, 좀 더 세심한 주의가 필요하다 생각지 아니하시오? 군사."

모용단천은 묵직한 목소리가 당설련에게 향했다.

"대회가 끝났으니, 이만 가겠소."

그 말을 끝으로 모용단천은 자리를 빠져나갔다. 다른 가주들 역시 인상을 찌푸린 채 하나둘 빠져나가고, 사람들은 목소리를 낮춘 채 어찌된 영문인지 혼란해하며 서로 수근거리고 있었다.

그와 함께 귀빈석에 있던 사람들도 자리를 빠져나가기 시작했다. 천천히 걸음을 옮기던 모용미는, 운현 앞에서 정중히 고개를 숙여 보였다.

정중한 예로 운현은 그녀의 인사에 답했다. 그리고 그 역시 자리를 피했다. 이대로 있다가는 사람들이 몰려들 것이 뻔했기 때문이다. 남은 것은 단 위에 덩그러니 홀로 서 있는 당혁뿐이었다.

"크윽."

당혁은 고개를 떨군 채 입술을 깨물었다. 창룡검주를 향해 검을 겨누던 기세는 온데간데없고, 그는 지독한 패배감과 자괴감에 휩싸여 있었다.

 귀빈석을 빠져나가며 동정어린 눈빛으로 쳐다보던 황보선혜의 눈동자를, 아마도 평생 잊을 수 없을 것 같았다.

＊　　＊　　＊

"징계 위원회의 소집 결과는 어떻게 되었지?"

 당설련의 말이 떨어지기가 무섭게 수하가 고개를 숙이며 대답한다.

"오룡(五龍) 등급 당혁 소협의 징계에 대해서는 대내총괄군사에게 의뢰하여 엄중한 경고를 줄 것을 요청하였습니다. 그러나 오룡(五龍)의 등급은 현재대로 유지하도록 하고, 지부 파견 역시 그대로 포함시키기로 하였습니다."

"좋아. 그리고 혁이에게는 각별히 근신하라고 따로 전하도록 해."

 당설련은 불쾌한 표정을 숨기지 않으며 말했다. 철없는 동생이 저지른 짓이 그녀의 심기를 어지럽힌 탓이다.

 그러나 비록 당혁이 대회에 물의를 일으켰다 해도 팔은 안으로 굽는 법. 그 의도가 불순하지 않고 딱히 태평맹의 평판을 실추시킨 것도 없다며 당설련은 당혁을 옹호했다. 덕분에 그는 사실상 아무런 징계도 받지 않은 것이나 마찬가지가 되었다.

"모용세가는?"

"앞으로 독단적인 행동에 대해 자제를 요청하는 공문을 보내는 정도에서 마무리하였습니다. 당혁 소협과의 형평성을 고려할 때 그 이상의 제재를 가하기에는 어렵다는 징계 위원회의 결정입니다. 이것은 이번 징계 위원회에서 논의된 세부 사항에 대한 보고서입니다."

보고서를 넘기며 당설련은 눈살을 찌푸렸다.

"역시 아직까지는 모용세가를 옹호하는 의견이 많군."

당설련은 보고서를 수하에게 넘겨주며 말했다.

"발언 내용을 바탕으로 위원들의 성향을 분석하여 다시 보고하도록."

보고서를 넘겨받은 수하가 고개를 숙이며 그녀의 명을 받든다.

"내일 예정되어 있는 상단 회합의 준비는?"

그녀의 물음에 또 다른 수하가 즉시 대답한다.

"말씀하신 대로 모든 준비를 마쳤습니다."

"좋아."

당설련은 만족한 듯 고개를 끄덕였다.

"마지막 날은 가주 회합이 있으니, 세부사항을 다시 점검하고 의제에 대한 보충 자료들을 빠짐없이 정리하도록 해. 특히 각 세가별로 수집된 기밀 정보와 활동 사항에 대해서는 한 글자도 소홀히 하지 말도록."

"알겠습니다. 그리고……."

수하는 잠시 머뭇거렸다. 그러나 당설련은 결코 오래 참는 성격이 아니다. 수하는 말했다.

"대내총괄군사로부터 공식 요청이 들어와 있습니다."

"공식 요청?"

당설련은 수하가 내미는 두루마리를 받아들었다. 그 내용을 읽어가던 당설련의 아미에 주름이 진다.

"박 공공의 전권 대리인과 공식 회합을 갖기 원한다고? 그것도 칠대세가 당직자 회합에서?"

"대내총괄군사와 제갈세가의 명의로 된 공식 요청입니다."

"그건 안 돼!"

당설련은 두루마리를 거칠게 내려놓았다. 지금 운현을 제갈세가와 접촉하도록 하는 것은 위험하다.

"하지만 거부할 경우, 대내총괄군사가 개별적으로 접촉하는 것을 막을 명분이 없습니다."

사실 그랬다. 운현은 무림맹 서기나, 신승의 사제나, 혹은 창룡검주로서 이 대회에 참석한 것이 아니다. 어디까지나 박 공공의 전권 대리인, 그것도 태평맹의 예를 다한 초청에 응해 참석한 것이 아닌가?

그럼에도 불구하고 이 귀빈과의 공식 회합을 무기한 보류하고 있는 것은 다름 아닌 대외총괄군사이자, 이 대회의 진행 실무 책임자인 당설련이다.

그녀에게 회합을 가질 의지가 없다면, 대내총괄군사가 귀인과의 개별 회합을 추진한다 해도 제지할 명분이 없다.

당설련은 입술을 깨물었다. 그렇지 않아도 운현의 문제로 머리가 아플 지경인데, 제갈세가가 불에 기름을 붓는 격이 아닌가?

"내일 대리인의 일정이 무엇이었지?"

"본래 예정대로라면, 칠대세가 주요 당직자 회합에 참석하도록 정해져 있었습니다만……."

본래 예정대로라면 이미 당설련과 전권 대리인의 비밀 회담이 성공리에 끝났어야 했고, 당문의 문주와 독대를 했을 터이며, 심지어 비밀 협약까지 맺은 상태여야 했다. 본래의 예정대로라면 말이다.

칠대세가 주요 당직자 회합은, 본래 당설련이 이루어낸 이 놀라운 업적을 자랑스럽게 내보이는 자리로 마련되어 있었다. 전권 대리인의 참석을 예정해 놓은 것은 바로 그 때문이었다. 그리고 마지막 날의 가주 회합은, 그 정점을 찍는 자리였다.

그러나 그 전권 대리인이 운현이라는 사실 하나 때문에, 사실상 공식 대회 참관을 제외하고는 모든 일정이 무기한 보류되어 있었다. 아무런 기약도 없는 무기한. 그리고 대내총괄군사의 공식 요청이 날아든 것이다. 기다렸다는 듯이.

"어떻게 할까요?"

당설련은 입술을 깨물었다. 그러나 결심을 굳힌 듯, 그녀는 입을 열었다.

"그에게…… 전권 대리인에게 연락을 넣어."

당설련은 수하에게 말했다.

"그를 칠대세가 주요 당직자 회합에 초대하도록 해."

"알겠습니다."

당설련은 딱딱하게 굳은 표정으로 말했다.

"그리고, 당직자 회합이 끝난 후, 나와 비공개 회합을 갖도록 따로 준비하도록 해. 단 두 사람만."

"괜찮으시겠습니까?"

당설련의 명령에 수하가 이런 식으로 반문을 하는 경우는 극히 드물었다. 그러나 수하가 자신도 모르게 그렇게 물어 볼 정도로, 그녀의 표정은 굳어 있었다.

"괜찮아."

당설련은 말했다.

"적어도 그의 의도가 무엇인지는…… 알 것 같으니까."

당설련은 입술을 깨물었다.

"이제…… 알았어."

당문의 눈꽃, 태평맹의 대외총괄군사 당설련이 나지막이 말했다.

*　　　*　　　*

　혜천은 불에 타버린 한 장원(莊園)의 폐허 위에 서 있었다.
　"아미타불."
　그는 나지막이 불호를 외웠다. 눈앞에 펼쳐진 광경은, 마치 그날의 참극을 말해 주듯 참혹했다.
　"시신을……, 한곳에 다 모았습니다."
　얼굴이며 손이 온통 시커멓게 되어버린 원정이 낮은 음성으로 혜천에게 말했다. 혜천의 얼굴과 손 역시 그와 크게 다르지 않은 형편이었다.
　"영웅맹이, 이런 짓까지 했을 줄이야……."
　혜천은 탄식했다.
　이 장원(莊園)을 폐허로 만든 이들의 정체에 대해서는 아무도 입을 열지 않았다. 분명히 이 참극을 목격했을 사람들도 그저 아무것도 보지 못했다고 고개를 저을 뿐이었다.
　때문에 관가에서는 이 사건을 정체불명의 도적들에 의한 사건으로 종결했지만, 사람들은 모두 알고 있었다. 이것이 바로 영웅맹의 짓이라는 것을.
　영웅맹은 평소부터 이 장원을 눈엣가시처럼 여기고 있었다고 했다. 지역 유지이자 지방 관아에 영향력을 가지고 있는 이 장원의 주인이 사사건건 영웅맹의 입장과 대립해왔기 때문이다. 그리고 무한에서 영웅맹의 회합이란 것이 시작되던 첫날,

일단의 무리들이 이곳을 습격했고 장원은 불타올랐다. 그들이 지나간 후에 남겨진 것은 오직 죽은 시신들과 불에 탄 폐허뿐이었다.

아무도 이들의 시신을 거두지 않았다. 혹 있을지 모를 영웅맹의 눈길이 무서웠기 때문이다. 그래서 혜천과 영호준 일행이 이곳에 도착했을 때, 불타버린 폐허 속에서는 타다 만 시신들이 여기저기 나뒹굴고 있었다.

한때는 당당한 장원(莊園)이었던 이 건물이 그대로 한 일가의 무덤이 되어버린 것이다. 그 참혹한 광경에 모두들 고개를 돌려야만 했다.

"아미타불."

혜천은 다시 한 번 불호를 외웠다. 그들이 할 수 있는 것은 비록 가매장(假埋葬)에 불과하겠지만, 이들을 이대로 놔둘 수는 없었다. 혜천은 다시금 폐허 속으로 발길을 돌리고 원정이 그 뒤를 따랐다.

시신을 모으고 그들을 묻는 것은 강호에 익숙한 영호준에게도 고통스러운 작업이었다. 하물며 처음 이러한 일을 겪는 혜천이나 원정, 진하성에게는 말할 것도 없었다. 폐허 속에서 유난히 작은 어린 시신을 발견했을 때에는, 한동안 아무도 움직이지 못했다.

"참으로 잔인합니다. 사람으로서 어찌 이럴 수가 있는

지……."

 원정은 고개를 저으며 말했다. 그 섬뜩한 감촉이 아직도 손에 남아 있는 듯했다.

"잔인하지요."

 영호준이 허탈한 음성으로 중얼거리듯 말했다.

"참으로 잔인한 세상입니다."

 혜천은 속으로 나지막이 불호를 외웠다. 비록 입 밖으로 내지는 않았지만, 그의 마음 역시 영호준과 크게 다르지 않았다.

"하지만 영웅맹보다 더 잔인한 것이 누구인지 아십니까?"

 혜천은 고개를 돌려 영호준을 바라보았다. 영호준은 담담한 표정으로 이렇게 말했다.

"도울 힘이 있으면서도, 이들을 외면하는 자들입니다."

 영호준은 조용한 목소리로 말했다.

"눈앞의 비극을 보고도 귀를 막고 고개를 돌리는, 자신들의 안위를 위해 명분 뒤에 숨어 꼼짝 않고 있는 자들이 바로 잔인한 세상을 만들고 있는 장본인들입니다. 그것이……."

 혜천을 똑바로 바라보며, 영호준이 물었다.

"우리가 아니라고 말할 수 있겠습니까?"

"너무 자책하지 마시오."

 혜천이 말했다. 영호준의 조용한 목소리 뒤에 숨어 있는 번뇌를 그는 읽을 수 있었다.

"고통과 번민은 마음을 해할 뿐이니, 집착을 버려야 하오."

"하하하하. 집착을 버리라고? 아하하하하."

영호준은 크게 웃었다. 그리고 문득 웃음을 멈추더니 혜천을 보며 말했다.

"당신의 몸은 이곳에 있으나."

아직 웃음이 가시지 않은 영호준의 눈동자는 마치 불꽃처럼 빛나고 있었다.

"당신의 마음은 아직도 숭산 소림의 산문 안에 있소이다, 그려."

쿵.

무언가 묵직한 것이, 혜천의 마음 한가운데 떨어져 내렸다.

"영웅맹의 행태를 보고 싶다고 했소? 그들이 사파인 것을 몰라서 하는 말이오? 결국 이런 꼴을 보게 될 줄을, 당신 같은 사람이 정말 몰랐소? 소림이 스스로 산문을 닫고 숭산 깊숙이 숨어 있듯, 당신도 그저 불호를 외우는 것으로 자신의 할 일을 다했다고 생각하는 것은 아니오? 그저 자신의 손을 더럽히는 것을 두려워하고 있는 것은 아니냔 말이오!"

"그렇지 않소."

"허면 왜 행동하지 않으시오!"

영호준은 불타는 듯한 눈동자로 혜천을 똑바로 바라보며 말했다.

"당신이 문을 열고 나오기를, 대체 언제까지 기다려야 하오?"

혜천은 이를 악물었다. 영호준의 말이 그의 가슴을 파고드는 듯했다.

"아미타불."

혜천은 나지막이 불호를 외웠다. 그가 영호준에게 대답하지 못한 것은 반박할 말이 없기 때문이 아니었다. 무림맹의 실수를 똑같이 반복할 수는 없지 않은가? 중생을 구제한다 하지만 그 때문에 스스로의 본래 모습을 잃어가는 것은 또한 어떻게 할 것인가?

그러나 혜천은 반박하지 못했다. 영호준의 말이 옳다는 것을, 스스로도 이미 잘 알고 있었기 때문이다. 필요한 것은, 단지 자신의 각오뿐이었다.

"후우, 아미타불……."

다시 한 번, 나지막한 한숨과 함께 혜천은 불호를 외웠다. 불길 속에서 연기가 되어 사라진 신승(神僧), 불영 선사의 얼굴이 그의 눈앞에 어른거렸다.

* * *

"어이쿠, 이거 운 대인의 인기가 장난이 아닌데요?"

담소하가 짐짓 과장스런 어조로 익살스럽게 말했다. 그는 탁자 위에 수북한 서류들을 살펴가며 너스레를 떨고 있었다.

"내가 무슨 인기가 있다고……."

운현이 쓴웃음을 지으며 말했지만, 담소하는 고개를 절레절레 저었다.
"말씀도 마세요. 창룡검주라는 딱 한 단어에 줄줄이 딸려 나온 관련 정보들이 이만큼이나 되는 걸요?"
 담소하는 수북한 서류들을 운현에게 보란 듯 손짓하며 말했다.
"근데, 정말 그렇게 강한 거예요?"
 궁금한 건 대뜸 물어보는 것이 담소하의 장점이다. 눈앞에서 그 엄청난 기세를 보았지만, 아무래도 실감이 나지는 않는가 보다. 운현은 빙그레 미소 지으며 고개를 끄덕였다.
"에이, 그럼 처음에 저희에게 소개하실 때 전직 무림맹 서기라고 하시지 말고 차라리 창룡검주라고 하시지 그러셨어요? 그게 훨씬 더 멋있잖아요?"
 재잘거리듯 말하던 담소하는 어깨를 으쓱하며 혼잣말처럼 말했다.
"하긴, 그렇게 말했어도 어차피 알아듣지 못했을 테지만 말이에요."
 운현은 웃음을 흘렸다. 담소하의 말대로 감찰어사 조관 일행은 이 일을 맡기 전까지만 해도 무림의 일에 대해서는 자세한 내막을 알지도 못했고 사실상 관심도 없었다.
 진예림과 백운상의 경우가 특이할 뿐, 그들의 눈은 항상 지방 관료의 탈법과 위법 사실에 대한 감찰에만 쏠려 있었으니까.

바스락.

"그런데, 이 창룡지회(蒼龍志會)라는 것에 대해 들어보셨어요?"

담소하가 서류 하나를 집어 들며 묻는다. 운현은 그 서류를 받아들었다. 내용을 읽어 내려가는 운현의 귓가에 담소하의 목소리가 들려온다.

"뭐, 창룡검주의 뜻을 따르는 모임이라는데 이곳저곳에서 영웅맹에 대한 산발적인 저항을 하고 있는 집단이더라구요. 그러니까 보고된 곳이……."

담소하는 손가락을 꼽아본다.

"벌써 열 군데가 훨씬 넘는데요? 정체가 확실하지 않으니 서로 다른 단체가 이름만 사칭한 것도 섞여 있을 수 있구요."

"전혀 들어본 적이 없는데?"

운현은 서류를 내려놓으며 쓴웃음을 지었다.

"적어도 내 뜻을 물어보거나, 나한테 미리 허락을 받은 적은 없네."

"그럼 도용(盜用)인가요?"

"바보야. 무슨 도용(盜用)이야?"

진예림이 옆에서 핀잔을 준다.

"잘 읽어봐. 이 단체는 자신들이 창룡검주를 대표한다거나, 혹은 이것이 창룡검주의 뜻이라는 말을 한 적이 없어. 그저 세간에 나도는 소문을 한 번 외친 다음, 자신들은 창룡의 뜻을 따른다고 했을 뿐이지. 창룡이 누구라고는 한 번도 말한 적이 없거든?"

"그러고 보니 그렇네요?"

"전형적인 수법이야. 사람들의 입에 오르내리는 소문에 편승해서 세력을 불리다가 사실은 그런 의미가 아니었다고 나중에 발뺌하는 거지. 아니면 스리슬쩍 책임을 전가할 수도 있고 말이야. 어찌 보면 도용보다 더 나빠."

담소하가 놀란 얼굴로 다시 서류를 훑어본다.

"어라? 하지만 여기선 창룡검주의 뜻을 따른다고 확실히 말했다는데요?"

"큼."

진예림은 짐짓 헛기침을 했다.

"그거야 네가 말한 대로 다른 녀석들이 뭣도 모르고 사칭한 것이겠지. 사실 여부를 확인할 수 있는 정보들만 고려할 때 그렇다는 거야."

"하지만……."

이어지는 담소하의 반론을 무시하고, 진예림은 운현을 향해 물었다.

"정말 아닌 거죠?"

운현이 무슨 뜻이냐는 듯 쳐다보자, 진예림이 말한다.

"이 창룡지회라는 단체하고, 아무런 상관이 없는 게 맞냐구요."
 운현은 고개를 끄덕였다.
 "전혀."
 "이들의 행동이 자신의 뜻과 전혀 상관없는 것도 확실하구요?"
 "그렇소."
 "그럼 됐어요."
 진예림은 운현의 대답을 순순히 받아들였다.
 "일단 이 창룡지회라는 단체는 잠재적 위협으로 분류하는 게 좋아요. 그리고 혹시 접촉이 있더라도 단호한 태도로 먼저 이름을 바꾸거나 아예 해산할 것을 요구하세요. 특히 다른 뒷말이 없도록 반대 의사도 확실하게 해두고요. 애매한 태도를 보이면 절대 안돼요. 이런 것들은 꼭 뒤끝이 안 좋거든요."
 작정한 듯 쏟아내는 진예림의 말에 운현은 놀란 표정을 숨기지 않았다.
 "왜요? 넌 또 왜?"
 진예림이 운현과 담소하의 표정을 보며 인상을 쓴다. 담소하도 운현과 마찬가지로 놀란 표정을 짓고 있었다.
 "누님, 이런 일에 익숙하네요?"
 진예림은 피식 쓴웃음을 흘렸다.
 "비겁한 것들이 무슨 수를 쓰는지 잘 알고 있을 뿐이야."
 "그래도 딱히 나쁜 짓은 아니잖아요? 나름대로 좋은 일을 하자고 한 것일 수도 있고…….."
"뭐?"
진예림이 눈살을 찌푸리며 말했다.
"그럼 가서 남의 이름을 파는 짓이나 좀 그만해 달라고 말해 줄래? 자기네가 무슨 빌어먹을 대단한 좋은 일을 하는지는 몰라도 말이야."
꽤 날카로운 반응에 운현도, 담소하도 할 말을 잃었다. 하긴 그렇다. 사정이 있어 정체를 드러낼 수 없다 해도 다른 사람의 이름을, 그것도 본인의 의사와 상관없이 함부로 내세웠다는 것은 결코 옳은 일이라고는 할 수 없었다.
"하지만 이건 그렇게 화만 낼 문제는 아니라구요."
"뭐?"
"이건 중요한 문제예요. 그러니 그렇게 쉽게 감정적으로 결론을 내려서는 안 된다구요. 더구나 앞으로 운 대인의 거취를 생각한다면 확실히 이성적으로 따져봐야지요."
담소하의 말은 일리가 있었다. 하지만 진예림에게는 통하지 않았나 보다.
"흥."
진예림은 뒤돌아서 팔짱을 끼고는 버텨 섰다.
"그래서? 한번 따져 보시지?"
마치 덤벼볼 테면 덤벼보라는 듯한 태도. 그러나 담소하는 쉽게 물러서지 않았다.

"일단, 이들이 활동을 시작한 건 운 대인께서 창룡검주로서 모습을 드러내기 전이에요. 아니, 사실 아직도 모습을 공식적으로 드러내신 건 아니죠. 그러니 이들로서는 알릴 방법도 없었다는 거예요."

"그게 변명이 돼?"

진예림은 비웃음을 띠우며 말했다.

"그럼 적어도 창룡검주의 뜻이라느니 뭐니 하는 말은 하지 말았어야지? 아니면 아예 죽은 사람 취급한 거야? 자기들 마음대로 유지를 잇겠다 이거냐구? 일단 저지르고 나서 나중에 어떻게든 되겠지 하는 거랑 뭐가 달라? 치졸한 변명이라구, 그건."

"윽."

담소하의 패배다.

"하지만 이들이 나쁜 짓을 하는 것도 아니잖아요? 영웅맹은 분명히 사파이고……."

"그래도 이득을 얻는 건 결국 자기들이잖아."

진예림은 차가운 눈빛으로 말했다.

"무슨 대단한 일을 하는지는 몰라도, 결국 이름을 팔아서 이득을 얻는 건 자기들이라고. 그리고 괜히 사람들 입에 오르내리는 건 전혀 상관없는 운 대인이고 말이야. 그렇게 자신들이 하는 일이 당당하다면, 구태여 남의 이름을 빌릴 필요가 어디 있어?"

"그, 그래도 나중에라도 그들이 전폭적으로 협력할 수도 있

잖아요? 자기들 말대로 창룡검주의 뜻을 따른다고 했었
고……"
"너, 아직 어리구나?"
진예림은 우습지도 않다는 듯 담소하를 보며 고개를 젓는
다.
"그렇게 일이 좋게만 풀릴 거라고 생각해? 웃기지마. 싹수
가 노랗다는 말이 왜 있는지 알아? 그렇게 행동할 놈들이었으
면 처음부터 남의 이름을 함부로 가져다 쓰지도 않아. 내가 분
명히 말하지만, 그 녀석들은 운 대인을 이용하려는 놈들이야.
처음부터 뜻을 따른다느니 그런 생각은 하나도 없다고."
마지막 쐐기를 박듯 진예림은 말했다. 그리고 그와 함께 담
소하의 말문도 막혀버렸다. 서류로 고개를 돌리던 진예림은
문득 담소하를 다시 쳐다보며 인상을 썼다.
"뭐해? 일 안 해?"
담소하는 황급히 서류 더미 속에 고개를 파묻고 운현도 슬
며시 자리를 피했다. 괜히 자신에게 애매한 불똥이 떨어지기
전에 말이다.

*　　*　　*

태평맹 칠대세가 주요 당직자 회합이라는, 읽기에도 벅찬
긴 이름을 가진 회합은 태평맹의 한 커다란 회의실에서 열렸

다. 본래 심각한 안건을 논의하는 회의라기보다는 친목을 도모하는 자리에 가까운 가벼운 성격의 모임이었는지, 회의장은 연회를 연상케 할 정도로 밝고 풍성하게 꾸며져 있었다.

사천에서만 볼 수 있는 꽃과 과일들이 은쟁반에 담겨 각 사람의 자리마다 놓여 있고, 독특한 문양으로 장식된 찻잔에서는 따뜻한 차가 은은한 향을 피어 올린다. 그러나 정작 그 앞에서 웃음을 피어 올리며 앉아 있어야 할 사람들의 얼굴에는 숨기지 못한 긴장이 역력히 드러나 있었다.

그것은 그들과 함께 회의장에 앉아 있는 한 사람, 바로 운현 때문이었다. 지금 그의 뒤에는 참석자들 중 유일하게 수행원이 지키고 서 있다. 물론 그 수행원은 끝까지 자신의 임무에 충실하고 있는 진예림이었다.

"이분에 대해서는, 소개하지 않아도 이미 잘 알고 계시리라 생각합니다."

태평맹 대외총괄군사 당설련은 또랑또랑한 목소리로 말을 이었다.

"하지만 그래도 이 자리에는 조금 다른 이유로 참석하신 것이니, 정식으로 소개를 드리는 편이 좋겠지요."

당설련은 운현을 보며 미소 지었다.

"북경에서 오신, 운현 대인이십니다."

하얀 당설련의 손끝이, 운현을 향해 부드럽게 움직였다. 그와 함께 회의장에 가득한 사람들의 시선도 운현에게 향한다.

수많은 눈동자가 운현을 주목하고 있었다.

운현은 자리에서 일어났다. 그리고 정중한 태도로 고개를 숙였다.

"운현입니다."

고개를 든 운현은 자신을 바라보는 시선들을 천천히 둘러보았다. 반가운 얼굴도 있었고, 낯선 얼굴도 있었다. 염려의 마음이 담긴 따뜻한 시선도 있었고, 노골적인 적의가 담긴 시선도, 그리고 혼란스러운 시선도 있었다.

"여러분을 만나게 되어 반갑습니다."

그 말을 끝으로 운현은 자리에 앉았다. 그리고 잠시 침묵이 흐른다.

"크흠, 북경에서 오셨다면……."

한 중년인이 손을 입에 가져다 대고 짐짓 헛기침을 하더니 묻는다.

"관(官)을 대표하여 오신 것이오?"

"그렇습니다."

운현은 대답했다. 사람들은 무언가 더 설명을 해줄 것이라고 생각하고 기다렸지만, 운현의 대답은 그것으로 끝이었다. 참석자들 사이에 나지막하게 소란이 인다.

"관이라고?"

"관원이라는 뜻인가?"

당설련은 미소를 머금은 표정 그대로 참석자들의 반응을 지켜보고 있었다. 대내총괄군사 제갈기호 역시 짐짓 아무것도 모른다는 듯한 표정이다.

하지만 당설련은 알고 있었다. 제갈기호가, 아니 그뿐만 아니라 이곳에 있는 몇몇 사람들은 이미 운현이 어떤 자격으로 와 있는지 정확히 알고 있다는 사실을.

"어제 그대는 스스로를 창룡검주라 하지 않았소?"

누군가의 물음에 운현은 고개를 끄덕였다.

"그렇습니다."

꺼림칙한 표정을 숨기지 않으며 그가 묻는다.

"헌데 관원이라고 하는 것은……."

대부분의 무림인들에게, 특히나 자부심 강한 무림세가의 사람들에게 관원은 그리 환영받지 못하는 사람이었다. 무인의 자존심은 설령 고관의 앞이라 할지라도 머리를 숙이는 것을 거부했고, 관원들은 그런 뻣뻣한 태도를 보이는 무림인들을 그다지 좋아하지 않았다.

관과 무림의 소원한 관계는, 무림세가의 힘이 최고에 달했던 무림맹 시절에 더욱 그러했다. 그러니 그런 분위기에 젖어온 이들이, 관원이라 하는 운현을 반길 리가 없는 것이다.

"관(官)은 옳은 일에 대해 두려움이 되는 것이 아니라, 불법한 행위에 대하여 두려움이 되는 것입니다."

운현은 담담한 목소리로 말했다.

"여러분이 국법에 어긋난 일을 한 적이 없다면, 설령 조정의 권세라 하여도 거리낄 것이 없을 테지요. 그렇지 않습니까?"

희미한 미소가 운현의 얼굴에 떠오른다.

"흠, 그야 그렇긴 하지만……."

몇몇 사람이 고개를 끄덕여 운현의 말에 공감을 표시한다. 운현의 말이 은근히 무림인의 자존심을 세워주는 듯 느껴진 탓이다. 소란스러움이 한결 잦아들고 회의장은 다시 조용해진다.

"언제부터 관을 위해 일한 것이오?"

또 다른 누군가의 목소리가 묻는다. 그 음성에는 불쾌감이 역력하게 묻어나고 있었다. 사람들의 시선이 목소리의 주인공을 향한다.

"흥."

운현을 향해 비웃듯 코웃음을 치는 사람은 바로 공손세가의 소공자, 공손연이었다.

"당신이 관을 위해 일한 지가 얼마나 되었냐고 물었소이다. 혹, 예전 무림맹에서도 계속 관을 위해 일하고 있었던 것은 아니오?"

공손연의 태도는 확실히 무례했다. 그는 운현을 향한 불쾌한 표정을 굳이 숨기려 하지도 않았다.

'흥, 공손연이라……. 공손세가의 골칫거리라더니, 그 말 그대로군.'

당설련은 공손연을 바라보며 비웃음을 떠올렸다. 그에 대해서는 익히 알고 있는 바이기 때문이었다.

공손세가의 소공자 공손연은 태평맹 내에서도 꽤나 말썽을 일으키는 인물이다. 그는 영웅맹을 향한 적대심을 숨기려 하지 않았고, 태평맹의 대외 정책, 그러니까 영웅맹과 불필요한 마찰을 일으키지 않겠다고 선언한 태평맹의 정책에도 공공연히 반감을 표시하는 인물이었다.

물론 공손세가의 본가가 영웅맹의 흑창기마대에 의해 불에 탔으니 원한이 없을 리 없지만, 그의 적대감은 공손세가의 사람들 중에서도 유별했다.

게다가 항상 행동보다 말이 빠른 그인지라, 태평맹 내에서는 요주의 인물 중 하나였다.

"질문의 초점이 조금 잘못된 것 같습니다."

운현은 말했다.

"제가 언제부터 관을 위해 일했는가 하는 것보다는, 제가 지금 무엇을 위해 이곳에 왔는가가 더 중요한 것이 아니겠습니까?"

쾅!

"말을 돌리지 마시오!"

공손연은 탁자를 내리치며 소리쳤다.

"영웅맹과 맞설 수 있는 것이 당신뿐이라고 사람들이 떠들어대던데, 대체 관을 위해 일하는 개 주제에 어떻게 영웅맹과 맞서 싸우겠다는 거요?"

그는 창룡검주라는 이름이 주목받는 것에 대해 강한 반감을 가지고 있었다. 그것은 어쩌면 사람들이 모두 그를 영웅처럼 이야기하고 있다는 점에서 시작된 것인지도 몰랐다. 영웅맹과 싸울 수 있는 사람은 오직 창룡검주뿐이라니, 그런 가소로운 말이 어디 있단 말인가?

그에게 도움을 받았다는 몇몇 세가들이 그에 대해 호의적인 평가를 하는 것도 그의 반감을 더욱 부채질했다.

더구나 어제 대회장에서 있었던 사건은, 그에 대해 '염치도 없고 부끄러운 줄도 모르는 놈'이라는 판단을 내리게 하기에 충분했다. 게다가 관가의 개라 하니, 더 이상 볼 것도 없었다.

"공자!"

당설련이 날카로운 목소리로 말했다.

"지금 운 대인께서는 태평맹이 초청한 관의 귀빈으로서 이 자리에 계신 거예요. 더 이상 무례한 행위는 용서하지 않겠어요! 이것은 경고입니다!"

당설련이 노려보며 말했지만, 공손연은 '칫' 하고 무시하듯 고개를 돌려 버린다. 하지만 그녀의 경고에 감히 더 말을 잇지는 못했다.

"대인께 무례를 사과드려요."

정중하게 예를 표하며 당설련이 말했다. 그 모습을 보며 제갈기호는 어이가 없다는 듯 고개를 저었다.

'세상에, 누가 보면 아주 극진히 위하는 줄 알겠군.'

정말 당설련이 운현을 위한다면 아예 이런 논의가 나오지 않도록 해야 했다. 공손연이 어떤 사람인지, 무슨 말을 내뱉을 것인지 그녀가 몰랐을까? 그럴 리가 없다. 평소의 그녀 같았다면 아예 공손연이 이 자리에 들어오지도 못하도록 했을 것이다. 무슨 수를 써서라도.

즉, 그녀는 운현이 모욕을 당하도록 고의적으로 방치한 후, 마치 자신이 운현을 보호하듯 행동하며 교묘히 책임을 모면하고 있는 것이다.

'개라는 소리까지 듣고……. 참, 운 서기께서도 딱하게 되셨소. 아니, 이젠 서기가 아니지.'

제갈기호는 운현을 보며 혀를 찼지만, 그 속내를 입 밖으로 낼 수는 없었다. 어쨌거나 자신은 태평맹 대내총괄군사였으니까.

"개라……."

운현은 나지막이 중얼거렸다. 당설련의 사과에는 시선도 돌리지 않았다. 왜 저 사람은 한 번도 본 적 없는 자신에게 저런 막말을 내뱉는 걸까?

왜 저런 상식 이하의 사람들이 자신에게 이렇듯 덤벼드는 걸까? 자신을 얕잡아 보는 걸까? 아니면 그저 창룡검주라는 명성에 대한 반발일까? 참으로 어리석은 짓이다. 참으로 무의미한 짓이다. 그가 저러는 것도, 자신이 이러는 것도.

운현은 그를 향해 조용한 어조로 이렇게 말했다.

"함부로 개를 욕하지 마십시오. 당신은 개만큼이라도 충성되고 진실해 본 적이 있습니까?"

"뭐라고!"

공손연의 얼굴이 단숨에 시뻘게졌다. 그는 무서운 기세로 벌떡 일어났다. 그가 앉아 있던 의자가 요란한 소리를 내며 넘어간다.

콰당!

"가, 감히……."

그는 분노로 부들부들 떨고 있었다.

"네가 감히 날 개보다 못한 놈으로 만들어!"

"없으신가 보군요."

운현은 담담한 목소리로 말했다.

"네, 네 이놈!"

공손연이 소리쳤다. 그러나 운현은 고개를 돌려 당설련을 바라보았다.

"저자가 한 번만 더 저를 모욕하게 놔두신다면, 이것이 태평맹 군사 당설련의 뜻이라고 생각하겠습니다."

"이노오옴!"

공손연의 분노는 머리끝까지 치솟았다. 그때 그가 허리에 찬 자신의 검에 손을 가져간 것은, 거의 본능적인 행동이었다.

제10장
후폭풍(後暴風)

"그만둬!"

당설련은 공손연을 향해 손을 뻗으며 소리쳤다. 공손연이 검을 뽑으려는 것을 보았기 때문이다. 그러나 그보다 먼저, 제갈기호가 움직이고 있었다.

"어이쿠!"

마치 공손연을 말리러 가다가 어딘가 발이라도 걸린 사람처럼, 제갈기호의 몸이 크게 휘청이며 공손연을 향해 쓰러지듯 달려든다.

그 거친 동작에 화려한 제갈기호의 외투가 크게 펄럭이고, 한순간 공손연의 모습을 완전히 감추어 버렸다. 바로 당설련의 시야로부터.

피픽, 픽.

아주 미세한 소리가 제갈기호의 외투에서 들려왔다. 그러나 그 소리를 들은 사람은, 이곳에 있는 많은 사람들 중에서도 단 세 명에 불과했다.

외투의 주인인 제갈기호와 그 소리의 원인을 제공한 당설련, 그리고 운현이다. 당설련의 고운 눈썹이 아무도 모르게 살짝 찌푸려진다.

탁.

제갈기호는 우발적인 듯, 공손연의 어깨를 강하게 붙잡으며 짐짓 소리를 낸다.

"어이쿠."

덕분에 그의 몸에 밀린 공손연이 덩달아 균형을 잃는데, 제갈기호가 쓰러지지 않으려는 듯, 힘을 썼다.

"으차차."

제갈기호가 기묘하게 몸을 튼 덕에, 두 사람은 바닥에 나뒹구는 것을 모면했다. 그리고 두 사람이 마치 서로 부축하고 서 있는 것 같은 자세가 되었다.

물론 제갈기호가 더 덩치가 컸기에 공손연이 매달려 있는 듯 보이기는 했지만.

"이봐, 검을 집어넣지 그래?"

나지막한 목소리로 제갈기호는 공손연에게 속삭였다. 갑자

기 뛰어든 제갈기호 탓에 그는 놀란 표정으로 당황해하고 있
었다.
"내가 보장하는데, 이러면 너 확실하게 죽는다구."
속삭이듯 말하는 제갈기호의 말에 공손연의 얼굴이 다시 분
노로 붉어진다. 그가 격한 음성으로 무엇인가 말하려 하는데,
제갈기호의 손이 스윽 그의 아혈을 훑는다.
'컥.'
방심한 탓이었을까? 공손연은 너무도 간단히 제갈기호에게
아혈을 제압당했다.
"어이쿠."
제갈기호는 짐짓 균형을 잃은 척하며 몸을 틀어 다른 사람
의 시선을 가렸다. 그리고 다시 속삭이듯 말했다.
"저 사람이랑 싸우는 건 좋아. 그건 상관없어. 그는 너를 다
치지 않게 하고도 거뜬히 이길 만큼 강하기도 하고. 물론 겉모
습만으로는 결코 그렇게 보이지 않겠지만……."
제갈기호는 운현을 흘깃 쳐다보고는 말했다.
"게다가 너처럼 무례한 사람이라도 아량을 베풀어 살려줄
만큼 착하기까지 하거든? 하지만 말이야."
제갈기호는 미소 지으며 말했다. 그의 눈이 마치 초승달처
럼 가늘게 웃고 있었다.
"당문의 눈꽃에게 밉보인다면, 그저 한 군데 다치는 것만으
로 끝나지는 않아."

공손연은 눈동자를 굴려 당설련을 쳐다보았다. 마치 눈빛만으로도 사람을 죽일 수 있을 듯한 그녀의 시선이 똑바로 자신을 향하고 있었다. 제갈기호의 말대로 그녀의 시선은 결코 장난이 아니었다.
　'윽.'
　공손연이 사태를 파악한 듯 보이자, 제갈기호는 속삭이듯 말했다.
　"이 은혜는 나중에 기루에서 갚도록 하게. 아주 근사하게."
　손을 들어 그의 아혈을 푼 제갈기호는 천연덕스러운 표정으로 그에게 말했다.
　"어이쿠, 이거 미안하오. 공손 공자."
　그리고 운현에게도 웃는 낯으로 고개를 숙여 보인다.
　"추태를 보여 죄송합니다. 운 대인. 좋은 자리에서 이런 소란이 나면 안 되겠다 싶어 어떻게든 진정시키려고 했는데 그만……. 하하하."
　공손연은 이를 악물고 운현을 쳐다보았다. 제갈기호의 말을 모두 믿는 것은 아니다. 그의 말 몇 마디에 자신의 판단을 바꿀 생각도 없다.
　공손연은 아직도 저자가 가치 없는 쓰레기 같은 인간이라고 생각하고 있었다. 하지만 당설련에 관한 경고만은 결코 무시할 수가 없었다. 그리고 가슴 가득한 울분을 그대로 참을 수도 없었다.

"이익!"

분을 참을 수 없다는 듯, 그는 자신의 검을 바닥에 강하게 내리찍었다.

퍼억.

그의 검이 나무로 된 바닥에 깊이 박혔다. 검 손잡이를 쥔 손이 분노로 부들부들 떨린다. 하지만 그뿐, 공손연은 몸을 홱 돌리더니 거친 태도로 그대로 회의장을 나가버렸다.

콰앙.

요란한 소리와 함께 문이 닫히고, 그제서야 팽팽했던 긴장이 누그러지기 시작했다.

사람들이 내쉬는 한숨소리가 여기저기서 들리고, 당설련은 다시 운현을 향해 공손하게 예를 표한다. 사뭇 긴장하고 있던 진예림도 검 손잡이에서 손을 내린다.

"무례를 사과드려요."

운현은 그녀에게 마주 예를 표했다.

"사과를 받아들이겠습니다."

그 모습을 보며 제갈기호는 싱긋 웃었다. 그리고 그는, 문득 공손연이 남기고 간 검을 바라보았다.

"이런."

제갈기호는 슬쩍 눈살을 찌푸린다. 공손연이 어찌나 힘을 주었는지, 나무로 된 바닥에 검날이 한 뼘 정도나 깊숙이 박혀 있었다.

"좋은 나무인데, 아깝구만. 쯧쯧."

제갈기호는 손을 뻗어 공손연의 검을 잡았다. 그러더니 가볍게 검을 뽑아 올린다. 별로 힘을 주는 것 같지도 않은데, 깊이 박혀 있던 공손연의 검은 너무나 간단하게 뽑혀 나왔다.

퍽.

공손연의 검을 손에 들고 이리저리 바라보던 제갈기호는 고개를 들어 운현을 바라보았다.

"운 서기님."

부웅.

그가 운현을 부르는 것과 그의 손이 위로 크게 휘둘러진 것은 완벽한 동시 행동이었다.

후웅.

공손연의 검이 그의 손을 떠나 바람을 가르며 수직으로 원을 그린다. 회의장을 가르며 날아가는 날카로운 검의 진로 앞에는, 다름 아닌 운현이 서 있었다.

후웅.

검이 제갈기호의 손에서 떠나 운현을 향해 날아가는 그 짧은 시간 동안, 회의장 안의 사람들은 갑작스런 제갈기호의 행동에 눈을 크게 뜨거나, 혹은 무슨 일이 일어나는지 알지 못하고 고개를 돌리는 중이었다.

제갈기호의 목소리에 무심코 고개를 돌린 당설련의 눈이 경악으로 크게 떠지며 그녀의 손이 반사적으로 검 손잡이에 가

닿았지만, 검은 이미 운현의 코앞에까지 다가와 있었다.

훗.

바람을 가르는 소리가 사라졌다. 마치 누군가 중간에서 끊어버린 것처럼. 그리고 회의장을 가르고 날아간 검은 거짓말처럼 운현의 손 안에서 멈춰 있었다.

어깨 즈음까지 들어올린 운현의 손에 공손연의 검이 싸늘하게 빛을 내며 쥐어져 있었다. 마치 운현이 검을 뽑은 것으로 착각할 법한, 그런 자연스러운 자세였다.

"버릇없는 녀석이 남겨두고 간 검이니, 마음대로 하시지요. 운 대인."

제갈기호는 아무것도 아니라는 듯 싱긋 웃었다.

"뭐, 뭐야?"

"무슨 일이야?"

"맙소사."

회의장 안은 순식간에 소란스러워졌다. 마치 스스로 빨려드는 것처럼 운현의 손에 검이 쥐어지는 것을 목격한 사람들은 자신의 눈을 믿을 수 없어 했고, 채 보지 못한 사람들은 무슨 일이 있었는지 영문을 몰라 두리번거리고 있었다. 당설련은 입술을 살짝 깨물며 조용히 아무도 모르게 검 손잡이에서 손을 내렸다.

운현은 제갈기호를 쳐다보았다. 여전히 사람 좋은 미소를 지으며 제갈기호는 그 자리에 서 있었다. 그러나 그의 눈빛은 운현을 똑바로 쳐다보며, 무언가를 재촉하고 있었다.
'아!'
운현은 쓴웃음을 지었다. 제갈기호가 무슨 의도로 이런 일을 한 것인지, 그리고 지금 운현에게 무엇을 재촉하고 있는지를 알아차린 탓이다.
"그다지 제 취향에 맞는 검은 아닌 것 같군요. 게다가 본래 제 것이 아니기도 하니……."
일단 하기로 마음먹었다면, 보란 듯이 해야 할 것이다. 운현은 검을 들어올렸다.
후욱.
한순간, 운현에게서 엄청난 기세가 뿜어져 나왔다. 검을 쥔 운현의 손이 가볍게 위로 휘둘러지고, 그와 함께 검이 다시금 허공을 가르며 이제껏 왔던 궤도를 그대로 되짚어 역으로 날아간다.
부웅.
"저런!"
이번에는 무슨 일이 일어났는지 모두가 보았다. 운현이 던진 검이 제갈기호를 향해 날아가고 있었던 것이다.
"미친!"
쿠우웅.
누군가의 외침이 채 끝나기도 전에, 날아간 검은 제갈기호를 아슬아슬하게 스쳐 지나가 반대쪽 벽의 커다란 기둥에 박

했다. 육중한 소리가 회의장 안에 은은하게 진동한다.
"본인이 와서 가져가도록 놓아두는 게 낫겠지요."
나지막한 운현의 목소리가 조용한 회의장 안에 울려 퍼졌다. 제갈기호는 고개를 살짝 숙여 동감을 표시하고는 자신의 자리로 돌아갔다.
사람들은 침묵했다. 운현이 날린 검이 자루만 남긴 채 굵은 나무 기둥에 박혀 있는 것을 모두가 똑똑히 볼 수 있었기 때문이다. 저 검을 빼내려면, 아마 모르긴 몰라도 공손연으로서는 꽤나 쉽지 않은 일이 될 터였다.
"잠시 휴회를 하도록 하겠습니다."
충격에서 벗어나지 못하고 있는 참석자들의 귓가에 당설련의 또랑또랑한 목소리가 퍼져나갔다. 사람들은, 자신도 모르게 길게 숨을 내쉬었다.

"어떻게 한 거예요?"
진예림이 쉬는 시간을 틈타 조용한 목소리로 묻는다. 다른 사람들은 삼삼오오 모여 무언가 이야기를 나누고 있었다. 개중에는 운현을 힐끔 힐끔 돌아보는 사람도 적지 않았다.
"뭐를요?"
운현이 묻자 진예림이 눈살을 찌푸리며 말한다.
"날아온 검을 잡은 것 말이에요."
"아, 그거요?"

운현은 대답했다.
"검의 궤적을 상대방의 검로(劍路)라고 생각하면, 의외로 쉽습니다."
"뭐요?"
진예림의 눈살이 더욱 찌푸려진다.
"그리고 만일 그 사람이라면 어떻게 반응했을까를 생각해 보면 답은 금방 나오지요."
"그 사람? 그 사람이 누군데요?"
운현은 미소만 지을 뿐, 더 이상 대답해 주지 않았다. 운현이 대답할 기색이 없자, 진예림의 호기심은 다른 쪽으로 향했다.
"대내총괄군사는 대체 무슨 생각으로 그렇게 검을 던진 거예요?"
진예림이 그렇게 물어본 것은 운현과 그 대외총괄군사 제갈기호가 어쩐지 꽤 친근한 듯 보였기 때문이다. 첫날에도 꽤 친하게 인사를 나누었고 말이다.
"저를 위해서 그런 것입니다."
"위하는데 왜 검을 던져요? 그것도 그렇게 위험하게."
"그래야 사람들이 쓸데없는 의심을 하지 않을 테니까요."
운현은 쓴웃음을 지었다.
"어쩌면 이곳에 있는 사람들을 위한 것일 수도 있겠지요."
'운 서기님'이라고 부르는 그의 목소리를 듣는 순간, 운현은 그것이 무언가의 신호라는 것을 알 수 있었다. 분명히 그는 그 전에도, 그 후에도 똑똑히 '운 대인'이라고 불렀으니 말이다. 덕분에 운현은 냉정한 눈으로 날아오는 검을 정확하게 바라볼 수 있었다.

"어쨌든 제가 참 미덥지 않아 보이나 봅니다."

운현은 싱긋 웃으며 말했다. 제갈기호의 의도를 운현은 분명히 알 수 있었다. 더 이상 쓸데없는 말썽이 나는 것을 막기 위했을 터이다.

나름대로 운현을 향한 배려일 수도 있었다. 그 이후 사람들의 시선이 분명히 달라진 것을 알 수 있으니 말이다. 결국 제갈기호의 의도가 정확히 적중한 것이다.

"그런 말을 하면서 뭐가 좋다고 웃는 거예요?"

진예림이 어이가 없다는 듯 운현을 쳐다본다. 하지만 운현은 그리 기분이 나쁘지 않았다. 상대가 제갈기호가 아니었다면 지금처럼 웃지는 못했을 것이다.

그러나 그가 자신을 '운 서기님'이라고 불렀을 때, 마치 온 세상에 단 네 사람밖에 없는 것처럼 광대한 평원을 지나갔던 그 기억이 떠올랐다.

그 시간을 추억으로 간직하고 있는 사람이 자신 외에도 있다는 사실이, 그리고 자신을 위해주는 그의 마음이 운현을 미소 짓게 한 것이다.

"아."

운현은 자신을 쳐다보는 시선을 느끼고 고개를 들었다. 그

후폭풍(後暴風) 337

리고 미소 지었다. 그녀는 바로 태평맹 칠대세가 중 하나인 모용세가의 외당 당주이자 관일검 모용단천의 손녀, 모용미였다. 운현은 꾸벅 고개를 숙여 보였다. 모용미 역시 가볍게 고개를 숙여 운현의 예에 답한다.
 '아는 척하는 아가씨도 여기저기 좀 많아야지? 참 바쁘다, 바빠.'
 진예림은 속으로 투덜거렸다. 아까부터 이쪽을 바라보고 있는 당설련의 눈길이 따가울 정도였다. 게다가 가끔씩 이쪽을 돌아보는 황보선혜의 시선도 만만치는 않았다.

 잠시 후 다시 시작된 태평맹 주요 당직자 회합은 한결 안정된 분위기에서 진행되었다. 사실 이곳에 있는 참석자들의 무공 실력도 상당한 터이기에 생각해 보면 그리 놀랄 만한 일도 아니었다고 말할 수 있었지만, 갑작스럽게 벌어진 예기치 못한 일련의 사건들이 주는 효과는 상당했다.
 더 이상 공손연 같은 돌발 행동이 일어나지 않은 것은 말할 것도 없고, 참석자들의 정중한 태도에서는 희미하나마 경의(敬意)가 느껴질 정도였다.
 "운 대인에게 묻고 싶은 것이 있습니다."
 연배가 꽤 있어 보이는 중년인이 일어나서 정중하게 말했다.
 "말씀하시지요."

운현의 대답에도 불구하고, 그는 당설련을 슬쩍 쳐다보며 잠시 머뭇거리더니 결국 결심한 듯 입을 연다.

"창룡지회(蒼龍志會)와는 무슨 관계이십니까?"

모두의 시선이 운현에게 집중된다. 운현은 빙긋 웃었다. 뒤에 서 있는 진예림의 따가운 시선이 마치 '이봐요. 내 말, 잘 기억하고 있죠?'라고 말하는 것만 같았다.

"아무 관계도 아닙니다."

"정말입니까? 아니, 내 말은······."

자신의 말이 무례하다고 생각되었는지 그는 황급히 정정한다.

"이해합니다."

운현은 고개를 끄덕였다.

"그들은 스스로 창룡의 뜻을 따른다고 하는데, 저는 정작 제가 창룡검주라고 하면서도 그들과 아무 관계가 없다고 하는 말이 쉽게 받아들여지지는 않겠죠. 여러분이 의심을 가질 만하다는 점도 인정합니다. 하지만."

운현은 말했다.

"저는 창룡지회라 하는 이들과 아무런 연관도 없고, 그들의 행동은 저의 뜻과는 전혀 무관합니다."

마치 선언하듯, 운현은 말했다.

"그러니 혹시 여러분 중에 누군가 그들을 아는 사람이 있으시다면······."

싱긋 웃으며 운현은 말했다.
"무슨 사정이 있는지는 몰라도, 일단 제 이름을 파는 짓은 그만해달라고 좀 말씀해 주시겠습니까?"
회의장 안에 잔잔한 웃음소리가 번져나간다. 그것은 운현의 말이 웃겨서라기보다는 긴장을 풀자는 운현의 의도를 받아들인다는, 그런 의미였다.
덕분에 긴장감이 감돌던 회의 분위기가 한결 편안해진다. 물론 운현에게는 '지금 그 말도 무단도용이라구요'라고 진예림이 말하는 것이 귓가에 들리는 것만 같았어도 말이다.
"허면, 운 대인께서는 어떻게 이번 대회에 오셨습니까?"
"어떻게라면……. 아무래도 마차지요."
진예림이 뒤에서 운현을 쿡 찌른다. 괜히 웃기지도 않는 농담은 하지도 말라는 뜻이다.
아닌 게 아니라 사람들이 대단히 어색한 표정을 짓고 있다. 머쓱해진 운현은 헛기침을 했다.
"크흠. 그게 아니고……."
운현은 정색을 했다.
"조정(朝廷)은 태평맹에 대해 긍정적으로 생각하고 있습니다. 현재 무림 세가들 중에 신뢰할 만한 곳은 오직 태평맹뿐이라 해도 과언이 아닙니다."
참석자들의 얼굴이 밝아졌다. 어쨌든 태평맹이 좋은 평가를 받고 있다는 것은 나쁘지 않은 일이다. 특히 그곳이 북경의 중앙 정계라면 더욱 그렇다.

"그러나 태평맹이 진정 국법을 준수하고 나라를 위하는가에 대해서는 여전히 의구심을 가지고 있습니다. 영웅맹의 예에서 보듯이, 힘을 가진 자들은 자신의 이익을 무엇보다 우선시하기 마련이니까요."

사람들의 얼굴이 살짝 굳어진다. 그러나 그들은 계속 진지하게 운현의 말을 경청하고 있었다. 운현은 말했다.

"제가 이곳에 온 것은 조정이 여러분에게 최소한의 신뢰를 가지고 있다는 뜻이라고 봐도 좋습니다. 이후의 일은, 여러분의 행동이 어떠한가에 따라 결정되겠지요."

사람들은 나지막하게 서로 수군거렸다. 그러다 한 사람이 문득 이렇게 묻는다.

"행동이라는 것은…… 구체적으로 무엇을 의미합니까?"

운현은 말했다.

"혈공자 문왕과, 그리고 그의 배후 세력과 조금이라도 연관되지 않도록 하십시오. 그들과 한 치라도 연관이 되는 순간, 그것이 누구이건 국가의 적으로 간주될 것입니다."

서슬 퍼런 경고였다. 국가의 적이 된다는 것은 곧 천하의 적이 된다는 뜻과도 같다. 마치 사형선고와도 같은 운현의 말에 사람들의 안색이 살짝 굳는다. 그들로서는 당연히 자신과 연관 없는 경고라고 생각하고 있었지만 그만큼 운현의 경고가 준엄했던 탓이다.

"지극히 옳으신 말씀이네요."

당설련의 목소리가 조용한 회의장에 울려 퍼졌다.

"영웅맹과는 관련되지 않는 것이 가장 현명한 선택이지요."

영웅맹의 맹주는 철혈사왕 염중부이나 주인은 혈공자 문왕이라고 알려져 있었다.

그렇기에 당설련의 말은 지극히 합당한 것으로 들렸다. 다만 운현에게는 그것이 그녀의 입맛대로 왜곡한 것으로 들렸지만 말이다.

"영웅맹과 혈공자 문왕의 차이를, 군사께서는 아실 것이라 생각합니다."

운현은 당설련의 왜곡을 경계했다. 당설련은 웃음으로 대답할 뿐 더 이상의 언급을 회피한다.

"자, 그러면."

당설련은 자리에서 일어섰다. 그리고 좌중을 둘러보며 잔을 들어올렸다.

"운 대인과 태평맹을 위해."

참석자들은 일제히 자리에서 일어나 두 손으로 잔을 들어올렸다.

"운 대인과 태평맹을 위해!"

달칵.

운현 역시 자리에서 일어났다. 그리고 마찬가지로 잔을 들어올려, 모든 사람들과 함께 단숨에 잔을 비웠다.

"하하하."

"호호."

 서로의 빈 잔을 보여주며 장내는 화기애애한 분위기가 감돌았다. 당설련 역시 운현에게 빈 잔을 보이고, 운현 역시 그녀에게 자신의 빈 잔을 보여준다.

 이 건배로 그들은 위협적인 상황이 종료된 것에 동의한 것이다. 그러나 그것은 어디까지나 표면적인 모습일 뿐이라는 것을, 운현도 그리고 당설련도 너무나 잘 알고 있었다. 진짜는 이제부터 시작이었다.

* * *

 천하 삼대 상단 중 하나인 호암상단의 영애이자 사무총관인 이서연은 태평맹 무림용봉지회의 둘째 날, 이미 사천성 성도를 떠나고 있었다.

 마지막 날 예정된 태평맹 상단 회합은 그저 겉치레일 뿐, 중요한 내용은 이미 첫날 저녁에 대외총괄군사 당설련과의 비밀 회담을 통해 협의가 끝났기 때문이다.

 그래서 이서연은 그녀 대신 태평맹 대회와 상단 회합에 참여할 사람을 남겨두고, 미련 없이 사천성 성도를 떠났다.

 운현이 나타난 덕분에 당설련이 상당히 흔들리고 있었다는 것에 대해, 그래서 회담에서 상당히 유리한 결론을 이끌어낼 수 있었다는 것에 대해 일말의 감사함을 가지면서 말이다.

"후우."
이서연은 깊게 숨을 들이쉬었다. 그녀는 자신의 옷매무새를 살피며 날카로운 눈매로 시녀에게 물었다.
"어때?"
"명하신 대로 다 되었습니다."
젊은 시녀는 공손하게 고개를 숙이며 나지막한 음성으로 대답했다. 그러나 이서연은 거울에 비치는 자신의 모습에 만족하지 못했다.
"안 되겠어."
이서연은 화려한 머리 장식을 풀어버렸다. 그리고는 조금 수수한 듯하지만 작고 세련된 것으로 바꾸었다. 확실히 아까보다 나아보이는 듯했다. 그런데 장식을 바꾸자 화장이 어울리지 않는 듯하다.
"화장도 지워. 좀 더 가볍게 다시 해."
"네. 알겠습니다."
오랫동안 공들인 화장이었지만 시녀는 즉시 명을 받든다.
"그리고 옷하고 신발도 다시 가져와. 전부 다."
전부 가져오라는 뜻은 수십 벌에 달하는 옷과 신발을 모두 다시 가져오라는 뜻이다. 옆에 섰던 다른 시녀 둘이 즉시 고개를 숙이며 대답한다.

"네. 사무총관님."

시녀들이 총총히 사라지자, 이서연은 자리에 앉아 고개를 들고 화장을 위해 눈을 감았다. 곧 그녀의 얼굴 위를 빠르게 지나다니는 시녀의 능숙한 손길이 느껴진다.

그저 옷단장 하나 만으로 거의 반나절을 전부 소비하고 있었지만, 이서연은 결코 과하다고 생각하지 않았다. 이제부터 그녀가 만날 사람은 대단히 까다롭고, 대단히 변덕스럽다.

지난 몇 번의 만남이 그것을 너무나 분명히 보여주고 있지 아니한가? 그리고 무엇보다 그는 호암상단에 있어서 대단히 중요한 사람이다. 결코 허점을 보여서는 안 되고, 실수는 있어서도 안 된다.

혈공자(血公子) 문왕(文王). 이제 곧 그녀가 만날 사람의 이름이었다.

"하, 그럴 수는 없지."

문왕은 비릿한 웃음을 지으며 노래하는 듯한 목소리로 이서연에게 말했다. 그의 가늘고 붉은 입술이 마치 뱀의 그것인 양 빛난다.

"천하 삼대 상단의 사무총관이라는 이들 모두가 같은 것을 바라더군. 하지만 과연 그럴 만한 능력이 될까?"

그는 작은 비단 부채를 펴서 자신의 붉은 입술을 가렸다.

"결코 실망하지 않으실 거예요."

이서연은 촉촉한 눈으로 미소를 지으면서 말했다. 하지만 그녀의 시도가 문왕에게 먹혀들지 않으리란 것은 스스로도 잘 알고 있었다.

상대는 여자인 그녀보다 오히려 더 가늘고 고운 선을 지닌 미남자인데다, 이제껏 단 한 번도 그녀에게 관심을 보인 적이 없었기 때문이다.

아니, 어쩌면 그는 여자라는 존재를 아예 싫어하는지도 몰랐다. 노골적인 유혹은 혈공자 문왕에게는 오히려 역효과를 일으킬 뿐이다.

게다가 한 번 들은 것은 결코 잊어버리지 않는 뛰어난 기억력에, 치밀하고 집요한 성격까지 가지고 있으니, 가히 상인으로서는 최악의 협상 상대라 아니할 수 없었다.

"실망 같은 건 하지 않아."

문왕은 노래하듯 말했다.

"기대하는 것도 없으니까."

세심하게 다듬어진 그의 가느다란 눈썹이 웃음 짓는다. 하지만 아마도 그것은 비웃음일 것이다.

"다만, 그런 뻔한 거짓말보다는 좀 더 확실한 것을 듣고 싶군."

거짓말이 아니라고 강변하면 아마 더 혹독한 말을 듣게 될 것이다. 추가로 그의 심기를 거스르게 되는 것은 물론이고 말이다. 어떠한 경우에도 자신의 말에 대한 반박을 허용하지 않는 사람이 바로 혈공자 문왕이니까.

"다른 두 상단이 줄 수 없는 무엇을, 호암상단이 내게 제의할 수 있나?"

그의 손에서 작은 비단 부채가 팔락거린다. 혈공자 문왕은 짐짓 고개를 저으며 말했다.

"이제까지의 경우로 보자면……. 글쎄, 아무것도 없지 않을까?"

노골적인 모욕의 언사에도, 이서연은 결코 미소를 잃지 않았다. 사실 호암상단은 다른 두 상단에 비해 내세울 만한 것이 하나도 없었다.

동원 가능한 재력에 있어서도, 상계는 물론이고 정치, 관료계에 영향을 미치는 인맥의 규모에 있어서도, 대륙의 구석구석까지 그물망같이 뻗어 있는 조직에 있어서도, 호암상단은 다른 두 상단에 미치지 못했다.

"제가 이제까지 단 한 번도 계약 조건을 만족시키지 못한 적이 없다는 것을 기억하시지요?"

이서연은 미소를 지으며 말했다. 호암상단의 장점은 다른 두 상단과 달리 신진 세력에 속하기에 보다 적극적이고, 위험도 기꺼이 감수한다는 데에 있었다.

그리고 그녀의 말대로 단 한 번도 계약 조건을 만족시키지 못한 적이 없다는 것이, 유일하게 문왕이 인정하는 장점이기도 했다.

"흠, 그야 상인으로서는 당연한 것이 아닌가? 무지렁이 같은 시전(市廛)의 상인들도 그 정도는 할 줄 알거든."

"물론 그렇지만 파는 것이 조금 다르지요."

부드러운 목소리로 이서연이 말했다.

"흥, 뭘 파는데?"

그것은 그저 지나가는 말 같은 것이었다. 그러나 이서연은 기회가 왔음을 알았다.

"말해 보세요."

이서연은 고혹적인 눈으로 문왕을 쳐다보며 말했다.

"무엇이든지."

팍.

문왕의 비단 부채가 신경질적으로 펴졌다. 그는 이서연의 시선을 노골적으로 외면했다.

"내가 그런 짓을 싫어한다는 걸, 아직 모르고 있었나 보지?"

"제가 값싼 유혹 따위는 결코 하지 않는다는 걸, 아직 모르고 계셨나요?"

문왕의 시선이 이서연을 향한다. 이서연은 그 눈을 똑바로 쳐다보며 말했다.

"강태공은 절대 물고기를 쫓아다니지 않아요."

이서연은 말했다.

"적당한 곳에 낚싯대를 드리우고 기다릴 뿐이지요. 자신이 확실히 잡아 올릴 수 있는 바로 그 장소에, 모든 준비를 갖추고서 말이에요."

문왕의 얼굴을 가리고 있던 붉은 비단 부채가 스르르 내리운다. 문왕은 날카로운 시선으로 이서연을 바라보고 있었다.

"생각해 보세요."

부드러운 미소를 지으며 이서연이 말했다.

"당신이 이제껏 원하는 것을 얻지 못한 이유는, 단지 뒤를 쫓았기 때문이 아닌가요?"

문왕의 눈동자가 불안하게 흔들렸다. 어쩐지 이서연에게 끌려가는 듯한 불안한 느낌도 들었지만, 생각해 보면 그녀의 말이 전적으로 옳은 것같이 들리기도 했기 때문이다.

"자, 그러니 말해 보세요."

이서연이 말했다.

"당신이 원하는 것을, 당신이 원하는 장소에 가져다 드리지요."

그것은 마치 마술처럼 보였지만, 이서연에게는 간단한 연출에 불과했다. 문왕이 누구를 찾고 있는지는 이미 알고 있었다. 심지어 그것에 대해 호암상단의 가주, 이호암에게 보고를 했을 정도니까. 다만 그것을 가장 고가(高價)에 넘길 수 있는 기회를, 이서연은 찾고 있었던 것뿐이다.

"그, 그럴 능력은 되나? 호암상단 따위가?"

혈공자 문왕은 아직도 의구심을 지우지 않고 있었다. 그러

후폭풍(後暴風) 349

나 분명히 흔들리고 있다. 이서연은 미소를 지으며 말했다.
"그런 하찮은 문제는 당신이 신경 쓰지 않아도 좋아요. 당신은 다만 명령하고……."
이서연의 하얀 손가락이 그녀의 붉은 입술을 살짝 가리며 지나간다.
"그리고 손에 넣으면 되는 거예요. 자, 그러니."
그녀의 큰 눈이 문왕을 유혹하듯 재촉했다.
"말해 보세요."
문왕은 입술을 깨물었다. 그는 작은 비단 부채를 두 손으로 꼭 쥐며, 떨리는 목소리로 말했다. 이서연이 이제껏 단 한 번도 보지 못한 모습, 이제껏 단 한 번도 들어본 적 없는 음성으로.
"창룡검주(蒼龍劍主)."
마치 신음처럼 가느다란 목소리가 흘러나온다. 이서연은 미소 지었다.
"창룡검주(蒼龍劍主). 이미 강호에 그의 이름이 파다하지요."
이서연은 말했다.
"얼마 전에는 태평맹 무림대회에 당당하게 그 모습을 나타냈다고 하더군요."
"쓸데없는 소리 말고 어서 대답해!"
문왕은 날카로운 목소리로 이서연을 향해 소리쳤다.
"할 수 있는 거야? 아니면 없는 거야!"

평소의 미소는 온데간데없었다. 문왕은 일그러진 맨 얼굴을 이서연 앞에 그대로 드러내고 있었다. 작은 비단 부채 따위는 이미 그의 방패가 되어주지 못했다.

"당신은······."

부드럽게 고개를 숙이며 이서연이 말했다.

"만족할 거예요."

그녀의 완벽한 승리였다. 그리고 그것은 곧 창룡검주의 운명을 결정하는 선고이기도 했다.

〈5권에서 계속〉

참마전기

『표사』,『천하제일협객』,『금룡진천하』의 작가!
황규영 그의 열 번째 이야기!

스승마저 두려움에 떨게 했던 극악 마존 유난극이 돌변했다!

상한 영약을 먹고 기억을 잃은 채 돌아온 고향.
전직 마존 유난극이 곳곳을 누비며 악인 징벌에 나선다!

2009 새봄맞이 신무협 베스트 2인
드림 출간 기념 이벤트!

제 1 탄!

『전왕전기』, 『십전제』의 작가 우ز

그가 호방한 필치로 그려낸 십지신마록(十地神魔錄) 3부직

그 태초의 시작이자 두 번째 이야기!

환영무인

나는 그림자[幻影]가 되어 영원히 너를 지킬 것이□
이것은 나의 약속이□

제2탄, 몽월 작가의 신무협 『천마봉』(4월 출

푸짐한 사은품 증정!!

EVENT ONE

이벤트를 진행하는 2종의 책을 '모두 구입하신 분들 중' 추첨을 통해 사은품을 드립니다.

[사은품]
1명 : <삼성 YEPP YP-P3C (8G)> + 2종의 3권(작가 친필사인)
('EVENT ONE에 참여하신 분들 중 20명'에게 작가 친필사인이 들어 있는 2종의 3권을 드립니다.)

[응모요령]
1,2권 띠지에 부착된 응모권 4개를 오려 드림북스로 보내주세요.

EVENT TWO

이벤트를 진행하는 2종의 책을 '개별적으로 구입하신 분들 중' 추첨을 통해 사은품을 드립니다.

[사은품]
2명 : <백화점 상품권(10만원)> + 구입한 도서의 3권(작가 친필사인)
(『환영무인』(1명), 『천마봉』(1명))

[응모요령]
1,2권 띠지에 부착된 응모권 2개를 오려 드림북스로 보내주세요.

EVENT THREE

책을 읽고 감상평을 올리시는 분들 중 11명을 추첨하여 사은품을 드립니다.

[사은품]
으뜸상(1명) : 외장하드 320GB SATA HDD + 서평을 쓴 도서의 3권(작가 친필사인)
우수상(10명) : 문화상품권(1만원) + 서평을 쓴 도서의 3권(작가 친필사인)

[응모요령]
1. 이벤트 진행 도서들 중 하나를 읽고 인터넷 서점(YES24)리뷰란에 감상평을 올려주세요.
2. 그 감상평을 복사하여 웹 게시판(개인 블로그 및 홈페이지)에 올려주신 후, 게시물의 URL을
   '드림북스 편집부 이메일'로 보내주세요.

[보내주실 곳] (우)142-815 서울시 강북구 미아8동 322-10
(주)삼양출판사 2층 드림북스 이벤트 담당자 앞
드림북스 편집부 e-mail : sybooks@empal.com

[이벤트 기간] 2009년 3월 30일~2009년 5월 15일

[당첨자 발표] 2009년 5월 25일(당사 홈페이지 및 장르문학 전문 사이트에 발표합니다.)

드림북스 홈페이지 http://www.sydreambooks.com
드림북스 블로그 http://www.blog.naver.com/dream_books
문피아 사이트 http://www.munpia.com/출판사 소식/드림북스
조아라 사이트 http://www.joara.com/출판사 소식

※ 응모권을 보내주실 때는 '이름, 연락처, 주소'를 정확히 기입해 주세요.
※ 사은품은 이벤트 진행도서 2종의 3권의 책이 모두 출간된 직후 일괄 배송합니다.
※ 사은품은 상기 이미지와 다를 수 있습니다.